U1070624

魅丽文化 花火工作室

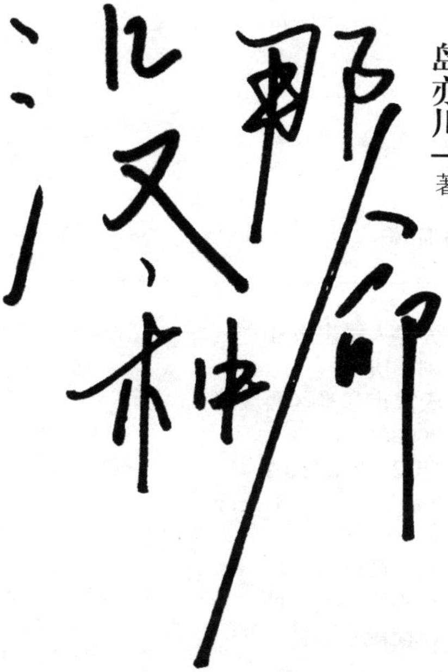

岛亦川 —— 著

天津出版传媒集团
天津人民出版社

图书在版编目（CIP）数据

没那种命 / 岛亦川著. -- 天津 : 天津人民出版社，2023.6
ISBN 978-7-201-19267-3

Ⅰ. ①没… Ⅱ. ①岛… Ⅲ. ①长篇小说－中国－当代 Ⅳ. ①I247.5

中国国家版本馆CIP数据核字（2023）第057654号

没那种命
MEI NA ZHONG MING

出　　版　天津人民出版社
出 版 人　刘　庆
地　　址　天津市和平区西康路35号
邮政编码　300051
邮购电话　（022）23332469
电子信箱　reader@tjrmcbs.com

责任编辑　范　园
特约编辑　丐小亥　八　柚
装帧设计　@RECNS QQ:3300392723

制版印刷　湖南天闻新华印务有限公司
经　　销　新华书店
开　　本　880毫米×1230毫米　1/32
印　　张　9.5
插　　页　2
字　　数　291千字
版次印次　2023年6月第1版　2023年6月第1次印刷
定　　价　46.80元

版权所有，侵权必究
图书如出现印装质量问题，请致电联系调换（0731）88282222

目录 Contents

Contents

目录

楔　子

傍晚，秋风悠悠地穿过城市，天边铺满红霞。

川城被称作桥都，从交错的楼房空隙望出去，横跨南北两岸的斜拉桥上车来车往，这座见证了川城兴衰的桥已经很老了。

房间内，祝初一正踮着脚专心地挂窗帘。她举着挂钩，纤细的手臂努力地往上伸，压根儿没有心思欣赏晚霞。

她的脸很小，两颊的婴儿肥已经消了，纤瘦柔美，长睫毛在眼底投下阴影，认真的样子十分娴静，有二十来岁的女孩没有的素淡与优雅。

室内装修以白色为主色调，摆放着简洁的木质家具，她穿了一件宽松的白衬衣，跟房间的风格很搭。

她明天要办婚礼，书桌上有不少喜帖，是她手写的，字迹工整，只待墨迹干透后，放入喜盒内。喜糖归婚庆公司管，无非是装些叫得上牌子的糖果，她并不需要操心。

祝初一的神情看起来并不甜蜜，不像是刚领完结婚证的新娘。

她望着窗外的那座斜拉桥，想起阎齐接她下班的那天，她坐在他的车上，车窗外的斜拉桥像把琴，拨动着她的心弦。

五月的栀子花芳香袭人，过去荒唐且戏剧化的两年时光浮现在脑海中。晚风轻拂，桥上的灯亮起，她悄悄地动了心。

想起往事，祝初一嘴角上挑，露出了微笑。

秋风从窗户进来，吹乱了祝初一的及腰长发，她刚烫了波浪卷，女人味甚浓。

挂好窗帘后，她跳下飘窗，赤脚踩在木地板上。最近她在调理身体，受不得凉，落地后，赶紧穿上了拖鞋。

外面，月亮隐隐出来了，太阳却还未落下，天边一片火红。

云层压着高楼，硕大的云朵镶着铅灰色的边，隐隐地透着火焰般的红光，一朵连一朵，铺满了西天，景象十分壮观。

没过多久，夕阳彻底坠落，天色暗了下来，晚霞变成暗淡的紫粉色，似乎想要多停留一阵儿，可也抵不住时间的流逝。

留不住的，就该放它走。

明天要办婚礼的新娘静静地坐在新房里，内心平静，仿佛一切已尘埃落定。

她将嫁给安稳。

她对婚姻没有其他要求，两人相处舒服，对方能包容她，久了也不厌倦，并且忠贞，就够了。

这样过一生就好。

入夜了，凉风在屋子里穿行，从物件到地板都是沁凉的。大桥的轮廓灯熄灭了，像是热闹后的寂寥，月光洒满屋子。

白纱在窗前飘荡，关了灯后，屋里一片昏暗，只看得到模糊的家具轮廓。

晚些时候，风大了起来，发出阴恻恻的声响，不知谁家的窗户没关紧，狂风顽劣地卷了半边窗帘出去，在外墙痴缠着来回拍打，像鸽子扑翅，欲飞往远方。

祝初一抱着柔软的枕头听了一会儿，嘴角挂着微笑，翻了个身，缓缓地睡着了。

弯月升至天空中，发出淡淡的光辉。

也许明天会是个好天气。

不管是不是，她都要结婚的。

第一章

能不能跟你走

祝初一去南国出差，身上没带够现金，不幸被抽查到，随即被海关遣返。

阎齐拿着护照走向贵宾通道，取下墨镜。等着盖戳时，他无意中望过来，刚好旁观了这一幕。

女人靠在他的肩膀上，半是吃醋地问："你认识她？"

阎齐任女人给他戴上墨镜，意味深长地道："这年头，不懂规矩的人不多了。"

祝初一被限足在一个黑灯瞎火的小屋子里，饥寒交迫地等了一晚上。

出发前，王阗强调过这件事，由于祝初一犯的是最低级的错误，她没敢联系他。

这并不是她第一回外派，只怪自己没长心眼，轻信他人。她是和魏雅一起去的，差旅费都在魏雅那里。

祝初一认命地打开购票软件，给自己买了张回程的机票。

大概是魏雅提前给王阗透露了消息，祝初一刚走出航站楼，就看到王阗的车停在路边。临时停靠点不许久留，祝初一赶紧钻进了车。

王阗公私分明，他和祝初一是老同学，两人十几岁就认识，他了解祝初一，她不是对工作不负责的人。这件事的来龙去脉，他基本猜到了。

堵车的间隙，王阗侧头看她，似乎想说些什么，最终什么都没说。

直到车稳稳地停在祝初一家楼下，王阗解了车锁，这才开口："回去好好休息，明天给你放一天假。"

没有责怪和怀疑。

祝初一将翻译资料上传到公盘，合上笔记本电脑，想了想，还是忍不住问："魏雅一个人能搞定吗？会议时间挺长的，专有名词也偏生僻。"

"你就别操心了。我跟她通过电话，她在跟主办方聚餐。你带了她那么久，她也该独当一面了。"

"后浪拍死老师傅"，祝初一不是想不透其中的玄机。

她了然地轻笑一声，说："大学毕业我就进了这一行，走到今天这个位置，我用了六年。"

魏雅这过河拆桥的手段实在低级。

魏雅是王阗的女朋友，他下意识地护短："行了，事情已经解决了，作为老板，我以结果为重。何况，这次错不在她。”

毕竟有多年的情分在，其他没说出口的话，王阆留给祝初一自己琢磨。

祝初一还穿着出发时的黑衬衣，味道不太好闻。

咽下所有的委屈，祝初一带上自己的行李下了车：“嗯，到底是我大意了。给公司带来的损失，我会尽力弥补。谢谢老板给我放假。”

王阆听不得她阴阳怪气，可祝初一已经关了车门，上楼去了。

她很喜欢赵雷唱的一句词：“狡猾的人有千百种笑。你何时下山，记得带上卓玛刀。”

她尚未修炼成神，面具和盔甲都不够用，不具备欣赏黑夜的能耐，只好反复地告诫自己：往后，别再轻信他人。

三月中旬，祝初一到南荔参加某个论坛会议，主要负责C组的陪同翻译工作。

祝初一水土不服，吃完药就在酒店房间里看资料。

笔记做到一半，微信连续振动了几下，是续也发来的消息。

“救命啊，祝老师！救救孩子！”

“倒霉蛋竟然是我自己。”

“听印度口音的英文，我真的会死的。”

续也是祝初一带的实习生，先前，他让她帮忙带人逛园子，她没答应。

祝初一念了几小时的稿子，此时正口干舌燥，她先喝了一口水润嗓，而后发语音消息回复他：“你自己带人逛个园子很难吗？”

续也直接打了个电话过来，百般乞求，好话说了一箩筐。

祝初一本该在酒店休息，但她不愿让续也为难，最终答应了帮他。

幸好景区游览时间和晚宴的时间有一段间隔，她顶多是受点儿累。

续也感动得快哭了：“祝老师，我送你两颗南非钻石吧，反正我家里多的是，放在鱼缸里也是放，还免不了晃眼睛。”

祝初一失笑道：“好好熟悉熟悉嘉宾资料，别偷懒。”

她又交代了几句，就把资料发给他了。白底黑字，信息简单，有一处被她圈了出来：Yan Qi（阎齐）。

祝初一领着客户游览澄湖。

她其实从没来过澄湖，只临时查了一下历史概况，便凭记忆解说了起来。

湖泊广阔无边，阳光下，鳞波闪闪。

祝初一让罗尔在回廊处休息，礼貌地说道："我去给您买饮料，想喝什么？"

她的声音很软，像一汪清泉，引得屏风后的人频频回头，却只看见她摆动的裙摆，恍若烟雨青潭中的一尾鱼。

祝初一走到半路，竟然看到了魏雅。

见到祝初一，魏雅神色有些慌张，推开了男人缠在她腰间的手。

"你怎么在这儿？"魏雅目光不善，捋了捋肩上的香奈儿链条包的带子。

祝初一双手环胸看着她气急败坏的样子，神情淡淡地说："这话应该我问你。"

魏雅不知道祝初一听见了多少，上前两步，把祝初一拉进一间屋子，说："别跟王阒乱说，我只是在找那人要稿费欠款。"

祝初一真想给她一面镜子，让她欣赏一下自己撒谎的嘴脸。她看了魏雅一眼，说："若要人不知，除非己莫为。你好自为之吧。"

不轻不重的一句话让魏雅脸色大变，她不依不饶地抓着祝初一的手臂往后拖。

祝初一推着她的手说："放开。"

这种情况下，体重轻的那方总是更容易吃亏。

祝初一穿着三寸高的高跟鞋，推搡之间，她的手肘碰到了一件微凉的器皿，她知道糟了。

"哗啦"一声响，有什么东西落到了地上。

无瑕白玉，连破碎的声音都那么动听。

魏雅也呆住了，她迅速甩开了祝初一的手，在人群围过来之前迅速离开了现场，摆明了想推脱责任。

这次展会陈列的物品十分珍贵，据说是从南边运来的晚清古物。安保人员很快赶到了。他们不放祝初一走，怀疑她是盗窃失手，架起她就要将她送到派出所。

祝初一暗骂了一句。她刚刚崴了一下脚，实在站不起来，偏偏安保人员还在催她快点儿走。

罗尔还在等她回去。难堪、心慌、委屈，各种情绪涌上心头，祝初一感觉胸口发闷，眩晕了一瞬。

“起来起来！装什么病！”安保人员面目凶恶。

周围有游客在拍照，对着她指指点点，一副看笑话的样子。

祝初一忍过了那阵难受，狼狈地出声：“凶什么！我还能长翅膀飞了？”

听了这句话，安保人员越发觉得祝初一不是善茬，拿巡逻棍敲了她一下。祝初一的背脊传来一阵刺麻，接着她便连抬头的力气也没有了。

事发突然，她在众目睽睽下失去了语言能力，竟找不到话来辩解。

“这么对一个女孩子就过分了。”

人声鼎沸，一道带着笑意的清朗男声传过来。

阎齐穿着白衣黑裤，手里拎着黑色外套。

“多大点儿事，至于吗？这只破杯子是从我家借出去的，我不追究，这件事是不是就算了？”

这种话自然没人相信。

阎齐朝身边的人点了点头，有人把拨通的电话递给安保人员，说：“问问你们周总就知道了。”

接听完电话后，安保人员不再为难祝初一，松开她，准备离开。

阎齐拦住他们：“不道个歉？”

祝初一头发散乱，脸被遮住大半，只露出鼻尖。

看她一副“息事宁人”的样子，阎齐只好挥挥手，让安保人员离开。他身边跟着的助理也机敏，及时疏散了人群。

阎齐走近了一点儿，半蹲下来，伸出手问：“要送你去医院吗？”

祝初一分明痛得额头冒汗，却没握他的手，自顾自地咬牙站了起来，道：“谢谢你。”

阎齐跟着站起身，抚平了衬衫上的褶皱，似笑非笑地说：“承了我的情，你准备拿什么还？”

祝初一顿时觉得有些窘迫。她没想好，只好说：“方便的话，留下联系方式吧，以后我会上门致谢的。”

“上门？”

阎齐见过太多此类的戏码。既然对方先拂了他的意，他也犯不上再执着了。他从裤兜里翻出一片花瓣来，是干枯了的蓝花楹。

“想找我？除非它复活。”

祝初一先跟续也打电话简要说明了情况，另行安排了罗尔，这才打了车去医院看脚踝的伤，处理好之后，晚上她准时出席了晚宴。

宴会上，续也给祝初一发来了两张微博截图。

第一张图是微博的热搜榜截图，热搜榜第五位是一则新闻：低素质女游客撞碎古董。

第二张图是她摔倒在地的照片。

不知情的人看了，真以为她是在撒泼打滚呢。

祝初一没有注册过微博，只粗略地扫了一眼图片，连眉头都没皱一下，就按了关机键。

罗尔进宴会厅后，见到祝初一很意外，说很佩服她的敬业精神。

她起身走到他身边，微微地朝他点头。

她哪里敢讲真话？如果她临时撂挑子不干了，连后备军都没有。

祝初一捂住空空如也的胃，含笑开始工作。

小翻译只能饱眼福，没有口福。由于胃痛，加上空气不怎么流通，祝初一眼冒金星，反应不再那样敏锐，纯粹是靠本能在翻译。

阎齐出现时，祝初一看着他座位前的名牌，终于知道他的名字是哪两个字了。

阎齐不习惯身边坐人，没有翻译跟着。他会印地语，说话偶尔夹杂着英文，罗尔很买他的账。

祝初一发现阎齐在频频地看她。

做翻译的人多半机灵，眼观六路，耳听八方，有一丝不对劲都要警惕。

趁罗尔去了卫生间，她客气地问：“我哪里有失误吗？”

阎齐按灭了手机，往魏雅那儿看了一眼，问：“你怕她？”

祝初一不明白他为什么这么说，挑了挑眉。

阎齐慢悠悠地告诉了她热搜上的事情，最后道：“恭喜，你当网红了。”

祝初一愤懑地抿住唇，翻开新的一页速写纸，拿铁夹固定住。

五分钟前，阎齐往群里发了条消息，自然有人帮他把始作俑者查了个底朝天，所以他才问祝初一是不是怕魏雅。

祝初一只说："场合不对。"

阎齐觉得"场合"二字别有深意，他锁了屏，把玩着手机。

祝初一看了一眼左右逢源的王阗，低声对阎齐说："别闹事。"

先前的热搜是魏雅找从事新媒体的老同学买的，此时，她却躲在王阗背后一言不发。

大学毕业后，王阗追过祝初一。不管是论样貌还是论出身，她都是他无法忽视的类型。祝初一惊讶于自己的后知后觉——魏雅跟她水火不容，竟然就是为了那么点儿前尘往事。

祝初一在放宣传片的间隙悄悄动了动受伤的脚。

阎齐握着高脚杯，忽然问她："做翻译的人记性应该不错，下午见到我时，你是装失忆还是真失忆？"

祝初一忍着痛坐好，脸上还挂着笑："阎总别开我的玩笑了。"

姓氏加个"总"字，这样称呼人是她的职业素养。

阎齐放下酒杯，有些失望地道："杭城飞川城的航班，32A，衣服。"

听到这几个关键词，祝初一眨了眨眼，脑海里像有枚珍珠贝被撬开壳，流出细沙，从点到线，再到面，形成了一幅沙画。

灯光大亮前，阎齐给了她一个还人情的方案："赔我衣服。"

祝初一只能硬着头皮应下来。

阎齐言语间满是想要捉弄她的意味："真赔？那你出这趟差可就亏了啊。"

祝初一佯装惊恐地说："不然怎么办呢？我又得罪不起你。"

晚宴八点结束，祝初一瘸着脚，在路边等会议专用车。

南荔老街，湖边有蓝花楹树，树枝蓬勃，花瓣簌簌地掉落，像活过来的诗。

祝初一身心俱疲，背靠着树，左脚没敢使劲。夜风急涌，她裹紧了外套，拍掉了袖口的柳絮。

"老师，上来上来，我带你兜风去。"

祝初一循声望去，续也正兴冲冲地在马路对面朝她招手。

她实在没力气说话，她觉得自己仿佛是一捧沙，在春风里被渐渐吹散。

她还未来得及出声婉拒，一辆白色的跑车压实黄线掉头，轮胎跟地面擦出刺耳的声音，车开得很嚣张，最终在祝初一的脚边停下。

祝初一挽着挎包往后退了一步，站到人行道的里侧。

面前的车窗缓速降下，里面的人是阎齐。

他通过后视镜看了一眼续也，然后将目光落到她的身上，眼神直白地询问——他还是我？你只能选一个。

他的笑里没有给她自由选择的善意。

祝初一只好给续也发语音消息，让他先回酒店。

随后，续也隔着马路大喊："晚上一起吃夜宵啊！地址发给你了，我先去占位子。"

祝初一比不得活力无限的少年，此刻，她只想把自己扔上大床，酣睡到假期结束。

阎齐收回目光。

车开着双闪灯，灯光一闪一闪的，车边，早开的蓝花楹的花瓣正在失控地掉落。

祝初一强打着精神，对续也说："别等我了，我还有事要处理。"

她扶着车门，单脚跳着上了车。

马路对面的续也觉得十分诧异：祝初一向来连私人手机号都很少留给客户，更别说参与业务结束后的应酬了，难道她是遇上了朋友？

"好吧。好好休息啊，祝老师。"

阎齐听见那声称呼，笑了一下，发动了车。

车厢内，祝初一抱着挎包，像放学后被留堂的倒霉学生，一脸的疲倦和无可奈何。

阎齐被她严阵以待的姿态逗笑了："苦着脸做什么？你就是这样敷衍我的？"

祝初一懂事地卖乖："您不要为难我。"

阎齐的余光停在她捏着的包带上，包带已经被捏出了一道褶痕。他说："别紧张啊，你又卖不了几个钱。"

祝初一放松地笑起来。

阎齐靠边停了车，在导航里输入了医院的地址，他看出她的疑惑，解释道："我顺道带你去看看脚，万一回头肿成猪脚，你怎么还债？"

祝初一不认为以后还会见到他，下意识地拒绝："没事，我已经看过了，别耽搁时间了。"

车子启动，不疾不徐地行驶着。

阎齐也不知不满于她的哪句话，只说："撒谎。"

沿途斑驳的树影晃过，祝初一觉得自己该睡了。

阎齐开车没规矩，手肘搭在车窗上，指尖轻轻地敲打着方向盘。

两人到医院时，门口有专业团队在等候，名副其实地兴师动众。

祝初一解安全带的手顿了一秒，说："阎总，玩笑有点儿过了啊。"

阎齐说："这是我一个朋友开的医院，治不治随你，我就是给他拉点儿人气。"

祝初一心想，真没见过这样照顾生意的。

祝初一打开车门，拒绝了小护士推来的轮椅，扶着车窗蹦下车，说："客气了，真不严重。我就是崴了一下脚，喷点儿药就行。"

女医生淡淡地扫了一眼祝初一，说："我还以为是你又受伤了。"这句话是对阎齐说的。

察觉到女医生目光不善，祝初一挣脱了阎齐搀扶着她的手，与他划清界限。

私立医院的光有些昏暗。

阎齐重新捉住祝初一，让她别乱动，问女医生："有空吗？你给她看看。"

女医生目光很冷，说："让张医生接手吧，我又不是骨科大夫。"

祝初一盛情难却，被安排着又照了次X光。

同一根骨头，同一种结果，并无大碍，阎齐却问得仔细。祝初一觉得自己没有闹出骨裂都有些辜负他。

女医生看了会儿祝初一，状似善意地建议道："祝小姐，需不需要再做个尿检？"

这个话题被引入后，气氛立即变了。

祝初一仿佛触电般，立刻委婉地澄清："我没有男朋友。"

女医生笑得浅，没再说话，那笑里带着明显的敌意。祝初一这才反应过来，夜晚时分，男人送女人来医院，这本就很容易让人误会。

阎齐在门外等她，见她出来，自然地拉过她的手，道："走吧，请你吃饭。"

祝初一感到不妥，挣开他的手，说："不用了，我自己打车回酒店。"

如果换个人，她会觉得他轻浮，但阎齐说这种话基本是因为习惯。

可她不想迎合这种习惯。

阎齐没吃过闭门羹，思索再三，想出了一个折中的办法："那回酒店吃，好不好？"

祝初一的声音里明显带了戒备："你也住在圆泽？"

阎齐的声音回荡在小跑车中："不都是住在那家吗？"

酒店的楼顶是露天酒吧，实行会员制。

祝初一跟在阎齐身后进去，心想：只是吃个饭，也不是不行。

他们选了一处靠边的卡座。

此时，天空中只有一轮弯月。

阎齐看出祝初一的欲言又止，说："你可以百度一下——每个人一生能看到几次月圆。"

祝初一有些好奇，还真去搜了一下。

阎齐开了一瓶酒，将酒倒在醒酒器里摇晃了一阵儿，说："你的脚不方便，其实不该多走，但又不好去房间吃饭，是不是？"

祝初一看得出，这是瓶好酒。

"阎总何必大费周章，想要什么补偿，不如直接说。"

她相信，他要想约女人吃晚饭，有的是女人愿意。他选中她，恐怕只是赶巧了。

阎齐把手表摘了，放在餐桌上，举起酒杯看她。

张岱的文章怎么写的来着？其孤意在眉，其深情在睫，其解意在烟视媚行。

他浅酌一口酒，拎着杯口轻轻地晃了晃，解释道："我只是想认识你一下罢了，不要紧张。"

紧张——他说第二遍了。

阎齐叫来服务生点餐，对祝初一说："帮我收一下手表。有没有想吃的？"

薄薄的表盘还带着他的体温，祝初一握着表带，不知所措。

等祝初一回神，阎齐已经点好了餐，让服务生离开了。

他观察到祝初一的黑眼圈，问她："做翻译是不是很累？"

祝初一抿了一口柠檬水，说："还好。"

从来没人问过她这样的问题。

大概是太累了，这一刻，她的眼眶有点儿酸。

阎齐点的是中餐，一共四道菜，其中有麻婆豆腐和水煮肉片，是最地道的川菜。五星级酒店摆盘考究，用了彩釉瓷盘。

祝初一问："您也是川城人？"

阎齐夹了一筷子菜，说："别您啊您的，我没名字啊？"

祝初一讪讪地喝水解辣，将他的话自动理解为——他不想被叫老。

饭吃到一半，祝初一想起正事："那件衣服多少钱？我转账给你。"

阎齐挑挑眉。

这是他第一次被女人要银行账号，施与受的对象颠倒，多少有点儿新鲜。

祝初一可能是脑子抽了，她直接把钱包翻了出来，想用最稳妥直接的方式解决。

阎齐笑了起来："你是古代人？微信好友不愿意加，支付宝也没有一个？"

隔壁桌有两个女孩被阎齐的皮相吸引，朝这儿看过来，她们眉飞色舞地交头接耳，以为自己见证了某种交易。

祝初一恍然大悟，他压根没打算让她赔钱，但她实在过意不去，只好说："这杯酒，我敬您了。"

阎齐听得直皱眉，他看不惯她这死脑筋，一把捉住她的手腕，说："算了算了，别空腹喝酒，吃饭吧。"

此刻的祝初一就像穿着一双白鞋踏进了泥泞地，怎么走都不对。

"好。"

阎齐和祝初一住在酒店的同一层，吃完饭进电梯后，两人都没说话。

阎齐喝得微醺，两只手搭在扶手上看她。

但祝初一显然没有回应他的意思，她像只兔子，缩在角落，仿佛对他这个“胡萝卜”没兴趣。

他笑了一声，转头解开了三颗衣扣。

电梯到了，祝初一跟阎齐道别。

房间在走廊尽头往左，祝初一走到1701门口，从包里拿出房卡开门。

进门后，她锁好门，插上门闩，把包扔到床上，正准备换衣服，床头旁边的隔板突然开了，房间跟房间竟然是互通的。

祝初一毫不知情，被人猛地从身后抱住了。

“总算被我逮到了！”

祝初一本能地尖叫出声，她用力踢开季驭的腿，在他的手臂上咬了一口。

季驭就是下午骚扰魏雅的那位。

他撕着祝初一的衣服，没皮没脸地说：“摆什么谱？你跟王阆的事又不是一天两天了。他在我面前都要装孙子呢，你倒装上烈女了。”

祝初一说：“我没有，你给我滚！”

祝初一踢了他一脚，飞快地跑到门边，“嘀嘀”两声，门被打开了。她被季驭从背后拉住，手捏着门框，脚使不上劲。

“救命——”

这里是监控死角，酒店的隔音也不错，况且这会儿时间不早了，根本没人走动。

她觉得自己今晚要完。

“你中蛊了？怎么站在这里？”阎齐不知什么时候倚在了转角处，看着她脸色苍白的样子，问道。

祝初一几近虚脱，包和门卡都掉在了地上。她回头看了看，却发现身边已经没了人。

她大意了，季驭今晚也住在这家酒店，不知道自己是不是又要做一遍杭州的噩梦。

阎齐捡起地上的包，在手里拍了两下。

与祝初一分别后，开门前，他想起自己的表忘了拿，于是回来找祝初一，不料撞上。

“怎么了？”他问。

此刻，祝初一并不想让阎齐走。不知为什么，她笃定他不会害自己，虽然他并非善类。

看她的手还在抖，阎齐把她推到无风口，说："站在这儿。"

祝初一照做了，没说话。

阎齐慢条斯理地把表戴上。

祝初一站在阎齐的背后，在他扭头时，他的脊椎和衬衣领之间豁开了一条缝，那里有一处文身。但他太高了，她没看清文身的内容。

"很晚了，还不放手？"

阎齐低头看她，祝初一这才意识到自己还抓着他的衣袖。

"我现在能不能跟你走？"祝初一问。她不止害怕季驭半夜再来敲她的门，还有些别的原因，只是来不及细想，她就把自己抛了出去。

阎齐抵着唇想了想，转身走了。

"这可是你主动的。"

哪知，阎齐走了两步又倒了回来，抓起祝初一的手腕，问："不是说走吗？"

他的拇指落在她的手背上，摩挲了一下，像盖章似的，烫得她脸红。

祝初一小声地说："嗯，我还是决定把那件衣服赔给你。"

决定——听着却像歪打正着的计谋。

阎齐明知故问："真的？"

她说谎了，但他没有戳穿。

就这样，祝初一进了阎齐的房间。

阎齐订的是套房，在宽大的阳台上可以欣赏无边的夜色。

两人各自坐在沙发上，一时无话。

阎齐这个酒鬼给祝初一倒了一杯轩尼诗，说："压压惊。"

祝初一试着抿了一口，便放下了酒杯，这酒有点儿不适合她。

阎齐被她只打湿了嘴巴的喝法逗笑了，忽然问："你那天为什么喝酒？"

阎齐从没见过哪个女孩像她那样醉着上飞机。

祝初一眨眨眼，像宿醉后断了片，轻声地说："忘了。"

还能为什么？

当时，王阆带着公司的一群人应酬到夜里两点半，有人偷偷地给主办方的季驭塞了张祝初一的房卡。其实，季驭当时看上的是魏雅，哪知她有主了。

祝初一睡到半夜发现房间里有人，又惊又怕，狠狠地踢了季驭一脚，忍着反胃感直接打车去了机场，脚上穿的还是酒店的拖鞋。

王阗不知事情全貌，事后，他只知道她把人得罪了，说她不会审时度势，魏雅也顺着骂她假清高。

祝初一很后悔那晚只顾着逃跑，没有报警。

阎齐擦了一下手，一眼看破，说："你是不是不想受制于某种规则？"

他说得好委婉，祝初一感激地喝了一口酒。

但阎齐这人正经不过三秒，他凑近了逗她："没准儿有人在门外呢？要不，你叫两声？"他似乎觉得可惜，"这么好看的姑娘跟我走了，竟然闹不出点儿动静，我总不能让人家瞧不起我，对不对？"

这套房的隔音很好。

祝初一嗔他一眼。

阎齐笑起来，胸腔深处震出笑意，听得人沉沦。

聊着聊着，两人就靠得近了。

祝初一看着阎齐，忽然好想吻他。或许是酒劲上头，或许不是，但她骗自己，她该醉了。

他端着酒杯没动，睫毛下垂，任由她靠近。

祝初一穿得单薄，像条小船，飘摇着要靠岸。

千帆过尽，他想要登上这条船。

祝初一意识到自己越界时，已经来不及后退了，抗议被他无声地吞没。

他的吻像星星，发光发烫。

她的手一软，酒洒出来两滴。

阎齐更干脆，大手一挥，把她的那杯酒砸在地上，"砰"的一声，"火"就烧了起来。

拂晓时分，祝初一醒来，阎齐已经不在房间里了。

手机解了锁，屏幕亮着，微信列表里躺着新的联系人发来的新消息："祝小姐，我从不白帮人。"

祝初一回川城参加了明瑾华的民宿乔迁宴，乔迁宴同时也是小小的订婚仪式。

明瑾华跟祝初一不同，路子野，从美院毕业以后，她正好赶上川城变成网红城市，自己又是学设计的，干脆将老城区的房子改造为了民宿。

年轻的游客对于从十三楼望出去竟是平层的建筑很感兴趣，人气使她赚得盆满钵满，从此，她实现了财务自由，天南地北地瞎转悠，还开了个画室，教小朋友画画。

“我老公就是我写生时带回来的。”她说。

身处幸福中的人总想分享喜悦。

二十九岁，对祝初一来说有点儿尴尬，要结婚的朋友和同学有一大把。

她算少数人，每到节假日，送出一大把礼金，看着如出一辙的婚宴和新人，她的表情渐渐地从羡慕到麻木，不会再问：你爱他 / 她吗？

明瑾华的准结婚对象是边防军人，她不厌其烦地跟祝初一讲：“那年春节，我从阿里回来，在大昭寺晒太阳嘛，一个人烦得很。结果那天，我正好碰到他在那儿站岗，我的眼睛一下就亮了。我背着画筒，在他的面前来回溜达了三遍，就为了看他的那双腿。你知道吗，他当时看我的眼神，跟看犯罪嫌疑人差不多。”

祝初一帮她整理完客厅，戳穿她，说：“你不就是有预谋地犯案吗？”

明瑾华大方地承认：“嗯，我特别喜欢他那腰，八块腹肌，包都不能治百病，腹肌可以。”

祝初一咬着吸管，突然想起了阎齐，他有同款腹肌，有让人欢愉的本事。

想到他，祝初一仿佛闷头喝掉了一整杯浓缩咖啡，悸动，浓郁。

“想什么呢？脸都红了。”

“……你家的暖气开得太足了。”

“暖个鬼，今天整栋楼停电。”

“……”

“哎，你没打那人一巴掌吗？”明瑾华说的是魏雅。

“我不跟她计较。”祝初一想起季驭和魏雅拉扯的暧昧动作，“往后，有她吃亏的。”

明瑾华知道王阒追过祝初一，她说：“这就是男人和女人的区别：女人耿耿于怀，眼里容不下一点儿灰，男人心里的白月光简直就是该天诛地灭的存在；男人追过就算，说过的情话和海誓山盟就是放屁，你要是当真，那就太傻了。”

祝初一被她的单口相声逗笑了。

“你就没打算谈个恋爱？一个人住不怕吗？”

祝初一摇摇头，说：“你以为谁都跟你俩似的？一见钟情还不够，后头相亲还能相出真爱。”

明瑾华知道劝不动祝初一，她翻开朋友圈，看着看着，一脸不可置信地说：“我的前男友竟然去了雨崩。走六七个小时就为了看一眼冰湖，真是病得不轻。”

祝初一欠身，跟着瞥了一眼，问：“你竟然没屏蔽他？”

“这有什么的？以后他有了孩子，可以来我这儿报班，一次性缴四个学期的学费，我能按三餐时间对他嘘寒问暖。”

祝初一认同地点头。

也是，爱恨跟现实相比，似乎可以忽略不计。

明瑾华把门窗打开散味，正色地说：“今天晚上，我有好多大学同学都要来，有好几个单身，自己创业，很有头脑，要不，我给你介绍个靠谱的？”

“不了。”祝初一找借口逃开，“我去帮你取蛋糕。”

“回来，回来。我告诉你啊，现在还有没结过婚的，等过几年你再来挑，就都是别人拣剩下的了，基本都是离异带娃的。”

祝初一笑了，问：“有你这么损人的吗？”

“你别不信。还有，那种脸瘦瘦的、长着桃花眼、鼻梁高挺的男人，坚决不能要，看起来身边的女人就很多，你这段位的，不要去惹他们。”

祝初一明白，明瑾华其实是想说“海王”，又怕她抓不住语义的核心。

——阎齐倒是符合以上这几条。

明瑾华继续教她：“男的嘛，肯为你花钱就行了，千万别傻到为他卖命。”

祝初一接收了她的好意，内心岿然不动，只是点头再点头。

钱和命，她都不需要。

得，一看就是过耳不过心。明瑾华捧着她的脸叹气，无奈地道：“我家初一这么美，一直单身真是暴殄天物了。”

祝初一没敢跟她交代在南荔发生的小插曲，只当那晚的事是自己受了多重刺激后的报复性举动，毕竟，当事人之一的阎齐天没亮就走了。

第二章

像情人，似恋爱

祝初一到公司时就觉得氛围不对。

公司成立七年，人事、行政、财务，加上翻译审校，坐办公室的一共也就二十来人。

人才库里还有千八百人，不过属于兼职，大多是高校老师和赚零花钱的学生。

两间独立办公室，分给了王阗和祝初一。

行政人员看到祝初一时刚把魏雅的名牌挂好，她冲祝初一致意："Zoe，早啊。"

"早。"

祝初一看了眼玻璃门，她的名牌旁边，如今有了职务并列的人的名牌。

两人虽多次龃龉，但她并没有把魏雅视作竞争者，翻译项目经理的岗位并不轻松，高薪对应高要求，岗位职责具体到对稿件的细节把控，也须有统筹格局。

魏雅的学历比她的漂亮，但翻译这行侧重实战经验，学历好不等于活儿好。

给新人一个机会也不是不可以。

续也敲了祝初一的门，皱着眉替她抱不平："老师，我觉得Brian的脑子有病。"

Brian是王阗。

续也是公司的培训生，结业后留在公司实习。

没办法，他家里有钱，以后得接手国内外的家族产业，语言基础不能差。王阗搭上这条人脉就是为了拉投资，所以不得不容忍他的少爷脾气。

祝初一喝了口柠檬水润嗓，问："今天的口译作业交给我了吗？"

续也很服祝初一的管教，嘟囔道："早就发到你的邮箱了。"

见祝初一打开笔记本电脑，正在查收邮件，似乎对自己的办公室被分出一半并不在意，续也问："老师，你没事儿吧？"

祝初一笑了笑，说："有人帮我分担工作，工资照原价发，我能有什么事儿？"

续也对着魏雅的位子吐槽："去趟南国就真把自己当个角色了，坐在你对面，她配吗？见过丫鬟和太后平起平坐的吗？"

祝初一不赞同他的态度，说："这话在我面前说就算了，祸从口出，你都这么大个人了，怎么还憋不住话？”

续也想起了祝初一上课教的内容，说：“我知道，你又要说，成年人的标志就是既憋得住尿，又憋得住话。”

“我的原话是这么说的？”

续也耸耸肩，说：“我自行解读了一下，主旨领悟得还到位吧？”

祝初一说：“今天别偷偷地溜出去抽烟偷懒，被我发现一次，多练一个小时的听力。”

“还让不让人活啊？！”

九点五十分，魏雅挽着王阗的手来了。

魏雅把工位布置妥当，满心欢喜地说：“姐，你今天的眉毛真好看。”

祝初一打字的手没停，说：“我今天没画眉。”

魏雅理了理自己的头发，嘴角抽了一下。

祝初一工作起来十分忘我，常常不吃早饭，续也进来给她送糯米团和豆浆。

魏雅一边用工具搜索文献，一边轻笑着说：“弟弟好乖，不知道的还以为你在追你的老师呢。”

续也撸起袖子，准备撑回去，祝初一拦住他，温和地对魏雅说：“你知道皮格马利翁效应吗？一个人越是得到赞美，越会表现得好。”

只要不是智力有障碍，都能听出她委婉的提醒：搞坏人际关系对你有什么好处？

王阗在开会时简单提了一下魏雅升职的事，底下的人都默不作声，等祝初一发难，但她没有发表意见。

祝初一以为，退一步海阔天空，哪知下午，她再次荣登热搜榜。

续也是第一个把消息发给她的：老师，上天开眼了！

祝初一不明所以，取下眼镜，点开他发来的视频。

是魏雅那天推她的监控视频，前因后果拍得明明白白，像是怕观众看不清楚一般，拍摄者专门截了三个角度的特写，让始作俑者无可辩驳。

祝初一根本没关注过事情的发展，倒是热心网友时时记挂着，如今有了反转，已经有人找到魏雅的微博开骂了。

魏雅肯定也看到了，可能正在找王阗哭呢，都没回过办公室。

祝初一对网络暴力和所谓的沉冤得雪无感，继续埋头打字。

手机振了一下，微信来了条消息。

她敲完逗号，莫名有种预感，停下手，解开了锁。

果然，阎齐的头像上多了个红点，这是两人添加好友后，他第二次发来消息，只有简单的一行字：

“怕你忘了我。周末愉快。”

祝初一周末没睡成懒觉，临时接了个活儿，请她帮忙的是本科的学妹。

祝初一大四时在世界五百强的某航运物流集团实习过半年，当时的物流总监很看重她。同时会德语、英语和西班牙语的人才，在大学生中凤毛麟角，何况她做事利落，审核数据从不出错。但因为初恋和一些别的原因，她拒绝了去海外发展的机会。

宁挽还是祝初一推荐进去的，她在德国本部扎根五年，调回来后任中国地区的客服老大。

“Zoe，多谢了。公司的航线延伸到梅港，业务扩张得太快，翻译部在忙别的项目，实在是抽不出空，还好你能来救急。”

祝初一的手机上弹出了一条转账消息，是实时到账的报酬。

她喝掉最后一口黑咖啡，打趣道：“看在钱的份儿上，加班我也忍了。”

宁挽有些惋惜，说：“你要是当年没辞职，说不定现在职位比我还高呢。在你们那儿还没有上市的公司干，真是屈才了。”

当年——

人生那么长，不能回头看。

祝初一没说话，她的目光掠过衣帽架上宁挽的铂金包，片刻后，她端起谦卑的笑，说：“哪里，你比我优秀。”

阎齐在这栋大楼也有个公司，他顺路过来跟法人开会，电梯在二十八楼停下，门一打开，祝初一就走了进来。

祝初一看见阎齐也有些惊愕。

他们几天没联系了，其间，阎齐飞了一趟上海，又去了国外出差。

“巧啊。”

阎齐笑了一下，把黑色的登机箱推给林至舫，朝外轻点了一下下巴。林至舫立刻懂了，不动声色地退出电梯，等待下一班。

阎齐站直了点儿，目光下滑，无声地看她。

祝初一穿了一件贴身的及膝衬衫裙，脚踝瓷白，后领口有些低，隐约露出了背脊。

阎齐捻了捻指腹，仿佛在克制什么。

“去哪儿啊？我送你。”

祝初一想都不想便拒绝了：“不用了，我们不顺路。”

“啧，干吗拒人于千里之外？大周末的，一起吃顿饭，怎么了？”

她又闻到了他身上的香水味，那款廷巴克图的。她屏住呼吸，试图隔绝他的味道。

阎齐不吃知难而退这套，他弓起背，下巴就快搁在她的肩膀上，他看着她圆润小巧的耳垂，若有所思。

“你怎么知道我要去哪儿？未卜先知？那可比我厉害。还是说，你在躲我？”

后路都被他堵死了，祝初一只好一言不发，期盼电梯快点儿到。

阎齐笑了，问：“说说，我到底有什么让你害怕的？那晚，你怎么不怕，还求我……”

“打住。”祝初一在心里挣扎了三秒，终于忍不住开口。

她给自己做心理建设：她是实在不想挤六号线才搭理他的。

等祝初一报出一个地址，阎齐才暂时放过她，伸手按灭原楼层的红键。

祝初一觉得那块方键是她，被他圈中，失尽了血色。

祝初一跟着阎齐走进地下停车场，他的车停在VIP位置，尾灯亮了两下。

四月天阴雨密，室内有些潮湿。

祝初一喜欢这样腐朽陈旧的味道，她上辈子大约是只草履虫。

包里的电话响了，来电的是任孟嘉。

“怎么了？”

“喂，小姨，你在哪儿？”

“有事？”

“我这会儿在医院呢，身上的钱不够了，你能不能帮我缴一下药费？”

“你又打架了？”

“没有，是他们先挑的事，我这算正当防卫。”

“你在哪个医院？把地址发给我。”

阎齐靠在车前，见她神情踌躇，知道事情有变，问：“有急事？”

祝初一顺着他的话说：“嗯，我得去看看。”

阎齐将信将疑，又问：“谁在大周末有急事？”

祝初一抿了抿唇，说：“改天吧，今天真不行。”

阎齐突然弯腰凑近她，离她的睫毛只剩五六厘米的距离，说：“临时放我的鸽子，给你打电话的是男的还是女的？”

“男的。”祝初一很诚实，“我和你也是碰巧撞上的。这会儿时间还早，你约别人行吗？改天我做饭，再邀请你，好吗？”

阎齐听到那句“约别人”，挑挑眉，也没真的为难她。

“要不要送你一程？现在不好打车。”

“不用了。”祝初一再次拒绝。

阎齐笑了笑，坐进古思特车里，发动了引擎。

祝初一还傻傻地站在原地。等他把车开走，她在黑暗里想：原来比城市还孤独的，不只她一个。

这天，祝初一在办公室赶翻译稿，要配一个五十分钟长的纪录片的旁白。

这份私活还得感谢续也，是他给她接的。

某天，续也神秘兮兮地拦住她说：“老师，江湖救急。”

祝初一那天情绪不佳，说：“别找我借钱。”

续也急了，眼珠子瞪得很大，说：“我是那种穷人？不是，求你件事，好事。”

祝初一一听才知道，是他一个编导系的朋友要找人帮忙，对方开出的稿酬丰厚，是市场价的三倍。

画面一帧帧地被定格，她输入着语句，时不时在网络上检索紧跟新潮的表达方法。

续也问过她用什么翻译工具。很简单，日积月累的阅读量和电子词典。

文字是永恒的东西，语言不是，为了让观众有更好的沉浸式的体验，她要把一切往有趣里说。

纪录片片段里，镜头从城市的高处切下，祝初一听了一阵，在文档上敲下“廷巴克图”。

她抑制不住地想起那天的电梯和停车场。

他们约了今晚吃饭，但到现在，阎齐也没个消息。

信号满格，手机却很安静。

傍晚五点半，祝初一合起笔记本电脑，下楼。

她在电梯口碰到了魏雅，魏雅提了个精致的日料袋子，是给王阒点的。

“Zoe，这么早就下班了？”

祝初一浅笑一下，说：“嗯，工作在哪里都可以完成。”

“对了，晚上，我和王阒要跟何叔叔见面，是我爸爸帮我约的，聊南非的那个项目。”魏雅看了一下祝初一的提包，笑得了然，“当然，你要是忙的话，我就不打扰你了。”

祝初一没说话。

做领导的随行翻译，谈得上什么“项目”？算肥差就是了。有这关系，往后好办事，但魏雅偏偏挑她下班的点说，摆明了是想架空她。

“好，祝你们一切顺利。”她只说。

一路上想着事，手机乍响，祝初一被吓了一大跳。

阎齐竟然来接她了。

车停在公司对面，隔了一段绿化带，墨绿色的斯巴鲁森林人非常不惹人注目，他按了声喇叭后，她才看见他。

川城新落成的顶级商务区，此刻下班的白领鱼贯而出，多为二十来岁的小女生，她们毕业不久，眼皮子尚浅，没怎么见过世面，看到阎齐，一个两个频频回头，走路的姿势都优雅许多，六十秒长的红绿灯都多等了好几个。

祝初一不知道他等了多久，语气喜悦，又带了几分责怪，问：“你怎么不提前和我说？”

阎齐“嗯”了一声，挂了电话，招手示意她过去。

阎齐双手抱臂，车窗全摇了下来，车里放着不吵不闹的音乐，他斜靠在车门上，没有等得不耐烦拿出烟来抽，也没有看手机打发时间。

他就站在那里，专注地等她，浅浅的余晖洒在下颌处，落在祝初一脸上的目光十分柔和。

祝初一有片刻的失神。

她硬着头皮过马路，等男人绕过车头拉开门请人上车的过程太矫情，她自己拉开门就钻了进去。

阎齐也坐了进来，他把温热的星巴克咖啡递给她，静静地看了祝初一几秒。

她穿了丝质阔领的吊带长裙，外搭修身小西装，简约又干练。

祝初一礼貌地喝了两口，杯盖上印了半圈梅子色的口红。

她其实不喜欢太甜的东西。

“你怎么知道我在这儿上班？”她问。

阎齐四平八稳地回答：“有心查，自然不难。”

祝初一终于开始后怕，觉得自己似乎太草率了。

身旁的人目光太直白，祝初一有些不自在，问：“我的妆花了？”

阎齐转动着方向盘，收回视线，嘴角轻扯，说：“没有，很漂亮。”

川城的四月多阴雨天，像在跟世界接一个悠长的湿吻。傍晚倒是晴了，不冷不热，树木翠绿饱满，树影随风晃动。

阎齐单手握着方向盘，另一只手自然地把祝初一的手包进自己的掌心。

温暖干燥的大手修长有力。

喜欢这样牵手的男人，掌控欲十足。

自那晚到现在，祝初一还没适应自己的堕落与放纵。男人手掌的温度高于她的，她不自在地抽出手来，为避免尴尬，她岔开话题：“我们现在是去哪里？”

阎齐垂眸看了一眼被她拨开的手，顺势摸上操纵杆，迅速换挡，车速很快。

祝初一察觉他不高兴了，瞥了一眼导航。

近视的她没看清目的地。

标红的拥堵路线中，这辆车正往她不知的地方开。

阎齐把车开到了一家商场的停车场。

沉默了二十分钟，再不说话，祝初一就要缺氧了。

“在这儿吃饭？”

“不是，把你卖了。”

阎齐扯开安全带，在祝初一狐疑的目光中深深地吻了下去。

祝初一揪着他的衬衣，感觉突然就对了。

等她不可自拔后，阎齐适时退开，趴在她的耳边笑。

祝初一报复性地掐了他一把，跟着他走进商场。

阎齐找了一辆推车，说：“买菜，你来做饭，感谢就要有感谢的样子。”

“这份礼我可不收，又不是我求你调的监控。”

“那在南荔砸碎的瓷器呢？分你一半的房间呢？总归还是我亏。”

祝初一这才发觉，不过见了寥寥几次面，他们已经牵扯不清了。

用餐区有几个学生在补课，几人把家教老师气得让他们直接默写课文。

阎齐看到这幕，说：“你是学语言的，小时候没少上补习班吧？”

祝初一在想食谱，摇头，说：“没去过。”

阎齐夸她：“厉害，自学成才。”

祝初一拿了一盒精品土豆，看了一眼日期，随后放进推车，说：“自学成才是最苦的一个词，说起来都心酸。”

阎齐跟她并排走，见她认真地挑酸奶，有薄薄的一层光照在她的眼底。他拉过她的推车，手掌覆盖住她的手，什么也没再说。

祝初一没松开他的手。

这是她第一次在人海里感到不那么孤独。

超市有两排熟食架，烤鸭闻起来很香，刚放学的高中女孩挽着手在排队。茶饮店门口排队的人就更多了，常客是晚上加班的打工人，当然也不乏捧着茶杯打卡拍照的小美女。

祝初一有些感慨：“你看，时代变了，现在逛街不买一杯奶茶，就像喝不起似的。”

阎齐记着那杯摩卡咖啡的仇，问：“你不是不爱喝甜的？”

“嗯，戒了。以前上学那会儿，有家店的奶茶很便宜，五块钱一杯。现在，市面上的各种品牌太多了，噱头又足，用料是扎实了，喝起来满足感却欠佳。”

阎齐想了想，说：“我知道，你就喜欢简单的，越传统越好。”

走到收银区，阎齐没走自助结账通道，老实地过去排队，祝初一捏着手机，只好关掉了结账软件。

车开进了一个高档住宅区，门口的保安看到阎齐的车，抬杆放行。

祝初一的阅历告诉她，从楼房结构看，里面住的人非富即贵。

阎齐先下车，不容推脱地拉着祝初一的手腕，他的指尖下滑，与她的交叠，十指紧扣，之后他随意地给车上了锁，“啪嗒”一声，很有安全感。

一栋楼有四层，一梯两户。阎齐住顶楼，他买下了两户房，将其打通。

他按了密码锁开门，没避着她。

祝初一终于得空把手挣脱。

屋内漆黑，借着落地窗外的城市灯火，她四处打量着。四百多平方米的复式楼房，地板光可鉴人，家具极简，宽敞透亮，这儿不像家，像杂志里的那种样板房。

祝初一默默地算了算房价，不确定地问：“这是你家？”

阎齐用手机软件打开了家里所有的开关，明晃晃的灯把祝初一的警惕感照得一览无余。

他感到好笑，问：“不像？不敢进来？”

他弯腰从鞋柜里随便找了双一次性拖鞋给祝初一穿。

祝初一把包放在玄关，走向厨房。

敞亮干净的岛台上，酱料碗筷一应俱全。

她做饭的速度很快，半个小时，她煎好了一条鱼，还做了虾仁蛋花汤、羽衣甘蓝拌嫩南瓜。

祝初一向来饭量小，此时，她只煮了阎齐一个人的饭。

阎齐看着一桌菜不动筷，掏出手机拍了好几张照片，问：“你是会魔法吗？我怎么不知道这些食材还能这样做？”

祝初一送佛送到西，给他盛饭，说：“网上教程很多的，一搜就有。具体的我就不发你了，你也用不着，谁还能饿着你？还剩些菜，我放到冰箱了。”

阎齐家里用的是圆桌，两个人低头吃饭，像凑巧关在一个笼子里的鸳鸯。

“我孤家寡人的，你可不能乱给我扣帽子。”

屋子里静悄悄的，没有电视，没有轻音乐，两个人断断续续地说话。

祝初一问起阎齐的职业：“你呢？你的公司是做什么的？”

阎齐舀了一勺鸡蛋，说：“什么都做啊，替人打工。”

哦，高级打工仔。

祝初一没有深究，自嘲地说道：“我工作二十年，大概不抵你公司半年交的税。”

两人各自夹菜吞咽，沉默了片刻。

祝初一说：“魏雅的事，你不该插手的。”

“我多管闲事了？你是不是觉得自己背锅挺伟大的？”阎齐并没有邀功，只是不自知地说教。

祝初一难得说话带刺：“自我感动有什么不好？自己都感动不了，谁会无端来怜悯你？”

阎齐不带恶意地说：“你这样是交不到朋友的，朋友不是靠牺牲自我来结交。职场上那些老好人，最后大都被人当枪使。”

“这些我知道啊，但当时我忍了，选择不计较，就算翻篇了，过后也不想再翻旧账，累人累己。吃得了亏，人缘才好。再说，人要往前看，不是吗？”

阎齐将鱼翻了个面，问：“你就甘心被欺负？”

祝初一夹了一筷子鱼肚旁的肉，沾了沾酱，说：“不是啊，人在做，天在看，总归有人收拾她的。她想踩着我升职，就让她升。尸位素餐，不能服众，指不定哪天，她就把自己作死了。她要挖坑自己跳，我不拦着。”

这姑娘看着性子软，原来是“白切黑”。

阎齐盯着她看。

祝初一问：“怎么了？”

阎齐说：“不习惯？那我就看到你习惯为止。”

祝初一只管低头吃菜。

阎齐家的筷托是一只兔子，乖乖地蹲在那里。

他放下筷子，评价起这顿饭：“比‘樊笼返’做得好吃。”

祝初一不知道他说的是哪儿。其实，这些都是她平时不会做的菜式。通常一日三餐她要么在便利店吃，要么点外卖解决。

“你平时也做饭？”

“偶尔，一般是助理给我订。”

祝初一理解。

一个人住的话，做饭，收碗，洗锅——那个过程太孤独了。

阎齐去楼上接了个电话，祝初一起身把盘子和碗都放进了洗碗槽。

阎齐走路没声音，不知什么时候，他站在了她的背后，拿脚趾蹭她的后脚腕儿。

祝初一手一抖，陶瓷碗滑落。

想象中的碎裂声并没有响起，碗被阎齐接住了。

祝初一不敢回头，怕鼻腔里都是他的味道。

似乎是怕吓着她，阎齐故意用气音说："别洗了。"

他用手指缓而沉地清点着她背脊上的骨骼。

祝初一偏头躲开了。

"没油了，我下去买。"

她顺手拿起一个胡椒研磨器，整理好自己的衣服，逃难似的跑了出去。

她坐到一楼的长椅上，新鲜的空气并没有使她好受，她还在发抖。

她握着胡椒研磨器，觉得自己可笑至极。

其实她有点儿蒙，她也不能理解自己为什么是这样的反应。发生过关系的单身男女回家做菜，本就默认了某种后续。

她还穿着拖鞋，身无分文，包、工牌、钱包、钥匙、手机都落在他家了。

她好像有了回去的理由。

门口的保安提前得到了阎齐的指示，笑呵呵地帮祝初一刷卡开门。

西语有个词叫 ternura，是柔软的意思，像他无意送她的那片花瓣，搅得她心绪不宁，几欲抓狂，让她最后只得投降。

祝初一敲门时，门内传出了综艺节目的声音。

阎齐打开门，抱臂守在玄关。

她咬着唇，一言不发地换鞋。

阎齐也不拦着，在她拿起她的外套时，他抬手扯开她背上的蝴蝶结。

衣衫落地，所有的矜持告终。

背脊有指尖划过，祝初一提着包，只觉得氧气不够用。

她被推到墙上，被迫仰头，盯着他喉结的位置，揪着裙摆，进退维谷。

阎齐俯身吻她的脖子，问：“你跑什么？”

祝初一呼吸混乱，胡乱地推开他，带了哭腔，说：“太晚了，我明天要上班，我要回家。”

阎齐这次没让她走，他握牢她的腰，把她提到了自己的脚背上，他的鼻尖磨了一下她的，深深地呼吸，说：“夜晚太孤独了，我们做个伴。”

阎齐抱着祝初一上了二楼。

祝初一抱住他的肩膀，终于看清了他的文身——一朵积雨云。

两人激烈地吻着。

她靠欲念谋生，如同信仰者求佛，求的是下坠的欢愉。

她看到一道光，甜蜜的脸，寂寞的月，轮替变化。

她听到自己的心跳，听到另一个人的脉搏。

月亮像被撕碎的纸页、吸饱水的睡莲，盘旋，降落。

所有的委屈和痛苦消散。

她哭了出来。

那晚，她待在异国的小黑屋里，说不担忧、不慌张是假的，但没人问过她，她也就无处以撒娇的口吻求安慰，只能安慰自己，她能扛事。

从小到大，她循规蹈矩，哪里遭过那种罪？人生中最惨淡、最担惊受怕的那段时间，也已经过去很多年了。

要不是因为那件事，她也不会在王阗的公司工作。

是她欠王阗的。

卷土重来的孤单和害怕激发了祝初一前所未有的冲动，她甚至有点儿破罐子破摔——身边总该有个人的，无论是哪种关系。

“我们能不能就这样？”祝初一问。

像情人，似爱人，不图白头到老，只为消解寂寞。

阎齐没立即回答，她心里没底，问了句：“你没女朋友吧？”

祝初一心跳加速。

也许她是疯了。

阎齐哑然几秒。

怎么办？她好像误会了。他要的不止这样。

趁她不备，他惩罚似的把烟吐在她的嘴边，呛得她像是连肺都要咳出来。

她捂住嘴咳。

在祝初一尴尬到想找个地缝钻进去的那一刻，她终于听到他妥协般地回应：“好。”

阎齐吻了吻她的眼睛。

你来到我的生命里，我很高兴。

晚上十点，阎齐送祝初一回去。

祝初一让他在路边停车，说：“里面不好倒车。”

阎齐没顺她的意，说：“我哪儿能把你一个人扔在路边？”

扶竹路在城区的边缘地带，道路暗窄不说，住民更是鱼龙混杂，老旧的社区环境杂乱，没有物业，平时没人管理。一天来一次的垃圾车刚开走，余下一片狼藉和糟糕的气味。

“你住哪栋？”阎齐打开车灯，降了速，歪着头找她的家。

“前面的小卖部那里，就是蓝色雨棚那儿。”

单元楼门口，有只黑色流浪猫从树上跳到他的车头。

那只猫隔着玻璃对准他的脸，叫得声嘶力竭，下马威似的，随后飞快地窜到篱笆里去了。

阎齐偏头咳嗽一声，把降下来的车窗升了上去。

祝初一讥诮勾唇，这社区她住惯了，没觉得有任何不妥。

被她看了个全，阎齐有些不自在。

他怕猫。

“你晚上还加班？”

阎齐见她的手机亮着，一路上她时不时地点开看一下，好像生怕错过了什么消息。

祝初一如实告知，当多个人排忧，说：“在等出版社的消息，之前发了一篇外国小说的试稿，在等回复。”

阎齐对这方面没有研究，问：“这个机会很难得？”

“算是吧，毕竟我之前没有过作品，空有一身本事没用，也得人家赏识才行。”

“讲的什么故事啊？给我说说。”

祝初一回想了下，说："这篇小说在国内外的知名度都不高，有些小众，但很真实，是作者根据亲身经历改编的，讲的是他旅居在理塘时发生的一连串的事情……归根到底，是讲一个男人和一个女人的纠缠。"

阎齐记下这几个关键词，安慰她："尽人事，听天命，该是你的总归是你的。"

祝初一不走心地笑了笑，说："嗯，我先上去了。"

解开中控锁，阎齐还在建议："其实有房间给你住的，你没必要回来。我明早可以顺路送你上班的。"

一个在东，一个在南，顺路才有鬼。

可这晚的气氛太好，祝初一不忍破坏。

晚间广播在做怀旧节目，刚好放到陈晓东的老歌，前奏是悠扬的提琴声和风铃轻微的碰撞声。

车载音响的音质极好，把人拉进回忆里。

祝初一听得有些入迷，等阎齐靠得很近时，她才察觉，不着痕迹地推开他。

"你是不是会送每个'合作伙伴'回家？"她问得委婉。

阎齐听出了弦外之音，答道："合心意的就送。"

祝初一没多想，礼尚往来似的吻了吻阎齐的耳垂，拿过后座的包，说："再见。"

阎齐没直接开车走，在楼下等了几分钟，直到他正对的这栋楼的其中一扇窗亮起了灯。

他给祝初一发语音消息："晚安。"

她可能不知道，她心里的那点儿犹豫全挂在脸上了：要不要放他走进我的世界？

祝初一点开语音消息听了，没回他。

阎齐邀她留宿，祝初一当然明白他心里的算盘，可她实在没力气应付了。

点到为止。

夜晚总要回家的，别处再繁花似锦、舒服似天堂，都不如自己的窝。

这里是祝初一的爸爸留给她的老房子，没有产权，没办法售卖，只能用来居住。

房子很小，才四十多平方米，是一室一厅的户型，有几样简单的家具，电视，书柜，餐桌，沙发，落地灯，祝初一将它们归置得很妥帖。

偌大的城市的万家灯火里，只有这一盏完完全全地属于她。

明年祝初一就三十岁了，小姑娘会对爱情抱有憧憬，她可没那么不切实际。

第三章

大爱临头

隔天下班时，祝初一以为自己眼花了，她竟然又看到了阎齐。

她刚加了一小时的班，跟纪录片的导演开了个小会。

那是个爱混夜店的小年轻，他夸她文笔不错，但介绍历史人文时，有些词不够接地气，有点儿端着，希望她能再多用一些网络词汇。

祝初一对待甲方向来谦卑，让他再给她两天改稿的时间。

周旋过后便到了晚高峰。

阎齐站在那儿，一副司机拉客似的姿势，但谁也没敢把他当成代驾。

白天出过太阳，又下了雨，他穿着驼色的薄毛衣、黑灰色西裤，鼻梁上架着一副复古墨镜，一副富贵闲人的打扮，偏偏那寸头透着野劲，头发剃得很短，耳骨上方那处皮肤泛着青。

祝初一很是诧异，问他："你都不工作的吗？"

阎齐开了一天的会，在报表里浮沉，此刻，他的眼前全是飘浮的数字，便没好气地说："我的车被贴了三张罚单，为了谁？"

祝初一侧头，看到雨刮器和挡风玻璃间夹了一张粉色的单子，她小声道："你傻啊，旁边就是停车场。"

真是钱多烧得慌。

阎齐把她塞进副驾驶，绕到另一边坐到驾驶座上，说："我不给你打电话是怕打扰你工作，更怕你拒绝我，看在我被下了罚单的分上，能不能陪我吃个饭？"

吃饭就吃饭，找什么奇奇怪怪的理由……祝初一有些头疼。

"你在午饭时间打电话给我，我会接的。"

阎齐设置了一个这个时间点的闹钟。

"好，以后我在这个时间找你。"

祝初一终于明白阎齐会错了意。她不需要深情的男朋友。阎齐这样大刀阔斧，已经快要劈开她寄居的壳了。

"你没有必要——"

话说到一半，车载音乐被切断，来电话了。

阎齐瞥了她一眼，当着她的面接通了电话。

音响里传出一个年轻女人的声音，温软细腻。

祝初一偷偷地瞄了一眼显示屏，没有来电人的名字，只是一串数字。

“阿阎？”

“有事说事。”

“好久不见啦，你有没有想我呀？我寄了椰子给你，很甜的，记得查收。”

这人很会撒娇，很像是他的情人。

祝初一皱眉，她自认没立场追问他，只好偏头看向窗外。

阎齐面无表情，只说：“嗯，挂了。”

祝初一继续说刚才被打断的话，跟阎齐商量：“你不用来接我的，阎齐。”

还是小女生的时候，她巴不得男朋友时时刻刻都在身边，两人总是腻歪着，等下课、一起去食堂、牵手逛街，他忘了一个节日或者纪念日她都不依不饶。

闻言，阎齐在后视镜里看她一眼，淡淡一笑，说：“想什么呢？我恰好去附近办点儿事，顺便接你。‘以后’还不定是哪天呢。”

祝初一默默地垂眸。

“顺便”的代价就是三张罚单。

他的反话如果能积分，兑换年末大礼包是绰绰有余了。

祝初一心里忽然很乱。

还好她先发制人，走向了无欲无求的那端。

迤逦的车流里，一片尾灯红海，两人有一搭没一搭地聊着天。

阎齐嫌闷，把天窗打开，问：“听歌吗？”

祝初一抬手去摁键，半天找不到换台的键。

“在这儿呢。”他找到充分的理由握住她的手，轻轻地拨动开关。

祝初一缩回手，心尖一阵酸麻。

放的歌刚好是蔡琴的那首《缺口》。

风从头顶的天窗灌进来，夹杂着若有似无的栀子花香。一场雨之后，花骨朵儿全开了，满城的香气。

所有季节嬗递，将夏未夏最怡神。

晚霞如海鲸倒游，粉紫色的流云穿过斜拉桥，渐渐散成抽象画。

“年轻求得圆满，随着岁月走散……”

祝初一漫不经心地打量着这座桥。

她给川城的宣传片做过翻译，无意间了解到，这座桥刚好跟她同岁。

也许在后生眼里，她已经很老了。但这会儿，她身边有人，至少不孤单。

哪怕彼此心里想的完全是另外的人。

这次，祝初一跟着阎齐到家，就没再忙着进去了。

她突然发觉自己对他的了解太少。对于他的具体职业、家庭背景、婚姻状况，她一无所知。

虽然祝初一没有和他到老的想法，但她也不打算在道德上犯错误。她想起车上的那通电话，忍不住问阎齐最基本的原则性问题：“你结婚了吗？”

她没换鞋，站在门口，没走进去。

“没有女朋友和没有结婚是两个概念。”她承认自己有点儿抠字眼，她怕他玩文字游戏。

“这年头，两边瞒的男的太多。”

阎齐拉着她，将她往沙发的方向引。

他个子高，身型优越，祝初一站在他面前，两人有点儿身高差。

她没动，眼神执拗如小兽。

他好喜欢这双眼，干净清澈，他被吸引，也很羡慕。

他笑了笑，问：“你是准备应聘人口普查的工作，还是居委会阿姨提前试岗？”

祝初一没理他的插科打诨，她在等他的回复。

她像半夜提着灯敲门的迷路客，如果家里有女主人了，她就熄灭手里的光。

阎齐叹了口气，把水晶杯塞到祝初一的手心，里面是清香的柠檬水，他想，她应该会喜欢。

他捏住祝初一的下巴，用难得的诚实口气回答：“没有。你胡思乱想些什么呢？我看起来很像渣男？”

他的语气有点儿急了，不是心虚，而是怕解释不清。

——是实话。

祝初一暗自松了好大一口气，但她也没说话，脸上挂着“你自己照镜子体会体会”的表情。

阎齐被气得嗤笑出声，他就势低头，扰乱了她的呼吸。

她今天把满头蓬松的头发扎了起来，发髻低矮，是成熟知性的都市白领模样，鬓角有一枚小小的痣。

阎齐还没碰到过这样的。他低头吻了吻她的鬓角，而后把祝初一抱进了卧室。

这世上总有些人，你会忍不住与他产生关联。

阎齐每次靠近，祝初一都感到心悸，是知道重头戏即将开场的那种紧张。

那时，她不知道，这是大爱临头的预感。

她抱紧他的肩膀，低下头，又看到了那处文身。

此刻的她仿佛做了这朵云，刺进他的皮肤，轻飘飘的。

卧室里有一簇仿真炉火，封在玻璃内，随着风跳动着。

明明什么都是假的，她却仿佛闻到了陈旧的木头味，听到了木头扔到火里焚烧的声音，噼里啪啦的。

她就是那几截木头，燃烧了，焚化了，灰飞烟灭。

祝初一败下阵来，像只兔子窝在被子里，看着阎齐抽烟。

“你是不是四十岁了？”她盯了他半晌，忽然问出这么一句。

阎齐呛着了，说：“这种时候不要挑衅我，不然，我会以为你在使激将法。”

未得到正面回答，祝初一四下寻找，看到了床头的皮夹，她迫不及待地翻出了里面的身份证。

证件照向来是检验颜值的硬指标。很好，阎齐完美地达标了。

阎齐抽走那张薄卡时，祝初一还没来得及看他的出生年月日。

“哎，再给我看看。”

阎齐不怎么大方，拒绝她：“不给。”

祝初一穿着他的浴袍起身，踹了他一脚，说：“小气。”

阎齐翻了个身，又把她抱在怀里，说：“别动。”

祝初一任由他抱着，安静地当了几秒钟的娃娃后，推开阎齐去洗澡。

她进了卫生间，抬手打开淋浴，水流将头发打湿。

了解一个人费神，生存磨人，她回头看着玻璃上的影子，心想：不如就这样，同他做个取暖的伴。

她洗到一半的时候，阎齐推门进来了。

他揉着祝初一的头发，冲干净了上面的泡沫。

她靠着瓷墙，有点儿累了。

……

阎齐的卧室很宽敞，大到让人不适应。落地窗打开了，风穿堂而过，双层黑色窗帘轻轻地拂动，窗外是璀璨的夜景。

祝初一抱着膝盖半靠在床上，到了新环境，她总会觉得没安全感。

所有房间都被打通了，整体装修是浅灰色工业风，线条和色调趋于简洁，唯一的亮色是床尾摇摇欲坠的祝初一的长裙。

楼下传来一阵阵的饭香，她被诱惑着下了楼。

她好好观赏过他的家，能看出来，设计师是下过功夫了解他的。

客厅除了沙发就没有其他摆件了，无边的落地窗外，夜景一览无余。

楼梯下有个开放式厨房，很有结构感。

岛台上有两盘饺子，酱料盛放在一格格的塑料小盒中。

阎齐朝她招招手，问："你吃哪种酱料？这是我看着加的，你要是觉得不对味，自己去换。"

让她自己去换，没诚意。

祝初一夹起一只饺子，小口小口地吃着，随口应了声："哦。"

阎齐把灶台的火关小，盖上锅盖，把门口的椰子搬了进来。

祝初一多看了那箱椰子两眼，被阎齐抓了包。

"帮个忙。"

"怎么？"

"会不会做椰子鸡？"

"……我可以查查食谱。"

"……算了，你帮我把椰子壳打开吧。"

祝初一拿纸巾擦了一下手，拿着凿刀，摁住椰子使劲钻，心想，这椰子壳就是阎齐的头盖骨了。

阎齐用脚尖钩了高脚凳给她坐，看着面目全非的椰子，他皱眉问："这么用力做什么？你跟它有仇？"

祝初一却转移了话题，问："锅里的是什么？"

"糖醋排骨。"

闻着还挺香，原来他会做饭。

祝初一把椰子递给阎齐，接着吃饺子。饺子是鲜虾玉米馅的，配的芝麻油非常香。可能是她饿得不行，吃完了一整盘。

阎齐往锅里加好酱汁，回头看了她一眼，问：“来点儿酒吗？”

祝初一对着那排高低错落的酒柜发蒙，阎齐好意地解围：“或者，你想来点儿啤酒？”

“嗯，也行。”

于是，他们把桌子搬到窗边，一人喝掉了两罐乐堡啤酒。

椰子鸡还有半小时才好，此刻香气四溢，咕噜咕噜地冒泡，满屋子的香味。

祝初一整个人有些微醺，想着：这景色无敌了，如果碰上雪天，应该更棒。

“没想到阎总这么勤快，还自己做饭，怎么不请个阿姨？”

阎齐不悦地扫她一眼，问：“我全名叫什么，你不知道？”

“噢，我还以为你习惯人家这样称呼你。”

祝初一嚼着排骨，肉酥嫩得宜，他很会做菜，菜里还加了酸梅，中和了焦糖的腻，她没忍住，多吃了几块。

阎齐擦了擦手，说：“我不喜欢家里有外人。”

祝初一尝试着理解“外人”这两个字的含义。不请阿姨，所以指使她帮厨？跟睡过的女人做饭是不是他的固定操作？

阎齐尽地主之谊，去厨房洗碗。

祝初一小心翼翼地收拾着餐桌，这次用的法国进口品牌的盘子，上回来她就为它精美的设计狠狠地动心，却被价格唤回了理智。

她趿拉着拖鞋把餐具端过去，问：“你怎么有这款餐具？”

阎齐淡瞥了一眼，说：“朋友送的。”

朋友？是娇滴滴地送他椰子的那种朋友吗？

祝初一没问了，靠在边上看他洗碗，渐渐地被他的手吸引了注意。

他的手指修长，在泡沫里穿梭，刷洗着碗，把再寻常不过的家务办得如同在勾引人。

祝初一真有点儿醉了。

静谧的空间突然响起“叮叮”两声，仿佛是微波炉加热完毕的声音。

——祝初一的邮箱来邮件了。

阎齐抬头，拿水花洒了她一下，问："不去看看？"

祝初一回神，说："哦。"

她像一阵风，轻轻地跑走。

观众不在了，阎齐随手把碗和杯碟放进了洗碗机，洗干净手，倒了一小杯酒，仰头入喉。

祝初一跑到沙发边，脸红透了。她为自己的失态而觉得丢脸。

她的食指轻颤着，在触摸屏上点了几下——出版社回复了，她也清醒了过来。

是退稿的消息。

编辑的遣词很客套，但再温柔的拒绝也是拒绝。

虽然早有心理准备，但此刻祝初一的心情仍然坏透了。果然，越是想证明自己的时候，越是难以如愿。

她一扭头，发现厨房的灯关了，屋子暗下来，一点儿光也没有。

阎齐去哪儿了，她暂时不想管，她点开要改的纪录片稿子，替换了几个词。

成年人好惨，这种时候也要心系工作。

酒劲上头，祝初一蜷在沙发上，渐渐地睡着了。

不知睡了多久，她的身上被搭了一条毛巾毯，亚麻软质地让她感到安慰，她轻蹭了两下，迷迷糊糊反应了好一会儿，才发现这不是在自己家。

一抬眼，阎齐就坐在沙发那边，他洗过澡了，戴着金丝边眼镜，手指在键盘上轻轻地划拉。

"醒了？"他头也不回，道，"厨房里有奶昔，加了草莓和西红柿，没加糖。"

他当她是猪吗？睡醒就吃。

祝初一起身，调整好表情，说了声"谢谢"，心里却跳出两条警示：

一、阎齐还挺会做家务的。

二、体贴细腻若非天赋，就是女人手把手教出来的。

凌晨一点了，祝初一没矫情地要走，反正次日调了休，熬夜也没关系。

阎齐用平板电脑调出了一部纪录片，用投影仪看，她没意见。纪录片讲的是坐落在世界各地的经典建筑。

两人都不爱追剧，觉得太浪费时间。

坐拥盛大辉煌的夜景，祝初一觉得生活还没烂到无可救药。

祝初一叉了一块椰子鸡放进嘴里，肉质鲜嫩，奶香恰到好处，她再次暗叹：他不去开餐馆真是川城人民的损失。

祝初一问："怎么看这个？跟你的气质不相符啊。"

阎齐说："不喜欢？"

祝初一说："没有。就是离现实生活太远了，不真实。"

阎齐说："生活多糟心，看点儿美好的事物，很浪费时间？"

祝初一："《世说新语》中有一句话：'处众人中，似珠玉在瓦石间。'"

阎齐笑了声，说："听不懂，解释解释？"

祝初一说："字面意思是，置身平庸俗世，就好像将珠宝美玉放在瓦片石头中一样。"

阎齐道："珠玉在侧，觉我形秽？"他说的是《世说新语》中的另一句话。

祝初一反应了两秒，说："原来你知道。"

阎齐说："嗯，所以你不必理会那些丑人，因为你很美。"

祝初一知道他又在含沙射影地骂魏雅了，她其实早没把那件事放在心上了。

"人人都爱表达自己的话，谁来隐忍？"

忍——她老是用这个字。

阎齐说："我这人小气，很记仇，见不得自己人受欺负。你离她们远点儿，她们心丑。"

纪录片刚好讲到西班牙小镇的悬崖别墅，墨色的海洋没有尽头，沙滩上停了火烈鸟。

祝初一只在网络上见过这种鸟，随口问了句："它们为什么长成这个颜色？"

阎齐解释道："其实粉色的湖泊大都有腐蚀性，但这种鸟的皮厚，在水里面泡不烂，水里的藻类含有胡萝卜素，它们贪嘴吃多了，慢慢就变粉了。"

"泡不烂"三个字戳中了祝初一的笑点。

这晚，祝初一知道了很多事。比如，阎齐的爱好是买房，买完把屋子装修成各式各样的风格。

她不问那些家里都住过谁，只说：“您这爱好很讨打。”

阎齐掐了她一把，道：“再说一遍，叫我什么？”

她咬唇，没再回答。

四月二十日这天，因为任孟嘉的事，祝初一请了假。

男孩长到十六七岁就容易惹祸。

班主任的电话是阎齐替她接的，当时她在浴室。她抱着衣服出来后，阎齐迎上前。

阎齐仿佛窥见了她的秘密，问：“你有一个儿子？”

祝初一觉得莫名其妙：“你是怎么得出的结论？”

“也对，昨晚你才把咱们的儿子扼杀在摇篮里了。”

祝初一来过夜的次数渐渐多起来，早上时间很赶，祝初一真没空陪他瞎扯，仓促地把手机和笔记本电脑收进包里，连头发都没来得及绾上去。

阎齐也不急，他往她的挎包里塞了一份碱水抹茶红豆面包、一盒燕麦奶，悠悠地说：“吴老师让你联系她。”

祝初一停下了穿鞋的动作，问：“什么时候的事？”

“刚才。”

祝初一打开通话记录，给吴老师回电话。

她跟对方聊了两句后，看了阎齐一眼，说：“不是，朋友。”

两分钟后，祝初一挂了电话，又给王阒写了封邮件申请调休。

阎齐倚在冰箱边，看着祝初一敲键盘，说：“你这么听话，连请假申请都乖乖地写，你侄子竟然不是拿奖学金的好学生？”

眼见涉及原生家庭的事，祝初一没吭声。

阎齐说：“我上午有空，我送你去一趟？”

祝初一从电脑屏幕前抬头，笑着说：“不敢劳驾您，阎总的时间那么宝贵，别浪费在我这里。”

阎齐不乐意了，说：“朋友之间，搭个便车怎么了？”

爱送就送吧。

祝初一算好时间，开始办公。

工作时，她习惯戴上降噪耳机，自动屏蔽外界。所以，阎齐煮咖啡、洗澡、在客厅换衣服，来回不下五遍，她都能视而不见。

九点，阎齐终于受够了被忽视，敲了两下桌子，说："乘客，该出发了。"

祝初一刚好完工，笑了笑，说："师傅衣着整洁，待会儿给你加钱。"

川城九中在黄桷坪，美院的学生把附近的街道巷弄利用起来，涂鸦、雕塑等散落在老房旧城间，像特立独行的诗。

祝初一和吴老师约的是十点，还有点儿时间。

阎齐看了看手机，说："旁边有个茶馆，去坐坐？"

祝初一算了算同等距离打出租车的费用，打开和阎齐的对话框，给他转了账，还多给了百分之十。

阎齐点开对话框，接收了转账。他搞不懂她到底在坚持些什么。

他笑了声，问："就这？怎么不把辛苦费算上？现在的女的都这样？出力的是我，你拿钱就把我打发了，什么世道啊？"

似是而非，指鹿为马的，祝初一没招了。

"走走走，下车吧，请你喝茶。"

阎齐吹了声口哨，拿着墨镜在食指间绕着，说："行，给你这个机会。"

茶馆很复古，在一栋居民楼的底层，从平层过去得下台阶。路口有很多拖着行李箱的游客，石板路上有泥泞的划痕。

门框稍矮，阎齐微微低头进门，背肌处的黑衬衫起了皱。

暗红的门框落了厚灰，小小的一扇，一次只能过一人。祝初一跟着钻进去，轻轻地在他的背上拍了两下，帮他把衣服褶皱抚平。

阎齐顺势牵住她的手，摩挲了一下。

大堂分上下两层，台阶处有隔断栏杆，放了提名匾额，下面是茶壶和杯碗。

室内有烟味，一群人在桌上跳来跳去，录着说唱歌曲，阎齐嫌吵，选了处靠窗的地方。

祝初一也有同样的想法，但如果他选择坐中间的位置，她也不会拒绝。

上茶了，用的是几块钱的盖碗，茶叶有些糙，倒是契合这家茶馆的卖点，陈旧、古朴，跟精致搭不上边。茶馆里摆了二十来张桌子，粉刷的白墙已经掉了皮。

茶馆内大多是来拍照打卡的衣着光鲜的年轻人。

祝初一喝了一口茶，觉得还好，她以为阎齐会嫌弃，却没见他挑剔。

“你喝得惯？”

“这茶算不错的了。”

“我以为这茶入不了你的眼。”

“再差的我都喝过。”

祝初一不信。

他家里有一堆登山用具，参与户外运动，有时用餐环境是没得选的。她以为他说的是这个。

祝初一环顾四周，小声说：“人都这样吧，偶尔喜欢逆行，没见过的东西都想尝试。”

阎齐说：“多试试又没错，那些常年喝同一种饮品的，都是狠人。”

祝初一垂眸。在她看来，那不是狠，是专情。爱的特征之一就是——很少有人能做到。

她心血来潮，问阎齐：“你用雪水煮过茶吗？”

阎齐回忆了一下，说：“在瑞士试过。”

祝初一说：“在清明和谷雨之间采来的茶最好。”

阎齐说：“这么了解？”

祝初一不愿多炫耀，说：“我读书时熬了太多次夜，爱喝茶。”

阎齐说：“喜欢喝茶啊，那改天我带你去杭城，满觉陇那儿，就着桂花香来一口茶，秋天就值了。”

他的承诺随口就来，祝初一听过也不会太放在心上。

她并不喜欢江南，她在那里有不好的记忆。

十点，祝初一准时到了学校门口，登记完，她熟门熟路地上了四楼，进了班主任的办公室。

办公室没其他人，阴凉处冷幽幽的，有股油墨香，让人没来由地紧张。

“吴老师。”

吴莫杏抬头打招呼：“哎，您来了。”

祝初一说：“不好意思，给您添麻烦了。任孟嘉又不乖了？”

吴莫杏对祝初一还是很客气的，说：“他父母做生意忙，难为你这个小姨了，要时常跑上跑下的。”

"他又打架了，还是煽动同学逃学去网吧了？"

"要是这种小事儿，我也犯不着请您专程来一趟，在微信上就能说了，反正他又不是第一次。"

祝初一心里一紧，说："您说，该赔的，该道歉的，我们不会逃避责任。"

吴莫杏叹了口气，说："前天早自习，我看他在睡觉，就把他叫醒了。他说他不舒服，我摸他的额头，很烫手，就把他送到了医务室。他输完液后，退烧了。"

祝初一皱眉，说："您应该通知我来的。"

吴莫杏说："他的妈妈来过了。我知道这事儿不该你管，昨天我去门口取快递，看到他逃了晚自习，进了一辆面包车，今天早上才鼻青脸肿地来上课。我问他怎么回事，他死活不说，坚持说是自己摔的。我想，他是不是惹了社会上的什么人？这个年龄的孩子心智还不成熟，很容易学坏，要不你好好问他有什么困难，早解决早安心。"

谈完话已经十二点，祝初一去高二四班找了任孟嘉。

任孟嘉坐在后排，闭着眼睡觉，他旁边坐了个白净的女孩，正轻轻地把衣服搭在他的身上。

祝初一进去把人叫醒了。

任孟嘉的嘴角肿了一个大包，看起来很狼狈。

"谁——小姨，你怎么来了？"

祝初一冷着脸说："你给我出来。"

两人出了学校，找了个饮品店。

"小嘉，我只问你一次，脸上的伤是怎么回事？你要是骗我，往后，我都不会再管你的事。你爱当混混，爱去讨饭，都跟我没关系。"

任孟嘉个子近一米八，这时，他垂着脑袋，睫毛在光影里眨了眨，说："小姨，你走吧。这事儿你别管了，以后，你就当不认识我。"

这话太混账。

祝初一心中担心、气愤、失望、伤心的情绪混在一块儿，气得一巴掌扇了过去。

"不认识你，怎么不认识？你都要烂在土里了，我能不拉你一把，任你变成社会败类？”

任孟嘉笑了，耸了两下肩，说：“是啊，我本来就没人管，死了也不可惜。”

其实，任孟嘉从小跟祝初一很亲，他是她看着长大的，在他的父母贬低他时，她会为他辩驳一句：他的心是好的。

祝初一说：“跟你上次打架有没有关系？是不是闻晓影的事？”

任孟嘉有些难过，低声说：“小姨，我这事儿你管不了，回去吧。要是有人找你，你就说不知道我在哪儿。”

话说到这份儿上，疑点那么多，祝初一不可能放他走。

任孟嘉的手机响了，祝初一手快，抢过他的手机，短信上，“利息”“手脚”“去死”等字眼刺入她的眼睛。那一刻，她仿佛看到了当年恐惧的自己。

她终于明白这是怎么回事了。

“任孟嘉，你找那些人借钱了是不是？你一个学生怎么需要那么多钱？啊？！”

任孟嘉把手机抢过去，情急之下说漏了嘴：“不是我自己要用钱！”

阎齐转了一圈回来，看到祝初一时，她正拉扯着一个高中生往外走。

“怎么了？”阎齐停好车，过去拉住祝初一的手臂。

她的眼睛湿漉漉的，明显刚哭过。旁边的高中生看着他，一脸戒备。

阎齐一下就明白了是怎么回事，问：“你把你小姨惹哭了？”

“关你屁事？你少管。”任孟嘉说完就要走。

阎齐手里还拿着刚刚在校门口买的塑料风车，他垂眸看着风车转动的叶片，无声地笑了一下。

在任孟嘉路过阎齐身前的那一瞬间，阎齐踩了一下任孟嘉的鞋尖。

任孟嘉看了一眼被踩脏的小白鞋，本想骂一句，但考虑到祝初一在场，他只咬牙切齿地说了句：“你有病吧？”

阎齐不至于为这句话动怒，闻言，他只吹了一声口哨，脸上始终挂着笑容。在任孟嘉再次抬腿走人时，阎齐又踩住了他的鞋带。

这下子，任孟嘉忍不了了，他想还击，但阎齐比他高一个头，从气势上就赢过了他。

阎齐挡在任孟嘉的身前不让他走，侧头往风车的叶片上吹了一口气，等风车又慢慢地转动起来，他才慢条斯理地问：“来，说说，你怎么欺负你小姨了？我都不敢让她哭。”

祝初一深呼吸了一下，家里的事，她暂时不想让阎齐知道。

“阎齐，你别管了，这不关你的事。”

阎齐笑了声，问：“你们家每个人都这么嘴硬吗？”

祝初一声音很轻：“你先走吧，好吗？”

对于祝初一的不识好歹，阎齐没好脸色，他半眯着眼，说：“活该你被欺负。”然后，他把风车塞到祝初一手里，径直走了。

他去马路边的小卖部买了包烟，准备坐在车里抽。一个男的路过他的车时看了看车牌，抬头看清是阎齐，眼睛瞬间亮了。

“哟，阎哥。”

阎齐掏了支烟含在嘴里，无声地打量他。

“我啊，跟赵哥一起的那个，您还夸我后生可畏，记起来没？”

阎齐真没想起他是谁，脑海中却闪过了一个念头，问：“啊，你来这儿干吗？复读啊？”

“阎哥真会开玩笑，我这个岁数，哪个老师敢教？就那小屁孩，对，旁边站了个小白领的，嘿，他不是为了个小姑娘找我们的吗？怎么还勾搭上成熟姐姐了？”

阎齐吸了口烟，缓缓地吐出来，道：“嘴巴放干净点儿。”

“哥，哥，对不住，我嘴臭。那什么，我还得去盯活儿，先撤了啊。”

大水冲了龙王庙，阎齐脑海里闪过这句话。他想了想，还是给祝初一打了电话。

祝初一坐在原地，任孟嘉早跑了，她的声音很丧气：“喂，怎么了？”

“我现在心情不太好，你哄哄我，把我哄高兴了，我就帮你解决这个麻烦。”

祝初一情绪不高，道：“改天吧，我真没空。”

阎齐降下车窗，见祝初一拦了一辆出租车。他没犹豫，踩了油门跟上去。

前面的出租车像只逃跑的羊，一路缩起脚狂奔。路边的面馆、火锅馆、洗发店、便利店迅速倒退。

阎齐追着人，很是得心应手，顺便拨通了林至舫的电话。

“老板，您说。”

“你问问卫赵，认不认识任孟嘉这人。”

林至舫思索片刻，说待会儿给他回话。

十分钟后，电话回过来了，等听清具体情况，阎齐沉默了几秒。

“你帮我跑一趟。”

林至舫说：“阎哥，我和他说了那是我弟弟，卫赵挺懂事，说我的事就是您的事，看您的面子，这事儿就算了。”

阎齐食指抵唇，琢磨了一会儿，说：“你给他递话，该算的还是得算，照规矩办。但他们人也打了，多余的利息是不是可以免了？”

阎齐再看到祝初一，发觉她像只无家可归的猫，只觉怒意上涌。他打电话给她，说：“你坐在银行门口干吗呢？过来。”

祝初一愣神了片刻，近乎哀求地道：“求你，真别管我。”说完，她便把电话挂了。

银行人多，办业务的排了五十多号人，祝初一在门口等着。

她抱着自己，眼尾垂下，脑子里闪过很多片段。她好像没有拥有过恣意的青春，一回想，全是血腥的画面。

大理石地面反光，有道影子缓缓地靠近，由长及短，在她的鞋尖处消失不见。

祝初一抬头，看到了他。

阎齐没好气地看她，说：“上车。”

林至舫在五分钟后赶到，祝初一对阎齐能帮她的事半信半疑，但林至舫从公文包里拿出了欠条和合同，任孟嘉如假包换的拇指印显得无知又冲动，证实了所有。

阎齐对上了祝初一充满歉意的眼。

祝初一联系了闻晓影，告知了她解决办法，让她带着任孟嘉过来。

下午两点，在林至舫的陪同下，祝初一找到对方，掏出包里的钱，还了对方本金。对方态度骤变，很是谦卑，走前还拍了拍任孟嘉的背。

任孟嘉的脸色很难看，当着几个人的面给祝初一跪下了，说：“小姨，对不起。”

虽然祝初一的存款不多，但两万块钱对她来说还不算负担。

"好好读书，对得起你自己就行。"

阎齐全程旁观，事情解决后，他让祝初一自己去上班，留任孟嘉在车里跟他聊天。

透过后视镜，阎齐问："给我个理由？毕竟我帮了你。"

任孟嘉此时对阎齐有点儿崇拜，之前不肯告诉祝初一的话，这会儿他都和盘托出了："晓影……我朋友想考艺术生，但她家里不让。人横竖都会死，我想帮她活得痛快点儿。"

阎齐点点头，说："你倒是看得透。但是，小朋友，别犯错，有些路一旦走弯了，就再也回不到起点。"

任孟嘉不傻，经过一番"大事化小，小事化了"，他知道这人有点儿本事，所以此时，他的态度有点儿谄媚，说："哥……我方便叫你姨夫吗？"

阎齐忽然笑了，说："这可不是方便不方便的问题，你该叫我什么，决定权在你小姨的手里。"

任孟嘉继续拍马屁道："我知道错了，现在回想起来，我发现自己做的事特别幼稚，我争取向您学习，做到成熟、有能力……"

"停，差不多得了。"阎齐发现这个小男孩挺有趣的，他看着后视镜里的任孟嘉，以过来人的身份劝说道，"别学我，也许未来你会比我过得好。钱这东西，只有来路正当，你才能光明正大地花。你要是真知道错了，以后就别动歪脑筋，尽自己最大的努力考个好大学，毕业后再找个正当的工作，给自己一个交代，也让你小姨省点儿心。不然，我能让这事儿了结，也能让它缠着你一辈子。"

任孟嘉掂量了一下阎齐说的话的分量，彻底醒悟了，他再次道歉："嗯，我知道我给小姨惹麻烦了，我真的知错了。"

晚上，祝初一主动去了阎齐家，她问他："你是怎么办到的？"

阎齐只模糊地说："我认识个朋友，他能帮上忙。"

祝初一追问道："什么朋友那么厉害？"

阎齐弹了弹烟灰，说："你别管了。"

祝初一又问："林至舫是谁？为什么他那么听你的话？"

阎齐说："死乞白赖跟来的弟弟，以后你有事都可以找他。"

祝初一不敢再问了，点点头，说：“哦。”

她想，如果他不提出断了，自己是不会主动提出要结束这段关系的，心情瞬间变得复杂。

床头柜上的手机振了一下，是王阗发来了微信消息：“你欺负魏雅了？”

单刀直入。

祝初一被气笑了。

傍晚，高层办公区，下班时，电梯口聚集了十多个人，魏雅嘟起涂了唇蜜的嘴，故意问她：“姐，你今天请假这么久，有情况？也对哦，你到这个岁数，也该考虑个人问题了，不然，有男朋友的女人都不放心。”

见祝初一神色漠然，魏雅又笑嘻嘻地说：“姐，你别多想啊，我只是觉得你太漂亮了。”

魏雅是天生的大嗓门，她眉飞色舞地说出这些话，引得周围的男士纷纷往祝初一身上投去目光——当然，不是欣赏的目光，而是不怀好意的。

祝初一把门禁卡戴好，气定神闲地说：“这些规律你都是从自己身上总结出来的吗？我可能岁数确实有点儿大了，不像你，所以没办法广结异性缘。”

祝初一的和颜悦色仅限工作场合和亲密关系里，此外，她多是竖起一身刺扎人。

魏雅比祝初一小四岁，大眼睛水灵灵的，脑子里却全是水。

祝初一不愿分出精力与她掰扯，那属于降维打击，跨物种教辅。她只感到遗憾，王阗这里，她可能待不久了。

由于专业素养和对王阗的亏欠，祝初一可以跟魏雅共事。

所谓成熟，不过是岁数大了，不想计较。不是可以容忍伤害，而是觉得何必为难自己。

魏雅早已气歪了脸。她平时真把自己当老板娘了，对跟祝初一同期的元老级员工指手画脚是常有的事。其实谁都明白，她德不配位。她那点儿本事，欺负老实人还行，碰上祝初一就全没用。

魏雅一改之前捏着嗓子的做作娃娃音，恼羞成怒地道：“好心当成驴肝肺！”

祝初一大气地笑了笑，到附近的商圈买了身换洗衣服。

祝初一不是硌硬魏雅的尖酸刻薄，她活了近三十年，也有些心思。她明白，太单纯的人无法在这个复杂的世界上生存。女人要想把握男人，首先要有好的外貌。

黄昏时分最扰人心神。

餐馆的菜香、路边挽手的情侣、牵着小孩回家的夫妻，都让祝初一思绪万千。

祝初一手里攥着纸袋，一脸挫败。她明明身处城市，却好像在无人区。

她头一次不想回家。

阎齐的住宅旁没通地铁，祝初一在商场门口打了车，车费预计要近两百。

广告灯牌和城市的霓虹在车窗外飞驰而过，她缓缓倒在后车座上。

祝初一一进门，阎齐就迎面抱住了她。

她抚摸着他的背脊和短发，深深地呼吸，呼吸里都是他的气息。夕阳照射在他的身上，又一点点地偏斜溜走。

阎齐抱着她滚进沙发，将头埋在她的颈间，闷声笑着，没有诚意地道歉："赔你样东西，好不好？"

祝初一踢他一脚，收拾起狼狈的自己，没说话。

趁祝初一去洗澡，阎齐给林至舫发了条语音消息。

林至舫迅速接通："老板？"

"嗯。"阎齐淡声问，"有空吗？"

"有的有的，有事儿您吩咐。"

"你跟Nina还有联系吗？"

林至舫顿了半秒，说："老板，我已经很可怜了，求你别挖墙脚。"

阎齐弹了截烟灰，说："少放屁。"

"那是……"

"关于某本书的版权，我不清楚这方面的渠道，你让她问问。"

林至舫写下书名，心中了然："噢，又是祝小姐的事？老板，您这次的路线有点儿文艺啊。"

阎齐没答，看了眼浴室的磨砂玻璃，说："谈拢了，给你十天带薪假，这十天的工资按两倍算。”

林至舫手一颤，咽了咽口水，说：“行！明天就给您回复。我录音了，假期的事，您别反悔。”

阎齐送了他一个字：“滚。”

第四章

只有他朝她走来

周末，祝初一回秦莞韵家吃饭。

祝初一接到母爱关怀通知时，刚和王阗吵了一架。两天后要交付VIP客户的法律合同翻译稿，本来该经魏雅的手，但她不知跟王阗说了什么，结果就是祝初一得回公司加班。

祝初一再好说话，也不受赶鸭子上架的窝囊气，一气之下，她买了动车票。

等气消了一大半，入目已是原野乡村风光。

今年三月，秦莞韵和她的“第二春”退休，两人搬到了翠云镇。

祝初一从前没来过这里，她坐在出站口想了很久。她就是这样一个人，理智了太久，偶尔冲动一回，便会陷入纠结。

秦莞韵是前年回来认她的，母女之间的情感有长达二十多年的空白。二十多年足够让一个女孩从懵懂缺爱变得无动于衷。

秦莞韵考上大学后便嫌弃起祝晋鸿文化低，没本事，不会赚钱又爱赌。再单纯的青梅竹马的感情，扔进社会的熔炉里也会烧成烟。

祝初一五岁的时候，秦莞韵就扔下她跑了，说是去外头找工作，找着找着就杳无音信了。

她一走就是二十多年，其间对他们父女俩不闻不问。

祝晋鸿欠了一屁股债，离婚后开始喝酒，整天泡吧不回家，喝吐了就睡，第二天继续喝。他找的第二个老婆就是在夜总会认识的。

马雯比祝晋鸿小五岁，一头九十年代流行的波浪头，身材丰腴。她自己也有一个九岁的女儿。

祝初一那会儿读初中，那次周末从寄宿学校回家，跟他们一起吃饭，白炽灯照出几道灰色的身影。

桌上难得地摆了新做的菜——家里已经好多年没正式开火了，其中有道鲜嫩的鲫鱼汤，飘着奶白色的雾气。

祝初一坐在一边，跟那几颗可有可无的鱼眼珠似的，碍人眼。

祝晋鸿抬了抬手，面上有了极淡的笑容，他把马雯介绍给她。

祝初一礼貌地问过好，没发表意见，也没动筷子。

马雯热情又亲切，给她夹了鱼肉，拉着她的手说：“真巧，你和我的女儿名字很像。她叫李如意。”

祝初一被饭噎了一下，喝了口汤缓解，说：“你好。”

“意意，来，和姐姐打个招呼……怎么不说话呢？你这孩子真不懂事！”

祝初一从小就懂事，她挤出一个笑容，表现得友好。

她想着，有人照顾她爸，也不算坏事。

从前，她到楼下的面馆打包，总能听到些闲话，也会被无业的混混戏弄。祝初一没让畜生得手，他们就在背后下流地中伤她：“那个离异的男人和青春期的女儿独住，他那女儿皮肤好白，小手滑得哟，掐一下就能出水……”后面的话不堪入耳。

祝初一沉默地回了家，什么也没说。

后来，祝晋鸿借钱给她办了住读手续，祝初一只在周末回家住两天。

祝初一十四岁那年的儿童节过得很不快乐。

祝晋鸿带她和马雯母女俩出去玩，几人去逛了不要门票的公园。起先气氛还算不错，大家都客客气气的。路边有商家在搞促销，挂了两个红色的氢气球，上面印着圣诞老人的图案。

李如意不肯走，缠着要大盒的巧克力，隔天作为礼物拿去分给同学，说是她爸爸以前会给她买。

祝晋鸿不愿扫孩子的兴，他掏了掏裤兜，摸出一把零钱。钱只够买一盒。

在促销员的白眼中，祝晋鸿付了钱。

祝初一刻意不去看，把手背在身后，脸憋得通红，也没说什么。

多难堪啊，她永远是不被考虑的那个。

如果事情只是这样，她还可以安慰自己：吃多了巧克力会变胖。但李如意趁大人不注意，悄悄地在她的耳边说话，带着炫耀的语气：“祝初一，你看啊，你爸爸好喜欢我妈妈，也喜欢我。你注定没人要，也没人疼。”

祝初一的心像是被踩碎了，疼得扎扎实实。

可是，那年的祝初一忍住了眼泪，咬破了自己的唇，没辩驳一句。

因为李如意说的都是事实。

反正是最后一个儿童节，不过就不过了吧。

她讨厌幼稚，讨厌巧克力，讨厌女孩儿头发上的红花，讨厌旋转木马上放的儿歌，甚至讨厌圣诞老人。人人都有精美的礼物，她收到的却只有命运的厌弃。

那时候，她想起了秦莞韵，很小的时候，她也曾是旋转木马上的小公主。

妈妈温热的脸颊和柔软的手离她太远了。

凭什么，凭什么偏偏她不能拥有？

秦莞韵——祝初一只有过几年共同生活记忆的母亲。

在漫长的时光里，“母亲”这个词对她来说是极其陌生的。

她五岁时被扔在任孟嘉家，没哭没闹。

后来，她年纪渐长，终于发现自己跟大部分人不同。上初中后，祝晋鸿会给她零花钱，但很少出席家长会。祝初一自己领成绩单，坐在后排听，只在老师念到班级第一名的名字和助学金名单时收获着众人的注目，同情的、怜悯的，少有真心赞赏的。

她将自卑和胆怯小心翼翼地藏起来，习惯很少有新衣服穿，难过时没有怀抱撒娇。

祝初一对秦莞韵的印象还停在小时候。

他们原来住在吊脚楼，是依山修建的老房子，木质结构，放在现在也算是川城的民俗建筑了。当时，那房子看起来就是个危房，残破、光线黯淡，但那儿有祝初一拥有完整家庭的所有片段：家里穷，很少买肉，祝晋鸿常常不见人影，半夜才回家。秦莞韵会给她做酱油拌饭——把大米饭蒸好，拌一点儿鲜香的酱油，热气腾腾，再寡淡，也有别样的滋味。

因为有爱。

祝初一在车站坐了半个多小时，年少的委屈像泼在玻璃窗上的雨，渐渐看不清了，眼泪却不知不觉地流下。

这顿饭的意义何在？她摸不到方向。

为钱？还是弥补？

前者，她不需要；后者，她不接受。

站台上的工作人员见她望着铁轨半天，以为她想不开，走过来，问：“您没事儿吧？”

祝初一赶紧摆手起身，坐电梯下去了。

祝初一按导航过去。这地方并不偏僻，基础设施尚可，但不在交通要道上。这里人少，空气也好，镇中心有面湖，很适合养老。

人是不是很奇怪？即使预感见面时会不欢而散，却还怀有一丝期待。

祝初一敲门时，屋里炖了大半天的鸡汤刚关了火，满屋浓郁的香味。

秦莞韵开门，脸上挂了喜盈盈的笑。

“小初，进来坐。”

“嗯，好。”

两人之间有无形的隔阂，比单位的同事都客气。

祝初一换好了客用拖鞋，摆好自己的鞋子。

“洗手间在哪里？我去洗个手。”

“哦，左边第一间房。”

祝初一浑身不自在，好像沾了厚重的泥沙，要逃出门才能抖落。

秦莞韵说：“我一大早出去买的菜，忙活到刚刚。”

祝初一看着餐桌上的菜，有鱼香肉丝、醋熘白菜、干煸土豆丝、清蒸豆豉潜鱼。

秦莞韵说：“家常菜，妹妹爱吃的。小初，你是不是也喜欢？”

妹妹是秦莞韵后来生的孩子，她一直带在身边。生妹妹时，她很是拮据，但她咬牙东拼西凑，硬是撑下来了。

可是她始终没回去看过祝初一。

祝初一轻轻地点头，目光扫到电视柜上的全家福照片。照片是在海边拍的，三人看着很和睦，她僵了一秒。

秦莞韵也看见了，端着笑说：“噢，那是妹妹和叔叔。现在屋里就我们两个，他们不在。”

祝初一没吭声。

秦莞韵说：“我知道你们年轻女孩子都会控制体重。”她没给祝初一盛饭，只舀了满满一碗鸡汤。

祝初一拿起汤匙，在金黄的汤面上刮了两下。

秦莞韵说：“这是土鸡熬的汤，你们年轻人都熬夜吧，多喝点儿，喝了对身体好。”

祝初一说：“嗯。”难怪有一层厚厚的油。

秦莞韵看了祝初一几眼，笑着说：“小初，明年你就三十岁了，交男朋友没有？”

祝初一垂下眼，听她煲心灵鸡汤。

“哎，这三十岁啊，可是一道分界岭，翻过这座山，离黄昏就不远了。

这黄昏哟，再瑰丽也是要见黑夜的。”

一听就知道是朋友圈里专门哄骗中老年人的文章，底下的链接八成是婚介所的广告。

祝初一没喝鸡汤，只说：“我不减肥，也不熬夜。”

秦莞韵的笑容凝滞了一秒，说：“呀，妹妹要是像你就好了，多让家长省心。”

祝初一抽了张纸巾擦手，问：“您想说什么？”

两人是时隔二十多年第一次见面，那声“妈”，她实在叫不出口。她也没有什么妹妹。

秦莞韵往祝初一的碗里夹了一筷子鱼香肉丝，说：“我觉得呢，你该找个人了。平时下了班，也有人给你做菜，跟你说说话，晚上暖被窝，不是吗？”

祝初一的眼前突然浮现出了阎齐的脸。他的名字在祝初一的舌尖绕了几转，到底没说出口。

她不需要给秦莞韵交代。

她不爱吃鱼香肉丝，又夹了一筷子米饭，慢吞吞地嚼完咽下，说：“不想做饭可以点外卖，热了就开空调，冷了有电热毯。再说了，工作累了，回家才不想跟人说话。”

秦莞韵觉得这孩子的性格有点儿冷，不像妹妹那么会撒娇，但还是顺着她说：“也是，你们年轻人现在的生活方式不一样了，流行当独立女性。”

祝初一放下了筷子。

没人想孑然一身寂寥地活，她偶尔也想有个肩膀靠。

“噢，我想起来了。”秦莞韵拍了拍自己的额头，突然道。

祝初一惊了一下，有点儿不习惯秦莞韵的咋呼劲。

“小初，前阵子我去……陪你李叔去四院做检查，碰到一个男的，浓眉大眼，高高瘦瘦的。旁边有个女的，应该是他的老婆。我们在大厅坐着，他莫名其妙地走过来，问我认不认识祝初一。我问他是谁，他说他姓乔。你是不是遇上什么麻烦了？”

祝初一愣住了，她只给乔继晖看过秦莞韵的照片。那是她仅有的一张秦莞韵的照片，被她悄悄地藏在日记本里。

蓦地听秦莞韵提起他，她感到心上本来已经结了痂的旧创口被扯开了，疼得她冒冷汗。

麻烦吗？不是的。她不过是信错了人，在他身上栽过跟头，得了次带血的教训，终生不忘罢了。

话到嘴边又拐了弯，祝初一装没听到后面那半段话，避重就轻地问："李叔怎么了？"

秦莞韵隐隐猜到了什么，没追问她，淡淡地说："常规检查，没什么问题。"

祝初一也不说话了。

中午的阳光很足，打在地板上，是多余的暖意。

祝初一主动收拾了碗筷，去厨房洗碗。

只有在狭小的空间里，她才感到轻松，那身泥沙仿佛终于被水流冲干净了。

阎齐把碗放进了洗碗机，躺在沙发上看电影。

抱枕上还有一丝祝初一的香气。好巧不巧，有一年，他陪周婧懿在吉隆坡购物，她刚好也选了这款香。

那天，他接到周婧懿的电话，祝初一就在旁边，他也没觉得有什么不方便的。她以为彼此维系的是一段开放式关系，他就由着她。

但她垂眸无谓的样子，着实刺眼。

他打开微信看了看，在联系人列表里找到祝初一。

她的朋友圈封面挺有意境的。不知道是谁在远处帮她拍的照片，背景似乎是云南的某个小村落，云朵像棉花，被风吹散，露出蓝蓝的天。她背对镜头，一袭红袍随风扬起，正走向琉璃般的湖泊。

阎齐给她的朋友圈封面点了赞，在对话框里打了一行字，发了过去。

回程的路上，祝初一想起秦莞韵送她上车前说的话。

当时秦莞韵面色踌躇，但还是把话说出了口："小初，我有个朋友的儿子，四十岁，你有空了，我安排你们见一面。他有车有房，是开公司的，人挺稳妥。"

祝初一看了一眼天，谁能帮她做主？

她不太温顺地说："您改行做拉皮条的了？"

列车压过轨道，哐当当地响动。

祝初一看向窗外，两侧杨柳依依，柳絮像迷路的小云朵，胡乱纷飞，飞倦了就往湖中飘散。

湖面波光粼粼，空气散发着一阵一阵的香甜气息，肯定是哪里的花又开了。

然而，四月接近尾声，春天又要过去了。

祝初一戴好耳机，温暖伤感的女声轻轻地唱："……看灯火模仿坠落的星光，我终于到达，但却更悲伤……你拆了城墙，让我去流浪……"

就在这时，祝初一收到了阎齐的微信消息。

YAN："要不要养一只猫？"

Y："嗯？"

YAN："因为很像你。"

祝初一回了他一串省略号。

隔了一阵儿，他又发来一条消息。

YAN："要不要搬过来？"

祝初一微愣，没回消息，继续看路过的风景：杂乱的天线，往南飞的鸽群，安静的村庄，斜斜的云，没有名字的桥。

秦莞韵站在过来人的角度，将自己从前的那些伤痕都剥开，给祝初一看那些痛。

对于迟到的母爱，祝初一感到陌生，一时之间无法接受，也无法替从前的自己表示原谅，但秦莞韵的话不是没道理。

"单身有瘾"是骗人的，至少对她来说是。

人类生来向往温暖，渴望拥抱。单身一两年还能撑下去，三四年可以将就着过，时间长了就会很难熬。

她曾半夜感冒发烧，那天正是除夕，诊所没开门，她不好意思打扰别人团圆，便去药店买了药吃。她想，一个人住真是惨啊，要是病死在家里，都没人知道。

她知道阎齐让她搬过去打的是什么主意，谁也不会只为睡个觉而大费周章，不是吗？他们的关系开始得突然，连她自己都诧异。好在，她谁也没有伤害。

她只是想抱一抱有温度的双人床。

他们都只是太孤独了。

列车钻进隧道，车厢内黑黢黢的，还有一站就到了。

“哐啷，哐啷，哐啷——”

祝初一坐直了，鼓起勇气打开微信，在对话框里敲敲打打，手心因紧张冒了汗。她输入了一段话，又一股脑全删了，最后又点了几下屏幕，终于按了发送。

Y：“好。”

一个字，简简单单，最直白。

这晚有个好消息。祝初一收到出版社编辑发来的邮件，说她通过了《因为一个人的漂泊》的试译，要约时间和她详谈。

祝初一起了疑心，问对方，之前不是已经拒绝她了吗？

对方给出的回答滴水不漏，说她最终在候选人中脱颖而出。

时来运转这件事很玄妙，祝初一不觉得运气这东西与她有关，大约只是她长期的努力被伯乐看见了。她翻阅工作安排后，怀着感恩的心回复：谢谢，那就周二见。

祝初一很快收到了编辑寄来的合同。

喜悦之余，她又犯了愁。

故事发生在川西，她并没有去过那儿，代入感欠缺。她以往尝试翻译作品，习惯找出作者的其他译作，了解作者的行文叙事风格。但这位作者情况特殊，作品比本人火，好像把一生的笔力都注入了这一本书。

秘境绝笔，原本是出版社策划的亮点，却成了她的难处。

她需要了解当地的山水、人、吃的东西、说的方言。毕竟，故事里的人在那里爱过一场，她总不能敷衍。

偏偏网络上关于川西的资料只有驴友的丁点儿游记，只字片语。

这远远不够。

从某种程度上来说，这本书对她很重要。

祝初一拿笔尖杵了杵桌边的相框，那是她和明瑾华的合照——两个女孩儿在庭院里看星星，像素极其不好，星空乌漆嘛黑的，但笑容是真的。

大四那年，她仅有的一次毕业旅行，去的是泸沽湖。

明瑾华在全世界撒欢惯了，不像她，总瞻前顾后，像是戴着镣铐。

于是，祝初一给明瑾华发了微信消息求助。

Y：“在吗？”

雾都粉刷匠：“初，大晚上的，成年人都很忙好吧。”

祝初一发了个“打扰了”的表情包。

雾都粉刷匠：“这场结束了。你说。”

Y：“石碾村这个地方，你听过吗？”

雾都粉刷匠：“知道啊，这一两年成了网红打卡点了，我大学去采过风。”

祝初一还在打字，明瑾华一个电话打了过来，问：“你问那地方干吗？”

祝初一说：“实地考察。”

明瑾华一听就懂，说：“恭喜啊，祝老师，又赚外快了。”

祝初一“嗯”了一声，说：“你在当地有朋友吗？帮我联系下，我准备去一趟。”

明瑾华没直接答应，换了话题，支支吾吾地问：“那个，秦阿姨是不是回来了？”

祝初一锁了电脑屏，黑色的屏幕映出她不为所动的脸，她点头，说：“嗯。”

明瑾华说：“你对她是什么感觉？”

祝初一说：“没感觉，真的。”对从小一起长大的朋友，她愿意敞开心门，“没有她，这么多年我也都过来了……我不需要她了。”

明瑾华有些怅然，说：“初，我是心疼你。其实，她说得没错，你也老大不小了，你一点儿都不担心自己？”

祝初一发现了蹊跷的地方，问：“她去找过你？”

明瑾华坦白道：“我妈跟她碰上了，聊了聊你的事。”

祝初一说：“你妈妈怎么会碰见她？”

明瑾华说：“我爸妈他们去翠云镇摘蓝莓，刚好看到她也在。我们原来住在同一个片区，抬头不见低头见的，老邻居嘛，碰见了总会攀谈两句。”

祝初一声音很平静，说：“不用她管，我一个人没问题。”

明瑾华不想碰雷，迂回地说：“川西是吧？我有个朋友在跑这条线，旅游公司离你很近，你先跟他见见？”

明瑾华没提那人的性别，祝初一默认对方为女性，不疑有他，说：“好，谢了，回头我免费给你当伴娘。”

阎齐迫不及待地来帮祝初一搬家。

扶竹路没有停车场，私家车、三轮车、摩托车沿着斜坡停了一路。阎齐今天换了辆秀气的车，他找了块空地停下车。

车门被打开，热浪迎面而来。

四月底，川城人民换上了短袖短裤，准备过夏天。

水果摊的灯下有虫蚊飞舞，旁边支了个小桌，几个老大爷在下棋。其中一个大爷感叹道："唉，今年天气异常，热得早。"

阎齐给祝初一打语音电话，说："下楼接我。"

祝初一在窗户口望了他一眼，感觉他有点儿像蹲在自家门口的那只野猫。

"哦，马上。"

楼道年代久远，矮墙外有株梧桐树，枝丫蹿到了四楼，挡住了平楼的视野。

阶梯和房梁的间隔很低，上了两楼，阎齐几次碰到头，拍了拍石灰。

祝初一有些不忍心，问："阎总，你这是何必？"

阎齐睨她一眼，问："这就是你家？"

这话祝初一熟，她也问过阎齐。

要是换个人问，没准祝初一会觉得膈应，认为对方是在嘲笑她。家是她的底线。除了明瑾华，她没带过任何朋友回来，她不愿意让人看穿她的窘境。

但阎齐说这话时，眼神真诚，没半点儿瞧不起她的意思。

所以，她泰然自若地点点头，说："怎么，不像啊？"

这话阎齐也熟，他也这样回过祝初一的话。

门边突然有活物跳跃而过，立在栏杆上。

阎齐掐了祝初一的腰一把，回过头，跟两只薄荷蓝的眼睛对上了。他吓得一愣，不动声色地往祝初一的左侧靠。

祝初一也看见小黑了，她习惯了它的神出鬼没。平时，她会在门口摆一只碗，装几条小鱼干。

她不肯养猫，但也见不得它挨饿。

她把空碗捡起来后，阎齐拉着她，仍望着猫。

哦，是她忘了——阎总怕猫。

祝初一掏出钥匙开门，忍着笑问："你既然怕猫，怎么之前还想养一只？"

阎齐没了"宿敌"，又变得不着调，往她的耳边吹气，说："猫是猫，你是你。”

祝初一就这样红了脸，随即钻进卧室收拾。

阎齐没把自己当客人，大剌剌地坐在沙发上，又走到窗口处打量四处。

雨棚上不知道是谁扔的垃圾，夜市上在卖炒粉和砂锅米线，油腻的烟气绕在天线上，不显热闹，反而让人觉得残破。

外卖电瓶车一闪而过，他莫名觉得这地方有点儿熟悉，好像来过。

阎齐摇摇头，骂自己迷信。

他拿祝初一的杯子给自己倒了杯喝的，柠檬百香果爽冽，他喝了好几口，然后坐在沙发上，跷起了二郎腿。

祝初一的家虽然不大，走两步就到头了，但很悦目，像她一样让人觉得舒服。

家装以纯白色为主，物随其主。

他欠了欠身，沙发上搭了一块棉麻沙发巾，躺上去很放松。

墙角有一株高大的绿植，叶片宽厚而密，是房间内唯一的风景。

他有些闲地问祝初一："你走了，这树怎么办？不用浇水啊？"

祝初一的声音从衣柜内传来，有点儿模糊："那是假的。"

阎齐定睛一看，呵呵，还真是仿真叶。她倒是什么都图方便。

他揶揄她道："你这文艺得不够彻底啊，树都是塑料的。"

祝初一没理他。

这人抽风，临时起意，非要来帮她收拾。但说是搬家，其实她只准备带几件换洗衣物，夏装握在手里轻飘飘的，秋冬大衣仍然挂在衣柜里。

他们的关系还不够填满一个二十八寸的行李箱。

阎齐是安分的人吗？没得到祝初一进房间的邀请，并不妨碍他撑着半边身子往里看。

房间里有面穿衣镜，她不知道从他的角度能一览无余，正背对他换衣服。

一旁的椅背上搭了件胸衣，她沿着优美的背脊把家居服脱下。

阎齐有点儿心猿意马，不耐烦地催她："怎么那么慢？你是在藏金矿吗？我进来了啊。"

祝初一没给他耍流氓的机会，穿好连衣裙，推了个二十寸的登机箱出来。

那箱子高度不及阎齐的膝盖，他顺势接过，率先下楼。

祝初一想起，上一次出现这样的情景还是她大学毕业时。乔继晖有事来不了，祝晋鸿去接她，他也是这样走在她的前面。不过，祝晋鸿身体不好，走得踉踉跄跄，后背都是汗水。

阎齐背脊宽阔，夜撞见他，也会起撩拨的心思，风拂过他的衣服，露出背肌窄腰。

他轻巧地拎起她的箱子，左手插进兜里，走出了度假的惬意感。

他身上的特质，祝初一是没有的——时时刻刻的松弛感，仿佛穹宇塌陷也不在乎。

楼下的小卖部开了很多年，卖烟酒、棒棒糖、酱油、醋和盐。苏打饼干基本过了期，长久地堆在玻璃柜里，知道的住客是不会买的。

守摊的老妪姓张，是儿女不管的留守老人，靠社区发的低保金生活，年纪很大了，祝初一时常照顾她的生意。

张婆戴着老花镜，看了一眼阎齐，张了张嘴，口齿不利索地问祝初一："小乔肥（回）来了？"

老人年纪大，牙齿都掉光了，笑得牙龈全露出来。

阎齐在旁边等祝初一，漫不经心地刷着手机，似乎没听到。

祝初一拿了两瓶矿泉水，一愣，不自在地摇摇头，说："不是。"

张婆耳背，凡事以她自己的理解为主，自顾自地说："肥(回)来了就好……肥（回）来了就好……以偶（后）好好过。"

祝初一没再和她解释，安抚性地说："好。您注意身体。"

祝初一有些心虚，偷眼看向阎齐。

他站在车前吹风，地上的影子又长又细，注意力完全不在这里。

感受到祝初一的目光，他挂了电话，抱怨道："怎么那么久？要不，我先去江里游会儿泳等你？"

祝初一走过去，阎齐咬了下她的嘴，搂着她上车。

今天是四月二十五日，祝初一的生日。

除了明瑾华，只有QQ邮箱提醒过她：生日快乐。

走了半程，窗外是著名的立交桥，桥上塞满了车辆，川流不息。

阎齐的车载音响里淌出一支歌，唱腔抓耳，十分适合黄昏时分听。

"整座城市一直等着我，有一段感情还在漂泊……"

祝初一按下车窗，夏风卷走了最后的春意。

她在二十九岁这年慌不择路，选择了荒唐。

祝初一自己放妥了行李，很有借住的自觉，问阎齐："你要吃饭吗？我来做。"

阎齐刚洗过澡，他围住她，鼻尖触到她的耳垂，嗅她的香气。

祝初一咬着唇躲开他的脸，打开冰箱找食材。冰箱上层放满了进口矿泉水，只有冷冻室里的虾可以用，她头也不回地问："鲜虾炒饭，好不好？"

她半弓着身，裙子完美地裹着曲线。

阎齐单手抱起她，将她摁在客厅的落地窗上，吻她的脸颊和侧颈，说："别躲，我知道你喜欢这儿，你第一次来就喜欢。"

祝初一说不出话，胡乱地抓着他的头皮。

没有蜡烛的生日也不亏，她到底是尝到了快乐。

跟纪录片导演开完第四次会后，祝初一顺利交了稿，报酬立马打进了她的银行卡。

中午吃饭时，续也鬼鬼祟祟地摸进祝初一的办公室，一米八的大男孩，一副讨好的姿态。

祝初一眼都不抬，问："做什么？"

续也拿出一杯奶茶，恭恭敬敬地递给祝初一，问："祝老师，你觉得谢南文怎么样？"

谢南文就是那个纪录片导演，跟续也一样大，二十岁出头的年纪。

祝初一点的外卖还在路上，她胃有点儿痛，扛不住了，喝了一口奶茶。

续也还巴巴地望着她，那样子，跟任孟嘉有求于她时一模一样。

她笑着说："你就那么想给自己找个师公？"

续也以为有戏，说："不是，只是认识一下，就当多个朋友。"

祝初一偶尔看到过谢南文的朋友圈，内容有关机车、夜店、蹦极。

她好像不需要这么狂野的朋友。

"合作关系不等于朋友，如果他有空，我是该请他吃饭，但只是出于感谢，你懂吗？"

续也舔了舔嘴角，使劲夸谢南文："祝老师，你可别看不起他。他虽然年纪小，穷得只剩钱，但他没交过女朋友，社交圈很简单的。"

祝初一有些无语，说："我不喜欢年纪小的。"

这个世界到底怎么了，怎么没男朋友跟犯了罪似的？

续也不死心，看了一眼微信里跟谢南文的对话框，"赌""约出来""三十""饥渴"等字眼不堪入目，但他实在不想输给那小子三辆雅马哈。

少年都不服输，他心一横，说："祝老师，你知道王阗的投资合同还在走流程吧？如果你不去，我就叫我爸别管了。"

祝初一打字的手停下了，她抬眼，将少年的恶劣尽收眼底。

她面色一冷，说："滚。"

续也没见过祝初一发脾气，暗自惊讶了几秒。他"嗤"笑一声，还是那副公子哥的做派，说："小雅姐都跟我说了，装什么。"

祝初一冷静了一下，给续也转了五十块钱，没再喝那杯奶茶一口。

七点下班后，祝初一去见了明瑾华所说的朋友。

他们约在祝初一公司旁的商圈见面，那里前段时间刚开了家精酿酒吧，在朋友圈很火。年轻人下班后都爱往那处钻，聚会、聊天、过生日，氛围轻松，所以，祝初一根本没把这次的会面往相亲那方面联想。

祝初一到的时候，何恢已经在了。

见到祝初一，何恢眼前一亮。他本是抱着捡便宜的心思，没想到碰上了大美女。

何恢今年四十二岁，一米七不到，皮肤松弛，修身西装遮不住啤酒肚，头发还好，笑起来一口黄牙。

祝初一没细看对方的外貌，打过招呼后，她点了杯度数不高的西柚啤，问的第一句话是："现在去川西怎么走？"

何恢不知祝初一仍被蒙在鼓里，不答反问："祝小姐，你觉得我怎么样？"

祝初一正端着酒杯，一大口酒下去，险些呛着。

何恢目光油腻，祝初一瞬间清醒过来，脸上火辣辣的，是怒火攻心的前兆。

一天之内经历两遍"拉郎配"，不快的情绪迅速升起。

她的嘴角浮起若有似无的笑容，说："对不起，我先去趟洗手间。"

走出酒吧，祝初一拿起电话向明瑾华兴师问罪，风将她的头发吹得凌乱。

她捋了把头发，委屈地发难：“你不是站在我这边的吗？秦莞韵说的话你怎么也听？什么为我好，都是借口！我就是不想结婚，单身犯法吗？！不结婚！不结！你们凭什么把你们的想法强加在我身上！她觉得这男的不错，怎么不自己来？！”

有些不得体，也不理智，张牙舞爪的，不像她。

如果是其他人还好，偏偏被好朋友背叛，祝初一的情绪在刹那间崩溃，她没回酒吧，就趴在阳台边上哭。

真的好伤心啊，她哭得耳朵和侧脸通红。

旁人都只当她喝醉了，反正她这样的，到处都是。

祝初一出酒吧时，阎齐恰好从隔壁餐厅出来。

罗尔完成了在华考察，满意地与他握手。

阎齐说了句“合作愉快”，随后便不经意地从玻璃倒影中看到了熟人，听见她在那儿又哭又骂。

阎齐让林至舫把罗尔送走，朝祝初一走了过去。他戳了戳她的手臂，说：“喂，你怎么了？”

祝初一抖动了两下肩膀，像逃命的蝴蝶，听见声音，她抬起头，愣住了。

她的妆都哭花了，阎齐皱眉问：“不认识了？”

这里是雾都城市的“阳台”。

长江宛如珠带，左岸夜景独艳，掌握半座城的经济命脉，密密麻麻的建筑群像银河，二十世纪末落成的长江索道作为梁，悬起老川城的记忆；右岸是依山而建的老城，民居被改成了民宿，有了新意，东面却是落成不久的水门大桥，桥内有轻轨呼啸着驶过，桥顶一盏蓝紫色流光直指背后的穿云高楼。

广袤城池和熙攘市井凑在一起，三千多万人口，只有这个人朝她走来。

阎齐替她擦干眼泪，用拇指贴住她的眼角。

祝初一突然抓住他的手，问：“你能不能帮我一个忙？”

就这一次，她不想再委屈自己。从前，她总是害怕拒绝别人，无论对方是好意还是恶意，但这回，她不想再装和善。

阎齐觉得她今天有些奇怪，说：“我俩这个关系，什么帮忙不帮忙的，你说，我有空。”

祝初一只说了被强迫相亲的事，说她不想进去面对何恢。

何恢代表的意义令她恶心和心寒。这根本不是好意，秦莞韵只是被廉价的愧疚感逼迫，不走心地完成任务。

她不信秦莞韵能给自己的小女儿介绍这样的对象。

阎齐听完，打了个响指叫来侍应生，给祝初一叫了杯温水，说：“多大点儿事，哭什么，没出息。”

他手插裤兜，悠然地踏入酒吧，眼睛一转，就认出了祝初一的挎包。他走到那桌旁，勾过包带往肩上一甩，在何恢诧异的目光中，风度翩翩地叫来侍应生签单。

何恢拦住他：“干什么？小偷啊？这是我朋友的包。”

阎齐笑起来，这一笑，让旁边的女生都有些蠢蠢欲动。

他没从祝初一的话语中听出她有半点儿要和这人做朋友的意愿。

“谢谢你给我的女朋友点餐，就不劳你陪她吃饭了。”

何恢的社会地位也不低，祝初一一去不复返，他又在大庭广众下被扫了颜面，得不到就毁掉的心态驱使下，他讽刺道：“有主了还出来相亲，烂货。”

阎齐停住步伐，戾气涌上来。

他本无意挑事，但这不是有人上赶着把脸伸过来让他扇吗？

阎齐嘲讽地笑了笑，说：“骗人出来吃饭，给人扣帽子，编导系的都没你会编。说说，她能看上你这脸，还是你这啤酒肚？”

“扑哧。”旁边桌的女生们都看脸，一致选择站在阎齐这边。这下子，大家彻底笑翻了。

外貌和年龄被人拿出来调侃，是个男人都会黑脸。何恢解释不清，气急败坏地扬声说：“你神经病吧！那种女的，不知道背着你偷了多少人了——”

阎齐侧头笑了一下，舌尖顶了顶门牙，再看向何恢时，他脸上的笑容消失殆尽，脖颈青筋暴起，手插着兜，抬脚往何恢的胸膛踹去。

又重又狠的一脚。

何恢话只说到一半，连人带椅被踹翻在地。

所有人的目光都聚焦在这处，阎齐没有罢手的善意，踩住压在何恢身上的椅子。

"你爸没教你做人，我今天就当做慈善了。"

这时，林至舫到了，阎齐懒得周旋，递了个眼神给他。

林至舫叹了口气，向准备劝架的酒吧老板致歉，措辞熟悉得令人心疼。

阎齐多年没动过手，像英雄救美的痞子少年，有点儿"中二"。

周围有人起哄，朝他吹口哨，阎齐拿起祝初一的包，迎着光低调退场。

祝初一坐在店外，对里面的凶残场面一无所知。

阎齐拉起她的手腕，说："完事了，走。"

上车后，祝初一受感激的情绪驱使，把续也的事和阎齐说了。

阎齐听完，沉吟了一会儿，意有所指地说："松动的规则早已经教坏了一大批人。"他话锋一转，又说，"你怎么喝别人买的奶茶？我亏待你了？"

"规则"一词从他的嘴里说出来，太滑稽。

祝初一憋了半天的气，消了个干净。

山城的夜晚太美了，空气中浮动着玫瑰花的香气。

夏天要到了。

阎齐转动着方向盘，终于过了拥挤路段，暗橘色的路灯从他的前额挪到下颌。

他说："你不用自己承担一切，翻翻通讯录，万一有人愿意帮个忙呢？比如，闲到发慌的我。"

祝初一笑了一下。

她不是看不见世界的善，只怪自己收到过太多恶意，草木皆兵。

第五章

停 在 上 世 纪 的 古 钟

祝初一和阎齐进入了心照不宣的模式，保持着“不过界”原则，默契而微妙地做起了“室友”，很少关注彼此的工作。

当初，这房子是按单身男士的标准设计的，他们只能共享书房。偶尔一起办公时，两台笔记本电脑的屏幕上的时钟会跳到相同的数字，祝初一喜欢这样的细节。

而阎齐喜欢那张双人书桌。

五月，夜晚变天，雷暴吞噬着城市。

她吻着他的头发，手指轻摸着他后颈的那朵云。

雨声被隔音玻璃吸走，两人一夜无眠。

阎齐会在出差时给她发照片。

这天，他先发了一个定位——某机场的餐厅。

可能是候机过于无聊，他拍完照，还用软件给照片加了一个边框。

YAN：“这家的藕太一般了，没你做的好吃。”

YAN：“误机了两个小时，还好我买了保险，不然我都不知道找谁赔。”

祝初一在茶水间看得弯唇，她回了个微信自带的笑脸表情包。

YAN：“假笑。”

祝初一的微信名很简单——Y，状似一棵树，没有叶子，光秃秃的，却又像怯怯地低着头，伸出双手，需要拥抱的孩子。

早上十点，王阗和祝初一开了个会。

王阗用的是双屏台式电脑，平日工作时在两块屏幕之间来回审阅，应接不暇。

自己做老板并不能高枕无忧，翻译工作跟销售工作类似，除看家本领之外，人脉也起着决定生死的作用。

他昨晚应酬到太晚，声音有些嘶哑：“月末香港的发布会，你跑一趟。”

因为留过学，王阗说话咬字有些特别，无数商界老板都给过他极高的评价，说他说话很有腔调。

前段时间，祝初一因任孟嘉的事时常请假，心里本来就过意不去，再加上踢到续也这块铁板，她委实欠了王阆一个人情。

她在工作笔记本上标注出日期，说："好，我会把现在的工作和魏雅交接一下。到底还是年轻好啊，同时接三个领域的稿子，效率比我高多了。"

听不出褒贬的一句话。

王阆看她一眼，喝了口冰咖啡，说："嗯，你费心了。"

这回跟祝初一一起出差的是培训班刚结业的小妹子，叫谢可然，C大英语专业在读。

上次得到这个机会的是续也，他的结业成绩排第一。

祝初一看到空了的工位，默默地叹息：小孩儿就是情绪化，说请假就请假。

公司的培训项目只在寒暑两季开班。

那是王阆创业后不久，得到启动资金后的他不愿再靠家里，所以订单极少。有小批学弟学妹捧场，让他的公司撑过了困难期。

当时报名的学生很多都是冲创始人的颜值来的，结果通通败兴而归——王阆下了课不苟言笑。祝初一将他们视作小树苗。

因为心无旁骛地付出过心血，公司输出了大量的交传人才。

每学期，成绩前三的学员可以留下实习，获得导师推荐的实践工作和一对一的指导。

祝初一走到谢可然的位置旁，敲了敲桌子，让她去会议室。

谢可然放下手里的饭团，拿了笔记本电脑跟上她。

祝初一问："关于胜恩音响发布会，你了解多少？"

谢可然只说了"知名"二字，就结结巴巴，说不下去了。

祝初一注意到她微红的耳根，起身去接水。

谢可然有点儿自卑，主动说："要不，把机会给安妮吧，她比我合适。"

祝初一把水杯放到谢可然的手里，笑着说："你觉得第三会比第二好？"

谢可然说："我害怕出错。"

祝初一说："没关系，还有时间准备。我帮你搜集整理了十年内胜恩研发出的产品的名称，各大发布会的演讲稿，还有关于音响各配件的常识的资料。"

谢可然点开邮箱查收，说："我还是有点儿紧张。"

祝初一把投影仪打开，说："你上课时表现得挺好的，不要怕。而且，是人都会紧张，你要找到克服它的方法。"

谢可然问："那你是怎么克服的呢？"

祝初一走神了一瞬，想起阎齐湿漉漉的眼睛和滚烫的喘息——是他帮她克服的。

她对谢可然笑了一下，说："你有的优势，别人不具备，所以你要相信自己。多练习，实在坚持不下去就停下，别逼迫自己，学会放空。"

谢可然煞有介事地点了点头。

祝初一说："先看资料，下午来找我，上商务礼仪的课。"

她再回到办公室，已经过了午饭时间。

窗外是一家便利店，打工的人在收银台前排起长队，门口的招牌上是硕大的数字"7"。

祝初一不禁想，那个人有没有好好吃饭？

晚上还要加班，祝初一回家做完饭就窝在书房，待了三个小时。

阎齐进来时，身上披了件深棕的浴袍，带子也没系，不对称地垂在身侧。他把一碗蓝莓放在桌上，顺手在键盘上敲了两下。

祝初一强迫症般按了三遍快捷保存键，说："干吗啊？"语气像是埋怨，却带着她自己没察觉的娇嗔。

她捂着键盘，跟护着自己的宝贝似的。

阎齐捏了她的脸一把，打开抽屉，单手去翻印章。

祝初一起身想把位置让给他，阎齐却没顺她的意，带着胡茬的下巴靠在她的肩头摩挲着，头发半干，水珠擦过她的鬓角，他的眼睛牢牢地盯着她。

夜风四起，隔着睡衣，祝初一能闻到他身上的乌木橙花香。

是自然的错，风犯规了。

祝初一缩了缩身，转移话题："哪儿来的蓝莓？"她一脸"你别动我"的表情，神情很是戒备。

阎齐鄙视地瞥她一眼，"啧啧"两声，出了门。

祝初一为自己想象出的画面感到羞赧，低头拿了两颗蓝莓吃。

阎齐把印章拿去楼下，林至舫接过去，顺便把装水果的纸箱带走了。

阎齐回来后，把室内的灯全关了，只留下书房的一盏橘灯。

阎齐见祝初一仍在打字，说："啪嗒啪嗒的，你这阵势，是在找人打架啊？"

祝初一说："哪里，我是命不好，前世跟文字有仇。"

"有仇？有仇你还乐颠颠地往前冲，这么废寝忘食？我要是你，才不给你们老板打工，亏死了。"

阎齐躺在桌边的床榻上，高枕无忧的样子。

祝初一不方便解释自己跟王阗共事的起因，只说："阎总，不是谁都能像你一样好命的。"

阎齐伸出腿，撩了撩她的裙子，问："我怎么了？"

祝初一体寒，手脚冰冷，他突如其来的一下让她一个激灵，打下了一个自己都不认识的单词。

"别闹。"

阎齐用脚趾碰着她的小腿，问："说啊，我怎么了？"

祝初一想到了网上的流行语，敷衍地说："您是宝藏，行了吧？"

阎齐不肯罢休，把脚搭在她的膝盖上，推了她一下，问："那你呢，宝藏二号？"

祝初一被打乱了思绪，忘记自己要打什么，索性退出文档，没好气地说："我哪里配？"

"呵。"阎齐的脚趾沿着她的膝盖往上，双眼眯了眯。

祝初一瞪他一眼，手撑着桌子的边缘，将椅子往后一滑，退开了。

但对刚才的问题，她确实有自己的理解：

"小时候读金庸的书，世人都在找高昌迷宫的宝藏。找来找去，最后大失所望。所谓宝藏，不过是寻常桌椅，家里比比皆是，根本不值得花那么多心思绕远路。因为执着的猜想，误传的神秘，到头来换自己懊悔一场。何必呢？"

天花板靠近窗边的位置有个装饰品，几根细线下垂着一群白鸽，风一吹来，几乎能以假乱真。

阎齐收回腿，双臂枕着头，将视线移到窗外，又移回来，突然一本正经地说："你怎么知道我不愿意？"

祝初一愣住了，问："什么？"

阎齐起身，把她从座椅上抱起来，说："你就是宝藏啊。"

她想，论哄女人，阎齐是舍得在嘴上下功夫的。

祝初一捧着他的脸，想起今晚翻译的诗——《我们是停在上世纪的古钟》：

随时间摆动，随时间摆弄。
你停在拂晓，拂晓是永恒。

阎齐还是坚持送祝初一上班，有应酬晚归，他也会和祝初一说，但更多的事，祝初一不问，阎齐也不会主动交代。

五月底，祝初一到香港出差。

阎齐送祝初一到机场，顺手给她办了升舱手续。

“你们老板也太抠了，对这么漂亮的员工都不好一点儿。”阎齐吻了吻祝初一的睫毛。

她今天起得早，没来得及化妆，原生睫毛很自然，弯弯的，像两把小扇子。

两人又腻歪了一会儿，阎齐放开祝初一，说：“到休息室再睡会儿，嗯？”

人来人往，祝初一戴着口罩，仍不习惯在公众场合亲密，她推开阎齐，说：“好，你快回去吧。”

阎齐忍不住发脾气：“祝初一，你行啊，过河拆桥。”

“……”

祝初一敷衍地亲了亲阎齐。

阎齐终于摘了她的口罩，吻到她快缺氧，才放她去安检口。

结束公事后，祝初一和谢可然当起了游客，到最负盛名的茶餐厅点了菠萝包和鸳鸯奶茶——港剧里最经典的套餐。

谢可然喜滋滋地拍照。

祝初一也拍了张照，发了条朋友圈。她不常发朋友圈，也没屏蔽人，照片一发出，一大帮学徒和同事立刻点了赞。

阎齐的视频通话打来时，她刚上了出租车。

主办方送了两张迪士尼乐园的票。

祝初一看了眼谢可然，她流连于都市街头的风景，意犹未尽：“胜恩是贷款办的发布会吧，竟然把女神请来了！她是怎么保养的？身材跟拍电影时一样，皮肤也很好。不行，我今晚得重温一遍她的电影，她穿旗袍太美了！”

“欸，你的手机响很久了，怎么不接电话？”

阎齐的视频邀请没挂断，为避免他说出什么禁词妄语，祝初一十分谨慎地戴上了耳机。

果然——

“想不想我啊？”他不着调地问。

祝初一的目光定住，诚实地摇头。

阎齐噎了一下。

看祝初一的装扮不对，阎齐收敛了调笑的表情，正色道：“祝初一，你要是敢去夜店就死定了，老实待在酒店，听到没有？”

祝初一眨眨眼，听着阎齐远隔好几座城市的威胁，毫无心理负担地挂了电话。

这衣服是谢可然拖着她去商场临时买的——白衬衫领口处套了蝴蝶结，搭着短裙和丝袜，是祝初一从没尝试过的少女风。

谢可然看她换完衣服就哇哇大叫“这么长的腿，平时怎么浪费了”，嚷嚷着要送她。

祝初一哪里能让她破费，就自己刷卡买了。

阎齐越来越黏人，祝初一有些烦。两个人只分开一晚，她明天就要回去了，他昨晚却非缠着她聊天到半夜。

那一瞬间，祝初一觉得：阎齐要是结婚了，绝对不会允许自己的老婆出去工作。

她被自己的想法吓了一大跳，按了手机的关机键。

祝初一不是第一次到香港，但她从没来迪士尼乐园玩过。

快到暑假了，游客很多。

祝初一受氛围感染，买了米奇发箍，压着一头波浪卷，裙摆下是两条长腿，匀称纤细，整个人青春又妩媚，真像个女高中生，回头率很高。

玩了一圈，她去买了杯饮料，一转身就看到了乔继晖。

乔继晖抱着两岁的小女儿，旁边有个小巧玲珑的女人，打扮时髦，很温顺，正在喂乔继晖吃冰激凌，另一只手举着自拍杆。

乔继晖眉眼弯弯，冲着镜头笑，看起来很幸福。

很温馨的一家三口。

祝初一红了眼眶。

听人说是一回事，亲眼所见又是另一回事。

祝初一曾和这个男人有过七年的缘分。

祝初一到现在都记得她第一次见到乔继晖的情景。

盛夏的午后，梧桐树高大，整个校园都能听到声嘶力竭的蝉鸣声。

溽暑轻笼，令人烦躁。

祝初一为了省钱不住校，住在任孟嘉家。

开学第一天，她对学校的环境不熟，中午没地方去，在操场闲逛。

乔继晖在给初中部的同学补课，浓荫下，他的声音温润，穿过竹林，很好听，让人听着像饮下了一口冰镇酸梅汁。

祝初一听得入迷，鬼迷心窍地在他们的邻桌坐下。

等她回过神来，已经是两个小时后，她的额头上出了一层薄汗。

刺耳的铃声响起，紧接着放的是校园广播。

乔继晖早已发现了她，他走过来，挡住她面前刺眼的阳光，弯下腰逗她："同学，你也想找我补课吗？"

少年身型挺拔修长，面容白净，脸上的绒毛在阳光下很分明，眼里尽是笑意。

祝初一没想到自己会被他发现，她捏着英语书的书脊，怔住了，结结巴巴地解释："不……不是……我是……"

少年却在她的语塞中伸出了手，主动介绍自己，以缓解她的尴尬。

"你好，我叫乔继晖。"

他身上的味道很好闻，像下着大雪的森林。

陈晓东的声音在这时响起，他那首很有名的情歌飘荡至校园的每个角落。

在隐隐约约的桂花香中，祝初一没有回握乔继晖的手，只有些脸红地说："我知道。"

他就坐在祝初一的前排，自我介绍时，她把他的名字记得最清楚。

乔继晖的笑意更深了。

上大学后，乔继晖和祝初一想方设法地做生意赚学费和生活费，约定毕业后结婚。

两人的家境都不好，乔继晖是农村户口，虽说家里只有他一个孩子，父母很宠他，但他也背负着所有人的希望，压力大。

碰到节日，他会给祝初一买礼物，耳钉、手链、笔记本等，廉价却用心。

两人是彼此的初恋，他对祝初一是真心的。

川城人嗜辣，他们做着串串香的生意，底料炒得入味，一到饭点，辣椒香飘过十里，生意自然火爆。一年下来，两人赚了三万多。当时的物价低，这算一笔不少的收入。

乔继晖一分钱都没要，全给了祝初一，他还兼职做家教，省下来的钱寄回老家，给父亲看病。

大四那年，他们忙着写论文，两人都在实习，晚上不回学校，住在出租屋。

热恋情浓，擦枪走火仿佛理所当然。

祝初一抱着乔继晖，手指轻轻地滑过他的脊梁，眼泪浸湿枕头，发誓一辈子跟他好。

正式上班后，拿到第一个月的薪资，祝初一带着乔继晖跟祝晋鸿吃了顿饭。

那晚，祝晋鸿喝得有些多，浑浊的眼里漾开真心的笑。乔继晖被灌了酒，出门就吐了，抱着祝初一傻乐。

很久以后，祝初一才明白祝晋鸿的用意：他不能给女儿很好的嫁妆，不是女儿坚实的物质后盾，但他希望乔继晖待她好，不许乔继晖欺负祝初一，他永远会护着祝初一。

父亲永远深爱女儿。

祝晋鸿检查出肝癌晚期后谁也没告诉，仍然叼着烟在麻将馆泡着。

那时，他已经跟马雯离了婚，外头都说，他跟一个三十多岁的女人勾搭不清。

五月的最后一天，祝初一下班回家，心悸得厉害。

小卖部的张婆打电话给她，说她爸没了。

乔继晖帮她爸料理后事，他把祝初一揽到怀里，她瘦得就剩一把骨头了。

祝初一靠着乔继晖的胸膛，哭得声音都没了。

乔继晖没办法，笨拙地哄她，怎么也哄不好，他只好抚着她的手臂，给她唱歌。

他忙着勤工俭学，没其他男孩儿那么多娱乐的资本，也学不会油嘴滑舌逗女孩的那套，唱来唱去只会一首：“祝福有许多种，心痛却尽在不言中。请你一定要比我幸福，才不枉费我狼狈退出……”

祝初一蜷在他的胸口听了一阵儿，抹干净眼泪，嘟囔道：“歌词都是什么啊。”

“我们会分手吗？”

乔继晖搂紧她，摸着她的后脑勺，安慰她：“不会的，小初，我们永远不会分开。”

两个月后，祝初一查出怀孕三个月。

那时，乔继晖的工作不稳定，并未转正；祝初一的状态也不好，不知道自己未来要做什么。两个人都没活明白，自然不能把孩子生下来让他遭罪。

祝初一做手术那天，乔继晖临时陪领导出差，请不了假。

她躺在手术台上，任由冰冷的手术器械在她的身上凿出伤口，挖出她的亲生骨肉。

术后要休养，祝初一暂停了之前很得上司赏识的工作，但没有公司能允许职位空缺太久，公司派了人事跟她交谈，谈话的结果是，祝初一主动办了离职手续。

乔继晖向祝初一求婚后，他的父母从乡下赶来照顾祝初一。

起初他们相处得很和睦，都客客气气的。乔妈给她炖汤，把她当亲闺女。四个人住在祝初一的家里，像极了她渴望的大家庭。

但久而久之，老一辈人和年轻人的代沟就显现出来了。

发现婆媳不和时，乔继晖还能调解。

之后，乔爸从外头听了些风言风语，觉得祝初一的家庭很有问题。乔妈还劝乔爸，虽然祝初一她爸是荒唐了点儿，但她还是挺好的。

然而，疙瘩就此在几人心里埋下。

九月的某天晚上，讨债的人不知怎么找来了。祝初一和乔继晖都不在，家里只有老两口。

门被砸得“砰砰”响，摇摇欲坠的门一踹就开。

几个小流氓凶神恶煞，手里拿着家伙，吓得乔爸当场心脏病发作，人“轰”地倒在地上。

乔妈吓坏了，急急忙忙打“120”，医院的救护车却调不过来。乔妈架着乔爸一步步下楼，在路边拦了半天的出租车。

祝晋鸿不知是被人下了套还是怎么的，写下了一张二十万的欠条。

祝初一涉世未深，只身去见了所谓的债主，咬牙扛了下来。

二十万，父债子还。

刚出社会的女孩哪儿有钱，她的月薪少，一日三餐都要拿计算器算半天。她握着银行卡，盯着取款机屏幕上的数字，不舍得把钱取出来。

这钱要是用了，乔继晖怎么办？

乔妈在医院陪着乔爸，没人照顾祝初一，没人在意她刚动完一场要命的手术。

从那天起，乔继晖忙得不见人影，有时一天也联系不到人，电话打通了也只说很短的几个字。

祝初一很自责，再不敢主动去打扰。其间，她倒是接到过一个女孩的电话，那个女孩以乔继晖的未婚妻自居，听口音，是他老家的人。

祝初一气笑了，问：“你是他的女朋友，那我是什么？”

乔继晖长得好，性格也不错，以前不是没发生过这样的事。

祝初一没往心里去。

隔天，祝初一休息，去医院给乔爸送汤。

病房门一推开，一片欢快的笑声传来，乔爸在吃乔妈削的苹果，靠窗的沙发上，乔继晖搂着一个女孩儿。

看到祝初一，乔继晖神色慌张，立刻站了起来，问：“小初，你怎么来了？”

其乐融融的合家欢场面，祝初一像个局外人。

当晚，乔继晖终于回来了，祝初一在饭桌上主动提了分手。

不被爱了，干脆离席，总好过被人赶走。

乔继晖沉默了一阵儿，点了点头。

“小汶是我大姨介绍给我的，我爸妈很喜欢。”

“我爸病了，我不忍心让他们失望。”

“我们只是吃过几次饭。”

“小初，对不起。”

乔继晖抱着祝初一不停地道歉。

祝初一默默地听着，没问他：只吃过饭，她怎么有底气向我炫耀？

祝初一的眼泪好像早就流干了，她轻声跟他说："没关系。"

乔继晖是她二十多年的人生里对她最好的人，她甚至不忍心怪他。

乔继晖走之前，请人把家里彻底打扫了一遍。物归原位，好像他从来没有存在过。

下班后，祝初一坐在那里看，几乎不记得屋子原本是什么样子了。

算一算，过了年底，就七年了。

不过七年，对祝初一来说，却如前尘往事般遥远。

那是祝初一唯一动过心，说过要共度一生的人，最终却那样草草收场。

梦幻浪漫的迪士尼乐园里，乔继晖怀里的小女孩指了指祝初一，童声软糯："爸爸，那里有个姐姐一直看着我们。"

乔继晖回头，只看到卡通人物经过的欢腾队伍，一片热闹。

他低声哄着小女儿："妞妞，那是你在动画片里经常看到的小姐姐吧？好看吗？"

北滨街酒吧开业，阎齐受到江淤的邀请，想着反正家里没人，闲着没事，干脆约林至舫去喝酒。

林至舫的消息回得很快：走！

林至舫开了库里南来阎齐家，但两人一起出门时都没开车，改骑了车库里久不见天日的重机车。

重机车像两枚炮弹，在夜晚的公路上十分轰动。浑厚狂野的引擎一同发声，酒吧门口一阵骚动。

阎齐把头盔取下，姐姐妹妹们都有些把持不住。

他气质偏冷，冷得没人敢轻易搭讪。

林至舫落后半分钟到，把车停在马路边，大喘气，说："哥，宝刀未老啊。"

阎齐把钥匙抛给侍应生，踢了一脚林至舫的机车支架，说："滚。"

酒吧不错，外面是喝茶的地方，平淡无奇，侍应生扭动吧台的机关，推开暗藏的门，这才见真章。

躁动的音浪震得人心麻，墙是黑金色的，天花板上垂下仿真植物藤条，繁密雨林的设计让这里像座花园。

阎齐走了一会儿，觉得头上湿漉漉的，一摸，还真有雨水。

签完到，江淤安排侍应生引着他们去了VIP卡座。

林至舫咬了一片苹果，问：“哥，您今晚怎么有空？”

阎齐无声地将手机锁屏，没说话，跟林至舫碰了碰杯。

烈酒没加冰块，认识那么多年，林至舫还是不习惯阎齐的喝法，他苦着一张脸，转头让侍应生给他来了杯珍珠奶茶。

“在酒吧喝奶，你是没长大吗？”阎齐晃着手里的威士忌，道。

林至舫嚼着珍珠，突然琢磨出老板郁闷的症结所在，说：“对不住，嫂子好不容易不在家，扫您的兴了。”

阎齐干掉了杯中的酒，喉结滚动几下，把厚底玻璃杯放在桌面上，说：“谁让你提她了？降你的薪水信不信？”

林至舫对这威胁不在意，说：“您一不开心就骑机车，都多少年了。今晚还是你头一次骑‘小蓝’。”

“小蓝”是阎齐那辆复古机车，电镀蓝，大概两百万。

舞池里摇摆的男女举起手，扭动腰肢，每洒一次雨，人群就“呜呀”起哄。

林至舫说：“哥，您托我找的房子我找了。找了二三十套，找来找去都不满意，要不，您给个标准答案？”

阎齐含着烟，说：“继续找。”他摸了摸裤兜，正准备找林至舫拿打火机，“啪嗒”一声，已经有人给他点上火了。

阎齐顺着烟雾抬眼，女人逆着光，看不清面容。

他不确定地问了声：“小懿？”

周婧懿挑眉，吹灭了打火机的火，将打火机抛给身边的小男友。

她一头的大波浪长发，夜店妆很浓，化得跟野猫似的，眼头有两处亮片，穿着廓形外套和鎏金包臀裙，身材火辣。

“阿阎，真的是你。”

周婧懿拍了下小男友的臀，走进阎齐的卡座。

“你上次出差也不找我，走了我才得到通知，无情死了，亏我还给你寄蓝莓。阎总把运费还给我。”她伸手，指甲轻轻地刮过阎齐的手背。

周婧懿离阎齐有点儿近，他喝了口酒，往后仰了仰。

他没有说话，只露出手机壳，上面有几个字：今日从良。

这还是祝初一送他的。

她爱买这些小物件，杯子、碗、菜碟、香薰，包和鞋倒是没买多少。

周婧懿嘟嘴问："听说你交新女友了？改天让我见见？"

阎齐感到好笑，问："你有什么好见的？"

周婧懿跟阎齐在一起过半年。

他这人嫌麻烦，之前的女人都"见光死"，她刚才试探着说女友，也不见他反驳，攀比心理霎时间上头，她问："谁能有我对你好？"

阎齐却说："爱尔兰的那套房是按你的要求装修的，我记得早就送你了。"

周婧懿听得出，他是要跟她划清界限了。

她本只想来问候两句，毕竟还有小鲜肉在候场呢，她不至于吃回头草，但分开许久，阎齐依然能激起她的意难平。

她索性坐到他的腿上。

林至舫看见这动静，打过招呼便自觉避开了。

没外人在，周婧懿更大胆了。

阎齐偏开头，他早已闻不惯她身上的香水味。

"少喝点儿，那边还有人在等你。"

周婧懿张嘴咬他的脖子，说："你没良心啊。"

阎齐吃痛，抽了张纸巾擦了擦脖子，皱着眉说："你属狗的？"

周婧懿摁住他的脸，不管不顾地又往他的嘴上咬了一口，说："就咬你。"

阎齐一把推开她，说："过了啊。"

阎齐抓起手机逃出了酒吧，躲瘟神似的。

他去便利店买了啤酒漱口，坐在马路上抽烟。

天气热，让人烦躁。

江淤以为把人得罪了，连忙出来道歉。

"阎哥，要不，您去老地方再坐坐？"

阎齐抛了一罐酒给他，示意他闭嘴。

他拿出手机给祝初一打电话，跟下午打过去时一样，还是联系不上人。

他捏扁了易拉罐，问江淤："你在香港有没有熟人？"

第六章

你是我命运的一部分

阎齐一下午都没打通祝初一的电话，这时烦得任何事都做不了，索性调动所有关系来找人。

林至舫看得通透，他借了江淤的车，直接将车开到了机场。

他嚼着口香糖，瞥了一眼后视镜，给发愣的某人递了个台阶，说："哥，其实……那边的公司，您很久没去了。"

前方有飞机驶入夜色。

阎齐像被惊醒的梦中人，煞有介事地考虑起来。

林至舫将车熄了火，悠悠地说："再晚半小时，就只有明天的机票了啊。"

如果没人出主意，也许阎齐就回家睡大觉了，因为他很清楚她应该不会出事。但他又忍不住问自己：真不会吗？这个世界不缺意外。

阎齐果断订了最近的航班飞香港。

为女人夜航，他还是头一遭。

深夜十一点，祝初一回到酒店，阎齐正沉着脸在大堂等她。

她的手里还捏着一时兴起买的手办，她随意地往前台一看，惊讶极了。

他怎么在这里？

阎齐掐住祝初一的手臂，咬牙切齿地说："祝初一，你是笨蛋吗？手机是用来通话的，不是摆设！"

他一副气急败坏的样子，一贯势在必得的神色已不见。

祝初一的手机用了三年，电池早已不经用，剩下百分之二的电，关了机就不能再开机了。

她看向阎齐，不可置信地问："你怎么来了？"

男女力量悬殊，一拖一拽，祝初一几乎被阎齐抱在了怀里。

谢可然看到这一幕，联想到近来关于酒店的社会新闻，心里大骇，冲过去拉开祝初一，对阎齐大声喊："你是谁啊？！酒店有保安的！"

她又小声问祝初一："他是谁啊？"

阎齐的心一直悬着，被推开了，他的心反而落了地。他扭过头，舔了一下门牙。

他倒想听听祝初一怎么回答。

祝初一把手里的夜宵递给谢可然，看了一眼静候着被贴上标签的阎齐，抿唇说：“他是我的……朋友。可然，你先上楼吧。”

阎齐也点点头，笑了一下，笑容带着不战而败的落寞。

谢可然满头问号，视线在两人之间来回扫。

“朋友”这词有几分暧昧，于未婚男女，是可能进一步发展的关系。

她不好打扰，只说：“好吧，上来前给我打电话，我给你开门。”然后便乖乖地走了。

阎齐重新凝视祝初一——她换了学生制服，很好看，但那衬衫扣子是不是绷得有点儿紧？

“我怎么来了？”他说了个问句。

追人是一时脑热，这时他彻底清醒了。他手插裤兜，有点儿傲娇：“这酒店又不是你的，我住不得？再说了，我来开会，忙着呢。”

祝初一冷静下来，没有拆穿他的谎言——行李箱和林至舫都不在，一看他就不是出差的样子。

但她习惯的正是吊儿郎当的他。

祝初一刷阎齐的门卡时，他挨着她站，简直恨不得长在她身上。

祝初一的耳根红透了，乖乖地跟阎齐进了门。

门一关上，热吻铺天盖地落下。

吻着他时，她根本想不起“乔继晖”这三个字，不然，她今晚肯定是睡不着的。

维港的夜色很美，但祝初一更喜欢川城。

川城的巷弄里有手工红糖和凉虾，绿树浓荫下有卖凉面的小摊，还有烈火烹油的火锅。

哪里都比不了。

人对故乡都有美化滤镜。

阎齐抽完烟，躺下来吻祝初一的蝴蝶骨。

祝初一觉得痒，往被子里缩了缩，手拉着床头的台灯绳，上面的开关形状像弯月亮，她说：“我给你唱首歌吧？”

阎齐躺到她的腰上，闻着女人香，手搭在她细软的腰肢上，小拇指和大拇指摩挲她的腰线。

听到软甜的嗓音，他的胸腔微微颤动起来。

她只唱了几句就没唱了。

原本，他以为是祝初一背对着他睡着了。他起身吻了吻她，这才发现祝初一哭得满脸是泪。

“你是不是哪里不舒服？”

祝初一仍背对着他，没说话。

阎齐却顿悟了。

刚刚听歌词不觉得有什么，这会儿，他品出了异样。

他也有过青春期，她唱的那首歌他知道，是陈晓东的《比我幸福》。

可真的爱怎么甘愿狼狈退出？

结合今天祝初一的反常反应，他猜出了几分女人心。他要是安慰她，那不是由着她去想其他男人吗？

所以，阎齐假装不知道，甚至故意放缓了声音，温柔得不像他，说：“下次不要玩失联了，我会担心。”

祝初一的手机振动时，她正陷于冰火之间。来电声跟电钻似的，让她的脑袋嗡嗡响。

睡梦中，她觉得好冷，像枕着冰湖，湖水漫过她的脚腕和手臂，冻得她瑟瑟发抖。

她闭眼皱眉，伸手去拿手机，却被人立刻按了回去。同时，磨人的声音也没了——有人帮她接了电话，说了两句。

她睡得不踏实，却睁不开眼。整个人很疲惫，肩胛骨酸疼不已。

她感受到有暗影靠近，然后，她的额头被温热的东西贴了贴，暗影移开，再然后，门被关上了。

她隐约知道自己生病了，鼻子堵了，头晕晕的。

阎齐找前台拿了药回来，把祝初一摇醒，说：“起来，喝点儿热水。”

这情景并不罕见，但通常角色是对换的。阎齐睡觉爱出汗，迷蒙中经常让祝初一起来给他倒水，然后他靠着她的肩头喝。

阎齐用自己的额头碰了一下她的，说：“有点儿烫。”

祝初一揉了一下眼，问：“几点了？”

“早上十点。”

“那我要起来了，十二点的航班。”

“不急，我和你的同事说了，让她先回去，我帮你改签了。”

祝初一捧着水杯小口喝着，说：“好。”

阎齐半靠着床头玩手机，一只手掐着她的脸，戏谑地说：“祝老师昨晚唱歌唱到嗓子哑了吧？”

祝初一蒙着被子不理他。

她不常生病，一生病就很虚弱，这会儿她的嘴唇有些发白。

阎齐一看，有点儿蒙。他身子骨强，没有生过大病，小痛全靠忍，哪里会照顾病人？

祝初一躺在床上哼唧，阎齐挠挠头，起来打开房间的柜子。他把备用棉被抱出来叠在原先的被子上，将它铺匀，把人捂严实了，说：“乖，别动，捂出汗就好了。”

阎齐瞥了眼厨房，出了门。回来时，他的手里拎了好几个购物袋。放好后，他打开手机，设置了八个闹钟，卡着点给她喂水。

祝初一像只软糯的白兔，乖乖地喝着水。突然，她被水呛着了，猛地咳嗽起来，脸红扑扑的。

阎齐赶紧给她拍背，捏了捏她的鼻子，说：“娇气精。”

阎齐来回转悠了半天，忙得满头大汗，又钻进了厨房。

套房里锅碗瓢盆齐全，他把粥熬上，转头给林至舫打电话，说：“我暂时不去肃婺了，你替我跑一趟。做你该做的事，别的不要问，也不要管。”

林至舫连连答好，问：“您和嫂子的机票订哪天的？”

阎齐瞥了眼睡得酣甜的人，说：“你别管了，我自己订。”

中午，香港开始下雨，绵绵的毛毛雨如无色的繁花般飘落。

祝初一是被饿醒的，她裹着浴袍起床，额头上还有些冷汗，但已经退烧了。

阎齐在隔壁的房间里健身，背肌在器材间舒展，颈侧有她留下的痕迹。投影仪放着电影，是好几年前的老片子。

祝初一听了会儿片尾曲才敲门。

阎齐回头，把毛巾搭在脖颈上，擦了擦汗。

“睡美人，终于醒了。”他用唇贴了贴她的头，“不烧了。”

祝初一还没来得及为他的称呼感到羞耻，又被这测温度的方式震惊。

“阎总，有温度计的。”

阎齐走到门边，低下头，眼睫毛扫过她的，说：“哦，以我的方式为准。”

祝初一的心猛地一跳，往后退了退，憋出三个字：“不要脸。”

阎齐推开旁边浴室的门，见祝初一还红着脸站在原地，他说：“去吃饭，不然我会以为你在等待共享浴室。”

他夸张地扶着腰，似笑非笑地看着她。

祝初一对这个地点有阴影，敬谢不敏，拖着病躯跑到厨房。

阎齐含笑关了门。

祝初一把胡萝卜瘦肉粥喝了个精光，十分给阎总面子。

阎齐在影音室挑影片，说：“看哪部啊？你来选。”

祝初一过去选片子，手指滑到了《卖火柴的小女孩》，只有几分钟的影片。她点进去，室内一黑，影片开始播放了。

祝初一低呼：“你竟然充了五年的会员？！”他是有多爱看电影？

阎齐哼了一声，问：“我很穷？”

祝初一想起续也说过类似的话。但阎齐跟续也是有区别的，续也是骄矜公子哥，吃被捧和被夸的那套。

阎齐在窗边抽烟，侧脸上写着她读不懂的故事。

“想什么呢？过来坐。”阎齐牵住她的手。

祝初一在他的身边躺下。

阎齐说：“下次你来充会员啊，把我的那份加进去，充十年的。”

“阎齐，别闹。”

他掐了她的脸一把，趿拉着拖鞋出去了。

影片很短，却令人潸然泪下。

童话的魅力在于，在不同的年龄看，会有不同的感受。

卖火柴的小女孩死在圣诞夜，死于对至亲的渴望，美好又悲恸。人们给予她过期的怜悯，而非及时的施救。

祝初一就像那个小女孩，她现在就拿着最后一根火柴，舍不得用掉。

窗外还在下雨。

她趁阎齐去厨房，赶紧擦掉了眼泪。

谢可然到机场了，她给祝初一报了平安。

祝初一和谢可然说自己改签了，让谢可然注意安全，落地后给她发消息。

挂电话前，谢可然难忍八卦之心，问："祝老师，昨晚那个是你的男朋友吗？"

"……嗯。"

编谎话就太傻了，那样她该怎么解释她的一夜未归？

祝初一盯着窗外的雨。雨落成幕，犹如美梦。

有时，她会因为他觉得这个世界宛如童话世界，哪怕只是划亮火柴后出现的幻影。

影片结束后，自动跳转播放《西游记》。

阎齐进来时，端了一大盘水果，有梨、甜橙、圣女果、水蜜桃、山竹。

祝初一惊呆了："这……您刚刚是去占山为王了？"

阎齐往她的嘴里塞了一颗圣女果，手指绕了绕她的发尾，瞥了一眼投影幕布，自然地接道："嗯，你的头发倒是比扛金箍棒的那个多。"

祝初一拍掉他的手，说："是啊，比你好，师父。"她泄愤似的咬破了果肉，汁液沾湿了嘴角。

阎齐扔了一包纸巾给她，嫌弃地说："水还挺多。"

祝初一有点儿无语，拿了个橙子低着头剥，问："我们什么时候走？"

"随你啊。但是今天不行，我刚刚忙着伺候你，有点儿累了，不想动。"

"谢谢阎总了。那明天走？"

"行啊，只要你没问题，毕竟，待会儿该你伺候我了。"

祝初一咬唇说："那就明天，也不好耽搁太久。"

阎齐翻了翻影片，转眼看她，随口问道："你为什么叫初一？"

祝初一把橙子的络一丝一缕地撕下来，放在盘子里，又拿了一个梨，顺着纹路削皮。沉默了一会儿，她说道："我妈生我那晚，我爸不在，只有她自己，连月亮都看不到。她让我帮她记着她受过的苦。"

这些话是祝晋鸿告诉她的。真假不重要，反正她信了。

祝初一把梨切成了小块。

阎齐安静了几秒，侧头弓身，张嘴叼走她手里的梨块，说："嗯，名儿挺好听。”

她就不该期待他能讲出安慰的话。

之前，川城的CBD，只有市中心一家独大；后来，商圈遍地开花，经济中心渐渐往川北移去。

坊间戏言，真正的隐形富豪都住在川北。话是没错，川北的小众咖啡馆也比别处开得密集。

阎齐要搬过去，因为先前的那套房子离祝初一的公司太远。他介意他每天都比她早回家，等人的滋味不好受。某天夜里，他提过这件事，不过那时候，祝初一太困，哼哼了两声，就把他拍开了。

早晨，阎齐照例送祝初一去上班。

祝初一发现车库里多了辆越野车。

啧，百万新车说换就换。这款车还是他喜欢的风格，粗犷狂野，一看就是女孩儿不会买的款。

周一，各种事情铺天盖地而来。

阎齐左手发着微信消息，低声交代事情，右手拉开车门，等祝初一钻进去，顺势用手背给她垫着门框，眼睛没怎么看她，几乎是下意识的动作。

从车库出去，盛夏的雨噼里啪啦地落在车顶上，但有隔音效果加持，传入车内的声音滴滴答答，很好听。

倦意涌来，祝初一靠着车窗睡着了。阎齐往后视镜瞥了一眼，替她放低座椅靠背，把车载音响在播的张扬音乐换成了轻音乐《卡农》。

祝初一到公司打了卡，还有二十分钟的空闲时间。

以往这个时间点，她要么在挤公交，要么在转地铁，或是着急地往大楼里跑，而不是像现在这样，还有时间去补个妆，泡杯滚烫的金骏眉茶。

有魏雅自告奋勇地分担工作，祝初一现在的活很少，手里的工作排开来，就剩下一个合作的项目。

她打开文档，整理项目报告。这是她的习惯，每完成一个项目，不管客户是否有要求，她都会建立自己的术语库。

魏雅很不理解，讽刺道：“我要是有你这工夫，早就保送博士了。”

那年没保研一直是祝初一的心结，被人如此轻蔑，她也只能云淡风轻地笑着说：“我做事喜欢有始有终。”

午后两点，祝初一敲了王阗的门。

这条路，她不知走了多少回，但她心里明白，现在每走一次就少一次。

是什么时候做的决定？

可能是王阗的想法跟她的本心有所违背，消磨了两人的情分；可能是魏雅明里暗里的掠夺，耗尽了她对工作的热情；也可能是最荒唐的原因，她被阎齐感染，也认为她大可不必在一个地方耗着。

王阗冷冷地说“请进”，魏雅正好从里面出来。

祝初一无视她，直接进去。王阗周身气压低，头也没抬，只让祝初一把文件放在桌子上。

她放下的是自己的劳动合同，是人事部刚交给她的，问她是否续约。到她这个位置，人事任命只由王阗说了算，所以她来了。

祝初一定定地站着，等了两分钟。

窗外下着暴雨，雨被大风刮得偏斜，室内更显静谧。

她发现王阗有了白头发，在发顶靠后脑勺的位置。

她看了一阵儿，移开眼。

工作时间，超过工作范畴的话她从来不说。

王阗的手里捏着一份文件，正一目十行地阅读着。

祝初一没打扰他。

气氛并不尴尬，她跟王阗太熟了，两人忙起来都这样，不搭理人，不愿被人打扰。这仿佛是他们之间的默契。

作为工作搭档，祝初一细心、有眼力见、专业素质过硬，无可挑剔。

王阗鲜少看祝初一这样执拗，摘了眼镜，问：“有事？”

“老王。”

她很久不这么喊他了，王阗皱了下眉，看向桌角的那份劳动合同。

“怎么，对薪水不满意？”

当然不是，祝初一的月薪已超过了川城的平均薪资。

她艰难地开口：“我可能不续约了。”

“因为我手里的文件。”王阗看她一眼，说的是肯定句。

“什么文件？”祝初一感到莫名其妙。

王阒把几张纸甩在桌上，说：“地质勘探的专业测绘图属机密，你不会不知道，怎么能拿给学员做案例分析？你怎么能犯这种错误？还好魏雅及时发现，给收上来了。如果客户知道，指不定会怎么评论我们工作室呢。”

靠嘴吃饭的公司，口碑在某种意义上等于一切。

祝初一静静地听完。

过去数月，诸如此类的嫁祸太多，还都不太高明，她想不通王阒是怎么了，居然信以为真，还拿来问她。

“我没经手过。”

王阒看着她，说：“原先我也不信，后来我去调了后台数据，打印机连接的 IP 地址只有你的那台电脑。”

祝初一想起自己有一天下班时忘了关电脑。

办公场所没有监控，这下她真说不清了。

“王总，我很庆幸这件事没有为公司带来负面评价，所以，我的职位也该空出来了，留给更有能力的人。”

王阒本没有让她引咎辞职的意思，太小题大做，底下的人不会服气。

“你现在是听不得批评了？还是说，你现在有人撑腰，恃宠而骄？”

气氛变得剑拔弩张了，欲加之罪，何患无辞？

祝初一所有的脾气瞬间都没了，大有清者自清的风骨，她笑得很疏离，说：“之后一个月，我会跟魏雅交接工作。”说完，她就往外走。

门快关上的时候，王阒叫住祝初一，声音低沉地问她：“今早那个，是你的男朋友？”

男朋友？多少人这样问过了？

祝初一笑了笑，没否认。

阎齐是她抵挡世俗冷眼的挡箭牌。

王阒抬眼审视祝初一，像从来不认识她。

仿佛是因为爱情的滋润，她的脸颊微粉。不做作，不刻意，还是她的风格。

王阒捏捏鼻梁骨，意味不明地说：“看来你最近过得挺好。”

感受到久违的关心，祝初一缓缓地点头，收起锋利的语气，说：“还行。你怎么样？这是准备结婚？”

王阗抿唇不答，继续揉按眉心，疲惫不加掩饰地显露出来。说实话，祝初一在他的眼里看到了苍老的迹象。

她想，也许他在感情上并不顺利。她始终不明白，王阗跟魏雅到底是怎么走到一块儿的，明明他们是南辕北辙的两个人。

但不该问的，作为老同学，她从没问过。

王阗重新戴上眼镜，起身打开旁边的陈列柜，挑挑拣拣了一番，取出一盒茶叶。巴掌大的锡罐包装精致，一看就知道不同于茶水间用来招待客户的花茶。

“我在云南买的，拿去喝吧。”

祝初一是喜欢喝茶的，她半开玩笑地说：“王总，你太抠门了吧，这就抵遣散费了？”

职场人八面玲珑，前一秒在争执，下一刻就握手言和。

但王阗，她只能做到和他好聚好散。

王阗坐到沙发上，用开水冲茶叶。闻过味道，他满意地喝了一口，又倒了一杯，放在祝初一的面前。

半晌，他笑着问：“怎么想离职了？你从来都是分寸感很强的人，误会说开了就好，何必自砸饭碗？怎么，是谈恋爱太专注，终于不想打工了？”

这笑容太罕见，祝初一陷入回忆。

五六年前，正逢二月，天气晴了些，但仍雾蒙蒙的，暖意不够。

王阗和祝初一在临街公园散步，鞭炮和腊肉的味道在风中飘散，很热闹，但有沁入骨髓的寒意。

他俩有一搭没一搭地聊天。

祝初一当时形单影只的，不敢回扶竹路。为了躲债，她住在便宜的地下室，把一顿饭分成两顿吃。

实在被逼得没办法了，祝初一给王阗打了电话。明瑾华在法国进修设计，祝初一只能求助王阗这个朋友。

那二十万是王阗主动借给祝初一的。

祝初一原本是找他想办法，看看能不能把祝晋鸿的房子抵押出去，找银行贷款。同样是欠，她不好欠朋友的。

王阗不赞同，问："那你以后住哪儿？"

祝初一没说话，她是真的到了穷途末路。

债主和欠债人，这是王阗和祝初一此后最深的关系。

读书时，祝初一性格内向，又有自卑情绪，所以没交到什么朋友。

王阗和明瑾华很像，性格很好，异性缘向来不错。他和祝初一当朋友这么久，两人的关系全靠他维系。

祝初一高中刚进校时被人欺负过。班上的一个男孩儿跟社会不良青年瞎混，下了晚自习，他把祝初一堵在了校门口。

祝初一胆子小，不敢喊叫，加上对方是个大块头，她便很没用地把身上的零花钱交出去了。

当时并没有出现英雄救美这样的电视剧情节，自然也没人看见祝初一躲在昏暗的路灯下委屈地哭。

她要跟谁说呢？过去那么多年，她都是这么过来的。

摔疼了，被欺负了，她就悄悄地找个地方躲起来，说句土话：包包散，包包散，不给爸爸妈妈看。

她爸妈都不关心，就真的没人在乎了。

王阗是辗转得知这件事的。当时，他跟祝初一不太熟，只觉得那男的太没种，欺负女孩儿算什么本事？他倒也没多事去替祝初一出头。

有一天，全班留下来补考化学。祝初一成绩好，做完就交卷了。王阗第二个交卷，刚好走在她后面。

他在祝初一身上看到了孤独感，那是一个小姑娘不该有的。

校园里的女孩儿活泼、天真，唯独没有古井般的静。

他莫名就想给背影瘦弱的她一个拥抱。

等公交车时，祝初一拿着一把烤串，见到王阗后，她主动分给他一串。

王阗愣了一下，说了声"谢谢"才接过来。

苕皮被烤得外焦里嫩，孜然味恰到好处，葱花清香。

那个烧烤摊摆了七八年，物美价廉。烤串十里飘香，十分诱惑人，学生都恨不能按菜单全点一遍。

祝初一回了句"不客气"。只有在这时，她才认为自己与别人没有不同。别人有的，她也有。

她对王阗笑了下，眼睛弯弯，如月光般清澈，水汪汪的。

王阗有些不自在，三两下吃完，把竹签扔进了垃圾桶。

他觉得吃人手短，得说几句话拉近彼此的关系，于是说：“下次再有人欺负你，你就给我狠狠地打回去，打不过就摔凳子，大不了事后赔医药费。”

被捧在手心长大的孩子，家长的爱就是他们的底气，他们永远敢直接还手，因为他们明白，哪怕自己搞不定，还有人出手帮忙。

而从小吃百家饭长大的孩子靠施舍度日，他们最怕惹事。

祝初一垂眸，看着自己身上别家女儿不要的衣服，轻轻地“嗯”了一声。

她仍记得，那年学校门口，王阗就这样笑了，真诚坦荡。

岁数渐长，小时候的事反倒历久弥新了。

两人做了这么多年的朋友，后来又一同工作，祝初一在这份感情里，始终对他有一分亏欠。

祝初一不喜欢欠人家的情，更不愿意欠人家的钱。

当年，乔继晖背叛她，祝初一执意往乔继晖的卡里打了七万块钱，因为那是他们一起赚的。

她知道，乔继晖和她一样是苦孩子。

乔继晖终归是要结婚的，他够累了，办婚礼和养孩子，哪件事不需要钱？

她傻吗？傻也罢了，就当作她把那么多年里他对她的好一并还了。

三个星期后，祝初一上午忙完，手机来了条银行转账的短信，这个月的工资发了。

祝初一算了算，下周，她和王阗就该两清了。

情分还在，但她不会再委屈自己。

六月的最后一天，祝初一从王阗的公司离职。

辞职信被平平整整地放在总经理办公桌上。信封洁白，里面是一张单薄的宣纸，她用毛笔写的信，字迹是工整秀气的楷书。

这么多年过去了，从同窗到同事，回想起来她都觉得太过漫长，但真的就这么过去了。

“昔日恩情，此生不忘。”

最后八个字，王阗读了又读，才在上级主管处签上自己的名字。

祝初一回到办公室，收拾起自己的文件和物品。

魏雅现在独揽重任，忙得脚不沾地，有些趾高气扬的领导范儿。

祝初一抽出一本书送给魏雅，说："这本书，做个纪念吧。还有，平时少生点儿气，会更漂亮。"

书里有醒世名句芸芸，希望她可以学学怎么做人。

可惜，魏雅暂未悟透，她扯扯嘴角，只当祝初一是手下败将，说："姐，一路走好。"

祝初一云淡风轻地笑了。

没关系，我们未来不同路了。

续也和谢可然都来送祝初一。

谢可然送了她一个纪念品，巴掌大的正方形水晶，里面夹了一朵云。

祝初一说自己很喜欢，把好几本原著书留给她了。

因为捉弄过祝初一，说过那样的话，这会儿，续也有些不好意思。他抓了抓刘海，说："祝老师，我以后还能给你发微信消息吗？"

祝初一定定地看了他几秒，点点头，开玩笑地说："我的时间很贵的，要计费。"

续也咧开嘴笑了，说："按秒都行！你趁火打劫都行！"

祝初一按了电梯下行键，说："回吧，还有两天，你们的实习也要结束了，我们江湖再见。"

他们认识的时间不算短，分别时同事只客套两句，只有朝夕相处过的学生才是真舍不得她。

电梯门关上的瞬间，续也突然朝她鞠躬，说："老师，对不起！"

谢可然不明原因，被吓了一大跳。

祝初一听得想哭。

高大俊朗的少年弯着腰，头低低的，五指贴着裤缝，看着很有道歉的诚意。

下楼后，祝初一给他发语音消息："不是所有的错事都能被原谅，但我原谅你。不是因为你道歉了，不是因为你是我的学生，是因为你虽然狂妄，但还有少年的善良。希望你以后能保持善良。"

续也听了挺不是滋味的，他问谢可然："如果我有一个姐姐，她的老公出轨了，我要不要告诉她？"

谢可然不知道他在“无中生姐”，天真地说：“感情这种事，最好不要替当事人做决定。一个人爱不爱她，她自有判断。”她又嫌弃地看了他一眼，“小屁孩儿，管什么大人的事！”

“嘿，你是天然气吧？点火就炸。”

续也来回翻着手机里的照片，这是那晚他在酒吧玩时无意间拍到的。他对阎齐的印象很深，在南荔见了那一面后，他还见过阎齐送祝初一上班，两人举止亲密。

犹豫了许久，他还是删了照片。

祝初一辞职后，找了个半自由的职业，钱没比以前少挣，但时间可以自由支配了。

阎齐知道后，对她说：“我这儿你随便住，别客气。”

他们这次住的是大平层，风格一如既往地冰冷，还有如出一辙的落地窗。

祝初一突然发现，除了提供一日三餐，自己能为阎齐做的事少之又少。

阎齐不常在家办公，但办公时很少关门。有一次，祝初一听到他在谈数据安全，讲了一点儿意大利语，她投去疑惑的目光，他又不讲了。

七夕的时候，阎齐又出差了。

傍晚，祝初一收到了一个包裹。寄件人姓名那一栏写的是“YAN”。

她打开包裹一看，里面是一副键盘，是她一直想要的、价格贵到离谱的那款，被她放在购物车里已久。

由于工作性质，她有时和打字机器没什么区别，能让手腕不受累的键盘对她来说的确重要。

她端着键盘仔细看了看，又上手试了试，敲起来的手感是真不错。

空格键旁刻了一行德文，是赫尔曼·黑塞的诗：你是我命运的一部分。

祝初一曾在备忘录里敲下过这句话，他是怎么知道的？

阎齐突然发来消息。

YAN：“喜欢吗？”

八月，盛夏躁动，信手拈来的浪漫让祝初一半天不能平静。

闲在家的日子，祝初一没真当咸鱼，而是在忙《因为一个人的漂泊》的翻译工作，离截稿日期还早，但她有强迫症，译好的句子反复修改了很多遍。

中秋时，祝初一给合作过的客户寄月饼。

她的脸上还有一点儿婴儿肥，不明显，拍照时才能看见。

阎齐老爱掐她的脸，说“一掐一汪水”。

她曾想过做医美，借助外力变成熟女，拥有看得见颧骨的那种清冷的美。但她想了想，觉得还是算了。

这是她一生中唯一的圆满，且永远不会离开她。

阎齐那个月没再出差，中秋那天，他罕见地发了条朋友圈：“从前喜欢十五，现在喜欢初一。”

月亮和不熄的灯明晃晃的，却能让人感到温柔。

他在深夜关掉手机，翻身抱住怀里的初一。

这年“双十一”的晚上，祝初一和阎齐都坐在沙发上，两人各做各的，很有居家小夫妻的默契。

祝初一的笔记本电脑正在充电，她只好刷手机。

从石碾村实地考察回来后，就快到交翻译稿的日子了，她压力很大。

阎齐调了半天台，没发现想看的电视节目，正想问祝初一要不要看部电影，侧过头，就看见她拿着手机，神色凝重。

“看什么呢？给我看看。”他作势就要来抢手机。

祝初一倒也大方，她没有收回手机，身体往后，靠着阎齐的肩，轻描淡写地说：“没什么。”

这动作方便阎齐欺身过去。

半小时后，祝初一换完衣服，手机还是落到了他的手里。

阎齐越看眉头拧得越紧。

祝初一把冰箱里的草莓端出来，草莓的个头很大，估计是漂洋过海来的。

“祝初一，跟你说个事。”阎齐向她伸手，带着坏笑道。

祝初一面色红润，看起来比草莓还甜，她用眼神示意他继续说。

“你买的那玩意儿我用不上。这都能出错，怎么回事？”阎齐把祝初一抱到腿上，语气里不止有遗憾，还有谴责的意思。

祝初一近来排解压力的方式是压榨阎齐。

趁着有满减活动，她买了一箱实用物品，要是用不上，确实有点儿可惜。她很有解决问题的诚意，说：“哦，那你自己买吧，我把钱给你。”

明明她坐在他的怀里，他却有一种被包养了的感觉。

手机真的振动了一下，收到了一条转账消息。

大手笔啊，还体贴地加上了他的辛苦费。

转账人正在一口接一口地吃草莓，对他的撩拨毫无反应。

阎齐不喜欢被忽视，抱着祝初一就往地板上压。

祝初一背脊瘦削，蝴蝶骨接触到坚硬的地板，非常不舒服。她抵住阎齐的胸膛，问：“你怎么回事？能不能好好说话？”

阎齐捏着祝初一的脖子，低声哄道：“想吃草莓吗？哥哥给你种好不好？”

祝初一抹眼霜时，阎齐看到她放在床头柜上的手机没锁屏，还停留在某购物软件的主页面上。他悄悄地查看了她最新的商品浏览足迹，猜出了她最想买的东西：一盒包装得很有童趣的香水。他拿起自己的手机，对着她的手机屏幕拍了张照，然后将一切恢复原样。

他也是不久前才掌握了给她惊喜的诀窍：暗中发现，先斩后奏。

这时，祝初一恰好来拿手机查阅邮件，阎齐装作无事发生，枕着手臂玩游戏。

祝初一对阎齐的举动一无所知，回到化妆镜前继续护肤。虽然她偶尔熬夜，但因为坚持护肤，脸上没有属于三十岁的皱纹。

人来世界上这么多年，眼周、唇周和脖颈等处难免会起皱纹，所以，商家抓住了女性的痛点，打出“抗衰老”的卖点，但其实，人最终还是会输给时间。

十一月底，祝初一终于交稿。

无事一身轻，晚上，她买了糖炒栗子，打开了电视节目。

阎齐没回她的微信消息，她不知道他今天是否回家。

她将栗子一粒一粒地剥干净，放进碗里。

节目里在放一首多年前的歌，祝初一听着听着，有些动容。

演唱者是老一辈的歌手，头发几近花白，唱腔颤抖，把悔恨的情绪演绎得回味悠长。

回首已半百，经历过年少的错过，谁能忍住不哭呢？

但祝初一不觉得可惜。

她只偶尔瞥一眼手机，想着：那人怎么还不回消息？他今天又在哪座城市？

第七章

谁要跟你当朋友

祝初一是被林至舫接到机场的，航班是下午两点那趟。他挺贴心的，这样她不用早起。

进候机楼后坐下，祝初一点开了阎齐的朋友圈，最近的是中秋节发的那条。

祝初一没敢自以为是地对号入座，她点了个赞，返回聊天界面，给他发微信消息。

他俩很少打电话，聊天记录倒不少。

毕竟消息不需要及时回复，漏回也不会尴尬——这是她近几个月来琢磨出的相处经验。

Y：“怎么又要去迪士尼乐园？”

YAN：“你不是嫌川城冷吗？”

Y：“你喊我我就来？”

YAN：“你可以拒绝啊。”

YAN：“一张飞机票罢了。”

祝初一判断，他有点儿生气了。他竟还拿捏准了她不喜欢浪费的心理。

她的确随便提过一嘴。

那晚，她跟明瑾华吃完火锅回家，出租车经过斜拉桥，江水流淌，寒风凛冽，刮到脸上，十分冷。阎齐刚好给她打了个语音电话，她就抱怨了一句好冷。

他当时也没说什么，闲扯了两句就挂了，她以为他没听见。

明瑾华听见阎齐的声音，还打趣祝初一：“你在石碾村的时候就是为了他抛下我的吧？重色轻友。认真了？”

祝初一当时想的是阎齐来香港找她那晚，他的衣领上不属于她的香水味。她没问，她不想自找郁闷，所以，她跟明瑾华说：“不是你说的吗？约着吃个饭也没什么。”

明瑾华没戳穿她，只说：“你心里清楚，他是不是只有工具的价值。”

祝初一承认，在迪士尼乐园看烟花时，她是有点儿喜欢阎齐。因为她的童年阴影被洗去了一大半。

岁聿云暮，烟花熄灭后，阎齐抱着祝初一在路口接吻。

回酒店的路上有个十字路口，人行横道上的催促声从缓到急。

他转过头叫了她一声："祝初一。"

"啊？"她抬头，微张着嘴。

阎齐捧着她的后脑勺，很有耐心地吻她。

他一直吻到两人都缺氧。

祝初一捧着奶茶在酒店的阳台喝，突然想起为翻译稿写的序：他是孤独的逃犯，逃来她的世界，没有企图心地、短暂地与她相爱。

两人都有假期，第二天，阎齐带着祝初一去了热带岛屿。

祝初一终于明白他的铺垫，原来，昨天只是个中转站。

阎齐拿着祝初一的护照换了登机牌，拇指摩挲过她的生日。

"原来你是四月二十五日过生日啊。"

祝初一自然也去看他的。明明早已知道他的生日是哪天，她还是故意说："原来你真的这么老了。"

他比她大六岁。

阎齐说："那我们刚认识那会儿，你怎么不提醒我？"

"提醒你干什么？"

"送你个礼物还是可以的，不然别人以为我多抠门。"

他们这段关系，知道的人并不多，哪儿来的别人？

祝初一心想，你送过了。

阎齐在机场的咖啡店小憩，祝初一不敢劳驾他，便自己去免税店逛。她逛来逛去也没买什么，看到一瓶香水的包装很好看，瓶盖是麋鹿的形状，她偷偷地买了。

回去时阎齐还在睡。这人天生俊朗，有好几个外国女游客在他的周围打量他。

祝初一从他的身侧绕到自己的位置上，刚走过他身边就被他拉住了。

那时他还闭着眼，眉头轻皱。人潮那么拥挤，他像知道是她，一下就握住了她的手腕。

机场的广播响起，提醒旅客登机。

阎齐睁开眼，低头咳了一声，勾过一边的行李箱，牵着她的手没放。

"走吧。"

多年后，祝初一回忆起这场旅行。

有吻，很多吻。

有爱，很多爱。

马来西亚的纬度接近赤道，十二月，川城阴冷，而这里碧空万里。

阎齐会玩，安排了满满的行程，网红打卡点一个都不少，拥着祝初一在丹绒亚路看黄昏。

那天的落日晚霞很美，所以，阎齐和祝初一吻得格外动情。

说到度假，阎齐的心得体会颇多，他的鼻梁上架着墨镜，整个人极其放松，心情跟热带的阳光一样透亮，一路给祝初一介绍："假期再多点儿的话，我带你去仙本那，那里的海水才叫漂亮，深深浅浅的蓝色，蓝透了。不是我不爱国啊，九寨沟是美，但仙本那更称得上是'归来不看水'的地方。"

玩了快两个星期，两人很有壮游东南亚的架势。祝初一甚至觉得，阎齐去做个地陪也能过日子。

阎齐搂着祝初一坐在后座，想到什么就给她讲。

祝初一的脸藏在遮阳帽下，被晒得有点儿像蔫了的玫瑰，不住地点头敷衍他。

傍晚六点，阎齐领着她入住酒店。

黄昏的光辉洒在波光粼粼的海上，安逸惬意，恍若世外桃源。

这里的特色民居是水屋。阎齐订了最豪华的那间，过去要走大段的木栈道。

祝初一实在走不动了，阎齐跟酒店员工要来了一辆自行车，载着她慢悠悠地骑进去。

晚风丝丝缕缕，试探着拂动旅人的衣衫，黄昏像流动的诗篇，红着脸问候焦枯的树叶和亘古孤单的岛，如此小心翼翼，如同了解喜欢的人的心情。

祝初一靠在阎齐的后背上，他的肩很宽，靠着很有安全感。

这是祝初一第一次在海边看落日。她静静地看着太阳一点点地从地平线坠下。

房间外是无边无际的蓝色海洋，像镶嵌在门框内的巨大油画。天边还剩一点儿光亮，大片大片的棉花般的云铺开来，仿佛酌了酒，呈紫粉色。椰林被风吹动的声音，和着海浪声传来。

祝初一欣赏了很久美景，再次想，钱能买到的快乐真是多啊。

晚餐在房间的阳台上吃，酒店服务员送来了两支蜡烛，烛火影影绰绰，与月光交融。

祝初一收到一条短信，是王阗发的年终奖，数额有点儿大。

她感到诧异，她都离职这么久了。

王阗只说：新年快乐。

祝初一滑动着屏幕，突然就笑了。她这些年没有白过。

阎齐一贯不喜欢西餐，吃了两口，他就放下刀叉，喝了口酒漱口，问：“傻乐什么啊？”

祝初一锁了手机屏幕，素净的脸上映着光，说：“想不想吃雪糕啊？我请你。”

阎齐不可置信地说：“大晚上的，你疯了？”

祝初一回房间给前台打了个电话，回到座位上，说：“跟你学的，及时行乐。”

酒店的服务效率相当高，十分钟就送来了一个冰桶。

阎齐瞥了一眼，说：“你说了什么？那服务员给你搞了十多支雪糕，吃完你绝对回不去了。”

祝初一挑了支抹茶杏仁口味的，撕开包装咬了一口，说：“还可以，虽然比你做的差一点儿。”

阎齐会做雪糕这事儿，曾令祝初一震惊了很久。他做出来的雪糕跟市面上要价不菲的那种一模一样，甚至用料更精细。不过，他只展示过一次。那次是因为祝初一压力大，想吃甜品，他一口气买了三种口味的雪糕原材料回来。

阎齐也选了一支抹茶口味的雪糕，问：“突然对我这么好？”

祝初一抱着自己的双膝，又咬了一口雪糕，她咬到了杏仁，有点儿苦：“这点儿小钱我还是出得起的。毕竟，阎总的时间那么金贵，都被我浪费了。”

阎齐伸手使了点儿劲儿掐她的脸，说：“德行。”

祝初一拍开他的手，说：“阎齐！掐痛了，赔钱。”

看着起伏的潮汐，阎齐突然说：“我的名字不太好听，对不对？”

他接着说：“听起来像被厌弃的孩子。”

祝初一没想到他的思维这么跳跃，闹不下去了，她揉了揉脸，反问：“怎么会呢？”

阎齐低下头，笑意冷淡。

祝初一说："之前是你不想聊自己的家庭，所以我才没问的，但我猜，你应该……很缺乏长辈的关心。"

"你呢？"阎齐看她一眼，"你不也是？中秋都不跟家人过的。"

两人也认识一段时间了，祝初一觉得自己的家事没什么不能说的，于是说："我的父母很早就离开我了，朋友和亲戚家又不好打扰，人家团圆，我一个外人去算怎么回事？"

"嗯。"阎齐垂下目光，扔掉手里的雪糕木棍，倒了大半杯烈酒，一饮而尽。

原来我们都一样，所以我们一起过了。

阎齐问："你今天怎么不发朋友圈？"

"谁还在那里发日常？微商，推销，广告，就是没有真心实意。"

"那在哪里看真心？"

"你还关心这个？"

"有关你的，我都想了解一点儿。"

祝初一没回答。她的心在猛烈地跳动着。

他们聊过那么多，切入要害的却全都唯恐避之不及。

月白风清，阎齐拉着祝初一在沙滩上散步。这里的沙很细腻，适合光脚走，祝初一拿着凉拖鞋赤脚走路，冰凉的浪花袭来，她冷得一激灵。

晚间涨潮，急涌的潮汐击打着礁石，水花飞溅到祝初一的唇角，她下意识地抿嘴，苦得快哭了，说："呸，原来海水真的咸到发苦！"

阎齐低头看她，手指刮她的脸，说："太平洋很伤心的，你不知道啊？"

祝初一躲着浪花，双脚踩上阎齐的脚背，搂着他，离他近了，说："这样就不冷了。"

阎齐掐着她的腰，鼻尖触到她的额头，问："怕冷？"

祝初一被他的气息环绕着，有点儿醉，傻傻地点头。

"那我陪你过冬怎么样？"阎齐勾着她的腰，吻了吻她的眼角，又吻了吻她的鼻尖和眉心。

他的嘴唇滚烫，祝初一的心跳得飞快，嘴上却说："不怎么样。"

不知道是谁先开始的，两个人又抱在一起接吻，法式湿吻，一遍又一遍，仿佛这样就能拥有对方的全部。

阎齐吻了她一会儿，偏过头，拿下巴指着海洋说："抱你去游个泳？"

祝初一咳嗽了一声，说：“大都会都没你会，海浪都没你浪。”

阎齐抱着她往海里走，说：“这个夸奖我收下了。”

坠兔收光，他们像两头迷路的鲸，翻滚着，迷茫地找回家的方向。

祝初一没说，她好喜欢他的名字。

因为他，美梦延期。

返程，阎齐特意留出了购物的时间。

祝初一全程没发表意见。

她对大牌没什么研究，她的薪资也不允许她有这样的消费水平，或许钱不是主要因素，自卑是各方面的因素导致的。

阎齐把祝初一按在椅子上给她买鞋的时候，祝初一终于坐不住了。

祝初一对这家店有点儿了解，魏雅跟她炫耀过王阗给她买的鞋，脚后跟都磨破了，她还在到处招摇。

店员特别热情地接待阎齐，也许是早已练就了识别有钱人的火眼金睛，全程把他当VIP客户伺候。

祝初一好心地提醒阎齐：“你拿的这双是婚鞋。”

鞋很浮夸，浑身是钻。

阎齐从容地接话：“那不是正好吗？提前送你结婚礼物。”

店员会来事儿，立刻说：“阎先生，我帮您包起来吧。”

祝初一心里泛起涟漪：他竟然真是VIP客户，他上次带来的女人是谁？

这么想着，祝初一反而觉得自在了，看他刷卡也再没有无所适从的感觉。

快过年的那段时间，阎齐看上去心情很不好，每晚回家就去书房，很少跟祝初一交流。

祝初一把冷掉的菜放进冰箱，敲开书房的门，问他：“你怎么了？”

阎齐抽着烟，破天荒地把她推出去，说：“让我自己待一会儿。”

祝初一敲门的手垂下。阎齐从没用这种语气跟她说过话。

“噢，那我去楼下了。”

睡到半夜时，阎齐又来抱她，他的两只手把她的腰扣住，额头贴着她的脊背。

祝初一转过身来，问："你还好吗？"

阎齐一身酒气，身上很烫，意识有些不清。

"嗯，你不要走。"

祝初一醒来时，阎齐已经不在房子里了。

一连几天，他杳无音信，发微信消息不回，打电话不接，林至舫也联络不上他。祝初一这才惊觉，自己对他了解甚少。

或许，他们从不在一个平等的位置：他总有办法找到她，她却不能随时找到他。

他们这般疏离，好像那夜沉入深海后近乎窒息的吻从没有发生。

大学毕业到现在，祝初一没敢真正地休息过。趁现在工作时间自由，生活不愁，她准备安心地想想未来的职业规划。

她对物质的要求低，还完王阆的二十万，还剩好几万块钱，养活自己暂时不成问题。

当了这么久的社会人，说不厌烦打工是假话。

她疯狂补上前几年被偷走的消遣娱乐，烘焙、电影、小说，轮番来，非常消磨时间。

她霸占着阎齐的家，懒得一塌糊涂。

深夜，透过巨大的落地窗，她看到薄纱帘外，绵绵细雨悄无声息地落下，地上是枝丫轻颤的树影，浅浅的，光一移开，影子便不见了。

床头有一盏小灯，是漆黑房间里唯一的光亮。

祝初一躺在床上，床大得摸不到边。

其实她错了。

一个人总会孤单，伴侣的存在并不会消弭孤独感。

川城的天气挺奇怪，这几天总是白天出太阳，晚上落雨。

之前，她接待过一个英国人，老头儿的岁数挺大。他到川城的那天，川城也在下雨，结果下了机场高速，天又晴了，阳光射向车窗，毒辣灼人。老头儿摊摊手，跟祝初一说，英国也是这样，晴雨不定，要是真不喜欢某一刻的天气，大家会相互劝劝，说，再等一会儿就好了。

夹了雨的风阴冷，祝初一拿了羽绒被出来盖，还是觉得冷。

她在这时想起了阎齐。如果她没记错的话，今天是阎齐的生日。她买来的生日礼物还没有送出去。

她有几天没见到他了？三天，还是一周？这种失联的情况很少见，大多数时候，阎齐会联系她，给她打视频电话，贱兮兮地撩她。

似乎从假期结束起，阎齐就一直在出差。

因为他，她重新定义了这个世间的“空荡”。

如果她是可有可无的，那他们的关系要不要到此为止？

趁一切还来得及。

临近春节，小区的物业挨家挨户地送起花。

这天，祝初一熬了夜，刚从书店回来，面容惨淡地开门，蜡梅的香气扑面而来。

那是束包装雅致的花，浅褐色枝干上开满了嫩黄的花朵。

给她送花的物业管家是个女孩儿，她说：“新年快乐啊。”

祝初一道了谢，回她：“新年快乐。”

物业挺尽责的，顺道给她宣传了安全知识，说：“女士是一个人住吧？晚上要锁好门窗哦。”

祝初一不想暴露具体情况，支支吾吾的，捧着花束，跟误抢到新娘捧花的宾客似的，目光一转，就看到了阎齐和他的行李箱。

那人估计早就到了，穿了一身深灰色风衣，头发长了些，靠着墙，饶有兴致地看她神情恍惚地与人交谈。

物业的女孩儿也看到了阎齐，她回过头，一副恍然大悟的表情，说：“原来你有老公呀，那就好。”

独居女人总是令人担心她的安全。

祝初一笑而不语，笑他人的误会，也笑自己心甘情愿地被误会。

祝初一拿着花，回屋找了花瓶，接了水，把蜡梅养起来。屋子里有了春暖花开的样子。

大门还开着，某人推着行李箱进来，坐在玄关处不动了。

祝初一愣了一下，问：“你坐这儿干吗？”

他之前给她打过电话，说要接她去吃饭。

阎齐的视线落在她身上，懒懒地说："等主人接我进门啊。"

他总是有办法把不尴不尬的气氛搅乱，让祝初一不再去想他究竟去了哪儿，往后还会不会找她。

阎齐洗完澡，在冰箱里找冬枣吃，顺手拨了拨岛台上的蜡梅。

"好香啊。"

这夜，祝初一与他沉沦时，想起他从来没有送过花给她。

年后，祝初一又开始在书房加班，修改编辑返稿中的标红部分。

阎齐挺无聊的，戴着耳机在落地窗前打游戏。

他打游戏时还算理智，不骂人、不闹腾，所以，祝初一把他当个摆设，改稿到抓狂时，她就盯着他看几秒。

三番五次后，阎齐难免察觉，干脆扔下队友，走到她的书桌前。

祝初一放下咖啡，疑惑地问："你干吗？"

阎齐的手撑着桌面，竟有点儿为难，说："这要看你了。"

跟他周旋了许久，祝初一才明白他是在找碴，她垂着睫毛，冷静地说："哦，我暂时用不着你，出去吧。"

阎齐气得用手掐她，说："我就是工具是吧？比厨房的菜刀都不如。菜刀生锈了，厨师都知道拿着它磨，我只能自我维修。"

祝初一笑得不行。

阎齐转过她的电脑屏幕，默默地读了几行，挑了挑眉，似乎被惊艳到了。

"文笔可以啊。"

祝初一生怕他按错键，强迫症发作，按了几下快捷保存键，才说："夸文字工作者文笔好，并不算是真心的夸奖。"

这说法实在新奇，阎齐问："哦？怎么说？"

"这是入行的基本功。就像在某些交际场合不得已夸一个面容平庸的女孩儿，由于找不出亮眼的特点，只好说她笑起来好看，或者有气质。"

阎齐不认同，说："你说的那些已经很特别了。啧，你就是太犟，爱钻牛角尖。"

他躺回去，闭上眼，晒着难得的太阳，说："夸你，你就说'谢谢'，心安理得地受着。你值得，别深究，没什么当不当得起的。这年头，‘资质’是个魔幻的词。记住我这话啊，永远别轻易拔高标准，那样太累。别人逃避压力都来不及，你倒好，自己给自己施压？”

祝初一有几秒没说话，她没想到这教诲般的金句竟出自他的口。

阎齐没有得到回应，有些不满，问她：“不同意？”

祝初一耐着性子说：“那你对自己有什么要求？”

“我？”他回头看了一眼祝初一，“我们俩这样，就很好。”

这种无力感应该怎么形容？他就像一株仿真植物，住在她的心底，知道她想什么，但仿真植物永远不会活过来。

加湿器吐着水雾，阎齐失神地看了她片刻，忽然道：“你怎么还在找工作？干吗不自己做？”

他刚刚看到了她的简历文档。

祝初一正戴着眼镜校对稿子，根本没把他的话当回事儿，她学着他不着调的语气说：“行啊，你给我投资啊。”

阎齐如释重负地笑了一下，说：“这有什么难的？”

隔天傍晚，不知是他有预谋还是巧合，祝初一被介绍工作了。

川北商圈附近开了家口碑不错的小众咖啡馆，咖啡馆在一条小巷里，窗外的黄桷树影轻轻晃着。

阎齐点了杯酒，不经意地往窗外瞥了一眼，门口坐了一对情侣，穿格子情侣衫。

他戳了戳祝初一的手臂，说：“看看人家的女朋友，多乖。”

祝初一在喝咖啡，顺口说：“哦，‘女朋友’和‘乖’都与我无关。”

阎齐气着了，正准备掐她，隔着玻璃，门口的女人刚好转过头来。

——尉奚绿。

祝初一曾在某公众号上见过她的个人简介——翻译公司前高级翻译。

阎齐也看见了她，他的嘴角带了得逞的笑，跟祝初一说：“碰到个朋友，带你混个脸熟。”

祝初一没想到阎齐竟认识这么一位大神，可惜她完全没有准备，今天的打扮并不职业风，有点儿手足无措，只好客套地敬酒。

阎齐却抢过她的杯子放在桌上，一点儿应酬的意思也没有。

尉奚绿有点儿尴尬，不动声色，笑得优雅，说："好久不见，阎总酒精过敏，我忘了。"

祝初一不语。

她还真看不出，他这个喝多了就往她身上蹭的人有任何过敏的症状。

四人换到一张桌子上，尉奚绿主动给祝初一倒了杯柠檬水，说："祝老师，我看过你的简历，漂亮是漂亮，但你之前的平台有局限性，有没有兴趣来我的公司？"

面对这突如其来的工作邀约，祝初一在心里转了几道弯，听懂了对方的言下之意。

此时的她像被网拉到江河湖海交汇口的小鱼，只要一跃，就可以到宽阔的海洋去。

只是，她的心里埋了一根软刺，再多的醋都软化不了。

祝初一说："谢谢尉老师，我有几斤几两，我自己知道，我还需再修炼修炼，希望未来有机会合作。"

未来，谁说得准？

尉奚绿笑了笑，说："期待有那一天，阎总的朋友，我永远欢迎。"

从小巷出来，两人并肩走着，阎齐的脸色不太好。

"一个人的社会价值是什么？说白了，就是他被利用的价值。给你剥削我的机会都不要，捡漏你都不会？"

祝初一知道刚才拂了他的面子，道："你生气了？我跟她不熟，她太优秀了，工作起来不会有默契。"她的声音有点儿小，因为说了谎。

夜间，路上车少，阎齐的油门就没松过。

他问："那你跟谁有默契？一直这样下去，单打独斗的，很吃亏，你懂不懂？"

祝初一说："我知道的。可你给的，不是我想要的。"

阎齐"嗬"了一声。果然，他不是她想要的。

车载音响放着歌，莫文蔚的吟唱声很温暖，让人仿佛置身于一片松软的青草地，听着歌，就消了气。

"回去吗？再往前开，就是民政局了。"阎齐将手肘撑在车窗上，没有情绪地看她。

祝初一降下身侧的窗户，迎面而来的风像第三者，介于他们之间。

祝初一说："我开了导航，回去吧。"

阎齐没听话，继续向前开着车。

车子驶过高架桥，城市霓虹在水流里打转。

他突然说："我从来没有拿你当过发泄对象，是你主动要求的，记得吗？"

祝初一愣了一下，在半开的玻璃窗上看到他的影子，说："嗯，是我提的。所以，你现在想让我们的关系合理化，是不是为了让你的所作所为合理化？"

不知是不是车内的空气太闷，大多情侣在车里都不能好好聊天。

道路很空，阎齐却连按了两声喇叭，问："我做什么了？为你好还错了？"没有爱意的"为你好"很刺耳。

祝初一倒是很平和，说："你不是为我好，而是单方面的施压。"

——就像你想回来就回来，不回来连个电话都没有。

阎齐压根没想解释自己失联的原因，说："多个朋友多条路。你进入社会这么多年，还这么幼稚，祝老师，你以为自己那么幸运，每天都能偶遇人家？"

又是人家。

祝初一感觉自己被刺了一下，说："是啊，人家那么优秀，你怎么不找她呢？"

空气安静了。

阎齐开怀大笑，说："难得啊，能听到这句话。我找她干吗？你刚才没看见啊，人家有男朋友了，我当男小三啊？"

祝初一很尴尬。

"你怎么那么无聊？"

阎齐说："说真的，你到底喜不喜欢我？"

三十六岁的男人问这句话，真的很离谱。他握着方向盘，不知道该将车往哪儿开。

他的话问得很突兀，祝初一心里起了波澜，还真想了想，说："不讨厌吧。"

不讨厌。阎齐开始自我说服：那就是喜欢了。

他满意了，尝试着给自己挽回颜面，说："嗯，很少有女人不喜欢我。"

祝初一像喝了壶梅子酒似的，觉得醉的人只有自己。

这就是他啊，霸道地要走她的喜欢，他自己却不肯表露真实的情感。

所以，她也突兀地问："你对婚姻是什么看法？"

阎齐记得她被迫相亲那晚，她在酒吧外哭时说过的话。她不想结婚，而且不婚的态度很坚决。于是他说："别紧张，我们不是那种非要结婚的关系。"

祝初一眨了眨眼，没吭声。

阎齐努力自洽："两个人走到一起，是因为缘分；长期在一起，更多的是因为适合。那晚，我们在南荔遇上，是缘分；处了这么久，是适合。你不会想把'缘分'和'适合'推上一个台阶，去索取结果吧？我和你就一直处于这种舒服的状态里，谁对谁都没有企图。这也是我们开始的原因，是不是？"

他看着祝初一的眼睛，目光里甚至有不加掩饰的期盼。

——说"不是"。

祝初一没办法骗自己他消失的日子与女人无关。

她前些天替他签收了一份包裹，打开后是座立体的旋转木马，很漂亮，底座里有几瓶香水，但盒子里有一张卡片，开头写着"Jingyi Zhou"。

那一刻，她觉得自己好似被人当头浇了盆凉水。

祝初一笑得体面，胸口灼热，说："你说的都对，我们就这样，挺好的。"

过了好久，阎齐也笑了一声，笑得勉强，说："嗯，挺好的。我们就看看缘分什么时候耗尽。到那天，我送你一件礼物，怎么样？"

成年人实在是可怜，连坦白内心的喜欢也要比赛，却不知道对方心里的壁垒越建越高。

阎齐说："我很珍惜我们在一起的日子，但如果有一天分开了，我们都别留恋，都要开开心心的。"

祝初一平静地问："不能当朋友吗？"

谁要跟你当朋友？

阎齐说："要是真有那天，一定是因为外界因素。毕竟，我这么好，除非是客观原因，否则你不会舍得。"

祝初一仿佛在看综艺节目时听到了不好笑的笑话，说："自恋狂。"

阎齐有点儿无奈，说："人走茶凉，离席之后的事，谁也说不好。"

祝初一理解了一下他的意思——及时行乐。

他们没有以后。

祝初一小声地说："那就不要联络了。"

这几乎是他们第一次认真聊天，"言不由衷"却贯穿对话的始终。

天很黑了，再冷一点儿就要下雪了。

祝初一知道，她等不来雪。

她说："我回答你之前的问题，这段关系是由我提出的，现在我也不想改变。我们就这样吧，因为我并不想给你一个名分。"

——如果知道未来我们终将分开的话。

阎齐吊儿郎当地骂了句："渣女。"

祝初一弯唇，说："彼此彼此。"

车窗都摇上来后，玻璃隔绝了最后一缕风，车内又回到了诡异的氛围。

前方就是市民政局，阎齐在这里掉了头。

他们正与全国最幸福和最决绝的地方擦肩而过。

天意是什么？是他的心。

明瑾华骂祝初一傻。

"人家都把台阶递给你了，你不会顺着下？实在不会，你不能让他拉你一把？你以前是挺柔顺的一个人，怎么这回吃了秤砣铁了心？干吗跟自己过不去，你不想上班啊？你又不喜欢他，得不到感情，利用利用他怎么了？"

祝初一也不明白。

虽然知道自己执拗，但这一次，她想靠自己站起来。

她想看看过了这么些年，她到底能不能找到满意的工作。阎齐没说错，她是没有理由地犟，最终苦的还是自己。

明瑾华气她不开窍，但局外人总是格外通透，她忽然意识到最重要的一点，人有时在爱的人面前不愿示弱，她一语中的："你没救了。"

今天是祝初一的生日，这天，她刚好三十岁。

她约了明瑾华吃饭，明瑾华送了祝初一一对C家的耳环，她看了看祝初一身旁的空位，问："怎么就你一个人？"

祝初一没通知阎齐，于是假装听不懂好友的话。

"你知道的，我不是广交朋友的性格，况且社交太费钱，除了躲不过的婚礼，我想尽量把交际圈化繁为简，省事。”

明瑾华嘟嘴，叫她“小财迷”。

祝初一主动聊起了秦莞韵，说：“三十年前的这一天，她带我到世界上，当时，她的心里应该也是有过期待的吧？虽然我从没感受过她的爱。她不是不爱自己的孩子，她也含辛茹苦地养育过一个女儿，把女儿当宝贝，倾尽所有地疼女儿。她只是不爱我罢了。”

明瑾华一向仗义，只说：“我们不稀罕。”

祝初一笑了笑。

真的不稀罕吗？

祝初一没有收到秦莞韵的生日祝福，今年没有，过往的很多年里也都没有。

她早把自己忘了。

祝初一点了酒，她和明瑾华一人一杯，大约是酒的度数高，喝着喝着，她就有些醉了。

这家餐厅不在市中心，在一座山的半山腰。

院子里的花还没开；屋檐下挂着许多月亮灯，依然照不亮夜色；周围是一片竹林，晚风拂过，沙沙的，声音悦耳。

祝初一坐在院子里醒神。

她不是能喝酒的人，喝多了脸泛起绯红，她不禁想：要是秦莞韵从来没有抛弃她，是不是小时候她就不会遭人欺负？是不是当年她就不会孤立无援地流产？

明瑾华知道祝初一不喜欢吹蜡烛，便让餐厅给她准备了一块芝士蛋糕。

祝初一舀了一勺蛋糕放进嘴里，在这种时候，她尤其嗜甜。

“其实，秦莞韵回来请我吃饭，我从容地去，就是想让她看看这么多年，我努力地活着，即使没人护着，我也过来了。”

没有心怀恨意，像飘在云南小镇最恣意的那朵云。她只是想让秦莞韵看看这样的自己。

明瑾华把祝初一手里的酒杯抽走，送了她一束红玫瑰，说：“来吧，大美女，许个愿。”

祝初一抱着花，感受着不属于她的寓意着爱情的香气。

愿望吗？她大概只是想找一个自己喜欢的人吧。

明瑾华见祝初一不动，就替她许了愿：“早点儿给我嫁出去！”

祝初一没有附和，说：“算了，我快孤独终老了。”

前几天的深夜，祝初一在阎齐很晚还没回家时鬼使神差地打了他的电话，却又赶在那头接起之前急忙挂断。

她并不清楚自己为什么这样做，即使打通了电话，她也无话可说。

祝初一有些感慨：“原来这就是三十岁啊，并不特别。我没能像自己小时候想的那样光鲜，房价又贵了，卡里也没多少存款，甚至连个爱人都没有。”

记忆翻涌，电影似的放映着，总结一番，不过是：爱过，痛过，狼狈过，但也谈不上遗憾。

明瑾华举着酒杯跟她碰杯，喊道：“来人间一趟，真是索然无味！”

祝初一说：“嗯，敬这‘无味’。”

明瑾华目睹阎齐来接祝初一时还有点儿惊愕。她之前还劝祝初一呢——你没有让浪子回头的命，不如和他分了吧。

祝初一喝晕了，她正犯愁要怎么把人送回去，阎齐就来了。

明瑾华在祝初一的朋友圈见过阎齐，虽然那条朋友圈很快就被删除了。那条朋友圈的照片里，他在厨房做饭。照片是祝初一偷拍的，像素很差，但糊图出神颜，男人的气质很独特。

祝初一正梦到阎齐，她有点儿生气，在梦里质问他：“今天是我的生日，你不知道啊？送个祝福都不行？”

“王八蛋。”

祝初一窝进熟悉的怀抱，双手下意识地搂住那人的脖颈。

阎齐抱着祝初一，回头问明瑾华：“捎你一段？”

明瑾华露出笑容，赶紧摆手说：“不了，帅哥，你们慢走。”

阎齐把祝初一放到副驾驶座上，而后被她抱住，薅了把头发，她嘟嘟嘴，又把他推开。

“……”

祝初一喝醉了还挺听话，头发拢到一边，也不闹，安安静静地睡着觉。

阎总的心里无名火起，用虎口掐着她的下颌，用力地捏了捏，然后狠狠地亲她。

她的脸皱巴巴的，像个小老太婆。他玩心大起，打开相机，恶作剧地拍了一张照片。

祝初一伸出手胡乱挥了两下，无意识地叫了他一声，又睡过去了。

第八章

我偷走了月亮

深夜，残破的拆迁老街往南山方向，迷雾收拢。上山的分岔路口车流量锐减，白日熙攘的八车道只剩几辆出租车，公交车早收班了，川城的交通难得如此畅通。

等红绿灯时，阎齐瞄了一眼后视镜，他懒懒地握住方向盘，调了下暖气开关，暖风扇口朝下，不再对着副驾驶座，她毛衣上的飘带也不动了。

她在毛衣里穿了件奶白色连衣裙，像最嫩的白玫瑰，仿佛手指一捏就会掉下花瓣。

四月正值倒春寒，夜晚依旧凉如水，车载温度表显示车外只有十五摄氏度。车开过林荫道，橙黄的街灯照着黄桷树，树影在来往的车辆上晃动。

祝初一睡了很久，也睡得很沉，没半点儿不适应，她的头没支撑点，往左侧歪去。阎齐反应快，扶住她的头，将她的脑袋推了回去。

下回还真得准备个儿童座椅。她的睡颜纯真，此时被“绑走”都意识不到，可不就是一个小朋友嘛。

祝初一跟个不倒翁似的，自己找到了平衡点，蜷在座椅上睡得更香了。

车在拐了一个大弯后慢了下来，临街的饭馆、面馆、茶馆都在收摊，桌椅板凳都收好了，卷帘门也拉了下来。人声渐无的街区，清洁工默默地扫着大街。

绿灯一亮，阎齐缓缓地向右打方向盘，将油门踩得很重，车子疾速往南山驶去。上山的路很陡，车子连着拐了好几个急弯。两旁的黄桷树如鬼魅般后退，山体看上去光秃秃的，只有几盏照明灯点缀着。晚间基本没有下行车辆，整座山像空了一般。

盘山路上有车，男人，男人身旁睡得安稳的女人。这段路，这几分钟，都是属于他们两个人的。

将车开到观景台后，阎齐打了右转弯灯，靠边停下了。他看了看表，正好十一点，还来得及。

“祝初一，猪，起床了。”阎齐不算温柔地拍了下祝初一的脸。

车内有真皮座椅的膻味，她身上的酒味很淡，有若有似无的茉莉香。

阎齐凑近了喊她，祝初一还是没反应。

她闭着眼，感觉到阎齐的手顺着她的睫毛往下轻轻地划，最终停在她的嘴唇上，用拇指按压住唇，慢慢地拈。

她小声嘤咛。

“不起来？”阎齐冷笑着解开自己的安全带，又倾身去解开祝初一的。

男人的体温高，祝初一的耳边全是他吐出的气息，灼热烫人，她的睫毛猛地一颤，再装睡不下去了。

其实半路她就醒了，看清开车的人是谁后，她觉得惊讶，索性继续装睡，反正她不想睁开眼跟他说话。

这时，她干脆耍赖，与他隔了一拳的距离，揪着他的衣服说：“你干吗啊，大晚上不让人睡觉？”

阎齐冷哼了一声，真有点儿生气，问：“喝得那么醉还想着要睡觉，要是被人拖去酒店拍个小视频，再给你放到网上去，看你怎么办。”

祝初一反驳道：“我是跟朋友去的。”

她的手机屏幕亮了起来，有几条微信消息。

雾都粉刷匠：“我死了！”

雾都粉刷匠：“他也太好看了吧！”

祝初一没回她，有点儿无语。

阎齐坐了回去，抵着自己的眉心，问：“喝醉了怎么不打电话给我？”

祝初一的嘴比脑子快，就这么把心底的话说了出来：“因为不想见到你。”说完，她立刻后悔了，这话有点儿伤人。她又偷瞄了阎齐一眼。

多神奇，他竟然没有撑回来。

车载音乐声没有停，是那首《缺口》。

“爱情像是考验，从不承诺永远。是有一点遗憾，幸福没有答案。”

阎齐没说什么，解了车门锁，将视线移向窗外，不痛不痒地说：“衣服穿好，下车。”

四月，夜深人静的半山腰上寒风阵阵，有栋房子屹立于山林中。这是川城的著名景点，每回电视里播城市宣传片，都有这个房子的镜头。

祝初一没踏进去过。小时候是因为没人带她来，长大后工作了，她又时常觉得人光是活着就很累了，玩乐是更深层次的受罪，有空闲时间，她宁愿睡觉。

“这么晚，都关门了。”祝初一被阎齐搂着走，她好意地劝他回去。

阎齐瞥了她一眼，脚步没停，像在赶时间。

也许是他事先打过招呼，有守门的人接应他，把他们放了进去。

他拉着她，两人一前一后，不停歇地爬到顶楼。他们一层一层地爬高，像跳了支没有观众的舞。

顶楼静悄悄的，没有灯，整面墙做成了落地窗，看起来很宽敞。这里隔几米就有望远镜，供游客饱览风景。

此刻，祝初一上气不接下气，阎齐也微喘了两声。

窗外是城市风貌，夜有多浓，灯光就有多亮。窗内响着喘气声和心跳声。

阎齐从背后圈着祝初一，将头靠在她的肩上休息，胸腔有规律地起伏，嘴唇蹭着她的耳垂，笑得不正经，说：“别急，晚上有的是时间陪你。”

祝初一警惕地瞪着他，他有不分场合乱来的“前科”，她怕引火自焚，于是推开他，坐在一处望远镜前。

她像兔子似的蹦开，抗拒的动作太明显，阎齐失去了支撑，登时扑了个空。

“祝初一，你能不能安分点儿？！”

对他柔顺，就是让自己受罪。

祝初一拿出手机看，语气不太好，说：“大晚上来这儿干吗？来打鬼？”

阎齐觉得这女人有些不识好歹。她是不是真的以为他不记得今天是什么日子？

阎齐坐到她旁边的座位上，扶住望远镜，调节角度，躬着身，闭着一只眼，对着镜头说：“你有什么愿望吗？或者梦想？”

梦想是什么？

梦想是你觉得这世界乏味，觉得疲惫时，最后拽住你的东西。

从这个视角看，虫寂山空的川城很温柔，疏疏落落的灯火像星辉。

他曾在海上看过星空，漆黑无人的海，无边界，无光亮，但只要抬头，不需要费力找，浩瀚苍穹便展现出一幅幅星座图。

祝初一学他，看了一眼自己的望远镜里的风景。

城市寂寥，一弯江水没有选择地汇入大海。

他们像无人区的尘埃与沙粒，经不得风吹。

她想了想，不太诚实地说：“没有。”

阎齐打开手机，瞥了一眼时间：晚上二十三点二十七分。

林至舫给他发来确认的消息："OK。"

阎齐转过身来，将两条长腿往前伸，踩在她的椅侧，手握着她的小腿，把人转了过来。

他的眼眸漆黑，问："你真不知道我为什么来接你？"

祝初一不敢跟他对视，数着自己的心跳，不可抑制地吞了吞口水，结果嗓子更干涩了。

她揪着自己的裙摆说："我一直觉得生命太孤独了。一个人长大，一个人活到三十岁。我劝自己自律，哄自己开心，从不敢有愿望。我靠自己能实现的事情很少，我害怕许那些明知道不可能实现的愿望。"

"嗯，你还挺理智的。你十多岁时是什么样子啊？有照片吗？"

"没有，我从不喜欢十几岁时的自己。"

"因为失恋，全烧了？"

"那时候没人给我拍照。"

祝初一的青春期是在自我治愈中度过的。

阎齐看着她的眼睛说："看不到你少女时期的样子，多可惜。不过，没关系，你现在是我的。"

拥有身体是最直观的占有，从这种角度来说，他没说错。

祝初一笑了，破坏气氛地说了句："我发现你最近好无聊，你有这时间不都回家看电影吗？还有，你怎么不出差了？"

她是明知故问。

"我是闲得慌，吃饱了撑的，才专程带你来吹风，满意了吗？"

阎齐恨铁不成钢地盯着祝初一，仔细听，他的声音发闷，带着一丝委屈。

祝初一看他吃瘪，心里莫名觉得舒坦，好像报了那晚他说"我们就这样，挺好的"的仇。

"来看夜景啊，其实隔壁的景色更好。"

她知道他是来陪她过生日的，绕了半座城，把她接到这里，也许想对她说一句"生日快乐"。但凭什么他这么做，她就要配合？

阎齐又看了时间：晚上二十三点三十七分。

他骂了一句，而后拿出牛皮纸袋塞到祝初一怀里，说："江淤的手里有几部戏，不拿个女一号给你演演，都浪费了你的演技。”

他是骂她揣着明白装糊涂。

祝初一没接纸袋，纸袋从她的胸前滑落，“啪嗒”一声落地。

两人离得很近，只有十厘米左右的距离。

“阎齐，说不要索取结果的是你，你又何必假惺惺地来问我有什么愿望？”

牛皮纸袋躺在地上，像没人要的孩子。

阎齐勾唇笑了起来，笑自己傻，他淡淡地瞥了一眼地上的牛皮纸袋，一字一句地说：“我送你的礼物，捡起来。”

祝初一偏过头，深深地吸了口气，没有动。

阎齐欺身过去咬她的耳朵，冷着声音低吼：“我让你捡起来！”

祝初一把他推开，指甲无意划过他的侧颈，说：“你少发疯。”

这一年来，阎齐从来都是大大方方地让着她。不知不觉中，任人搓扁揉圆的祝初一也被养出了小脾气，会使小性子，情人呢喃逗趣间，被惹急了也会让他“滚”。

她也委屈了。

阎齐记得今晚看到祝初一时，她的睫毛上有湿意，他的心仿佛被捏紧了。他不知道她为什么难过。他的下颌线绷紧了，手指捏着她的脖子，情绪泄闸，如滔天巨浪。

“对，我就是犯贱，我满城找人，巴巴地赶来给你过生日，是我做错了！那晚是谁在海边说不想再一个人过生日，说得那么可怜？我看你玩得挺起劲啊，我要是再晚来一步，你是不是就在别人床上了？”

祝初一愣了，她有说过那句话吗？可能是半梦半醒间，月色太美，她没忍住。

祝初一的眼里终于起了雾，怎么也挥散不去。她悄悄地侧过脸，雾慢慢地化成了雨滴。

空荡荡的观景台上，两人各站一端，中间仿佛隔了条银河。他们玩了场词不达意的游戏，自作自受，不值得被同情。

祝初一没走出那一步，她想再等等。等什么呢？她自己也不知道。

他那晚都把话说到那份儿上了，就差对她说：不和就分。

阎齐没了耐心，起身从她的身边走过，带起一阵风，而后下了楼。

阎齐没走远，坐在楼梯口抽烟。蛋糕会让人发胖，蜡烛会熄灭，但没关系啊，你有我，我带你看万家灯火。璀璨辉煌永无阑珊，莹莹渺渺永不熄灭。千万祝福在你脚下，都在祝你生日快乐。

这晚，川中半岛的两栋高楼突然关闭了所有广告，楼体的LED灯骤灭，再亮起时齐刷刷地出现几行字：对不起了，各位，今晚，我偷走了月亮。路过的行人注意到了，纷纷拿出手机拍短视频，猜测有人在求婚，或者是商家的营销策略。文字出现的时间不长，午夜十二点时，一切烟消云散。

观景台是可以看到这两栋高楼的，所以，阎齐带着祝初一来了这里。可惜事与愿违。

过了好半天，山下的灯火灭了，祝初一才回过神，弯腰捡起牛皮纸袋。拿着也不重，里面是什么？她拍拍上面的灰，解开封口处的白线，抽出里面的东西。是暗红色封皮的证书，摸着凉凉的，如同她颤抖的手指。借着暗得不能再暗的光，她勉强看清了几个字：不动产权证书。她蹲在地上翻开，第一页，户主那栏只写着祝初一的名字。是祝晋鸿留给她的那套房子。

阎齐返回时，祝初一正坐在地上，将身体缩成小小的一团，看得人心疼，他弯腰把她抱了起来。

祝初一没想到他会回来，已经叫好网约车了。

此时，她只好若无其事地说："你等等，我取消一下订单。"

阎齐低头咬了她一口，说："你把退路都想好了是吧？"

"不然呢？要是您老人家真走了，我得走下山。"

事情有点儿不受控制了，阎齐不喜欢这样的感觉。

阎齐带祝初一回了南山的临涧堂。

此刻早已过了午夜十二点，之前的时间净用来吵架了。

"咔嗒"一声，室内的音响启动。

海浪声来来回回，有女声唱："上天啊，难道你看不出我很爱她……"

两人还维持着拥抱的姿势。

"明瑾华和我说了，你毁了我的姻缘。你准备拿什么来赔？"

阎齐没把何恢当天的言行告诉她，只说："姻缘？他也配娶你？"他不屑的语气藏着难得的在乎。

祝初一觉得自己收到了很好的生日礼物。

“那是，我嫁给谁都是那人的福气。”

阎齐很喜欢她喝醉的样子，比平日俏皮很多。他低头回答她的问题，说：“我啊，我每晚都让你做新娘。”

桌上有个宽口花瓶，是祝初一买的，阎齐搬过来了。去年五月，祝初一用它放过芍药，一到夜里，层层叠叠的花苞全开了。花开到全盛，就意味着即将走向衰败。

“去过动物园吗？驯兽师没告诉过你，不要把后背留给猛兽吗？因为——”阎齐把她扔到沙发上，“会激发起猛兽狩猎的渴望。”

祝初一咬牙说：“你是不是误会了？我们没有以后啊。”

“脾气还挺冲，我给你治治。”

阎齐架着祝初一往二楼走。

这是祝初一三字开头的第一个生日。

她不知道，这晚，有人在城市的中心宣布了她的归属。

今年过半，时值冷暖适中的六月。

临涧堂白墙黛瓦，位于南山的半山腰。傍晚，寺庙钟声低响，林壑幽深。

临涧堂的宣传铺天盖地，广告词“逸世胜仙”十分吸引人，但房价摆在那里，看的人多，买的人少。

阎齐选了最好的那套房，与邻居保持距离，占了整个风景区的最佳位置。

祝初一一觉睡到下午，起床后，她磨磨蹭蹭地洗了头，裹着松垮的浴袍，赤脚踩在细软的地毯上，发尾还滴着水，在地上留下湿漉漉的痕迹。

阳台与客厅相连，呈宽阔的圆弧形，延伸到树林上方。窗帘打开后，日光投进屋内，花瓶和家具在木地板上生出影子。

顶楼是泳池和花室。

泳池用了特殊的玻璃材质，成了客厅天花板的背景，天上的云像在水里游，带来视觉盛宴。

祝初一穿了一条长裙，懒懒地往楼上走。

花室的温度刚好，抬头看，天花板是米字格玻璃顶，能看到湖蓝的苍穹。

一百多平方米的空间里，物尽其用，到处是开花的树，还有高大葳蕤的热带绿植，叶子舒展开来，相互交错。小树下摆了藤椅和软沙发，旁边有个纯色的小冰箱，堆满了进口饮品和雪糕。

祝初一结束参观后，发觉这里的装修风格跟她家的竟然有些类似。

她跟这设计师审美挺一致的。

她给阎齐发语音消息，问："阎总，这套房，你准备住多久？"

阎齐估计在忙，没回消息。

这里偏僻，外卖无法送达，冰箱空荡荡的。完成上午的工作后，祝初一只好出去觅食。

茶几上是阎齐放的车钥匙，车给祝初一代步用。

她犹豫了一会儿，抗不住胃的叫嚣，抓着钥匙出门了。他们这样的关系，送车才真是出格，他不过是把车暂借给她，就像借她厨房做饭那样，她何必扭捏。

祝初一试了一下油门和刹车，而后从车库里挪出甲壳虫车，慢慢与它磨合。好在自动挡的车跟玩具车似的，人和车都出不了事，虽然她多年没摸车了，但这点儿技术她还是有的。

祝初一不疾不徐跟着导航去买菜。

明明南山跟川城只隔了几段盘山路，山上的生活却显得更缓慢平静，除去景区人声鼎沸，其他路段都能给人岁月静好的感觉。

祝初一从前认为，这样的日子不可期。就算有，她也得先受尽社会的毒打，领受完所有的白眼。等到垂垂老矣时，也许她能拥有几分可怜的宁静和求之不得的享受。

回想起来，这一年多的所见所得，似乎是过去美好总和的几倍。她不贪图物质，努努力，再过几年，她也能给自己好的生活，但这美好让人沉溺，她像从没吃过糖的小孩终于尝到了甜的味道，便无法自拔。

是因为阎齐，还是因为自己的心态变了，不再对自己步步紧逼？

过去再难，她也都挨过来了。

从三毛故居往回走，大树的影子从车头晃到地上，两旁有妇女在卖新摘的鲜花，她们身前有三四个竹篾背篓。

祝初一靠边停了车，挑了一束马蹄莲。

她去年买过，阎齐当时不认识马蹄莲，误以为是海芋，问："怎么没味道？"

祝初一想多了解他一点儿，问："那你喜欢什么？"

"我不喜欢花。"

祝初一喜欢花上淡淡的植物气息。她买了四束，外加两捧叫不出名字的藕粉色小花，她将花和副驾驶座上的几个超市塑料袋堆在一起。

收获颇丰。

晚上阎齐回来时，一开门就闻到了家常便饭的味道，锅里正吱吱作响。

开放式厨房里，香菇鸡飘着香，让人觉得暖乎乎的。

从前家里也开火，只是次数不多，他们更常点外卖。祝初一当时把附近餐馆的外卖点了个遍，阎齐还骂过她懒，祝初一没少逮着阎齐让林至舫订餐，戏谑地说："都是点外卖，谁比谁高贵？"

但阎齐发微信消息问她吃什么时，祝初一总是很敷衍："阎总，我在忙呢，别闹。"

他换了拖鞋进去。

岛台前，祝初一在做饭，她背对门口，烟粉色窄身裙贴着腰身，露出脚踝，她连头也没回，手拿筷子搅着酱汁。

屋里开着冷气，气温与川城溽热的夜晚划开了界限。

二十分钟后，灶台关了火。

祝初一拿布包着盖子，揭开瓦罐，白雾蹿起，熬了一下午的豆腐鲫鱼汤十分浓郁，鲜香四溢。

阎齐洗了澡出来，头发还没擦干，水珠顺着喉结下滑至胸膛，他迈下阶梯，遇到房梁时微微低了低头，边走路边卷衣袖。

睡衣是祝初一买的，据说是赶着第二件满减活动凑的单。今早，他出门前随手扔到了柜子里，这会儿穿着还皱皱巴巴的。

"这么短，给你儿子买的吗？祝初一，你有点儿过分了，是不是我所有的尺寸，你都不记得？"

祝初一把汤端到餐桌上，说："我肯给你花钱就不错了，挺贵的呢。"

阎齐好奇地问："多少钱？"

祝初一眼睛转了转，比了两根指头。

阎齐擦头发的动作顿住了，说：“你开心就好。”

参与满减活动的其实是拖鞋，祝初一没敢给阎总穿廉价货，纯麻的面料经过洗涤后难免会缩水，她忍不住念叨他：“好好的衣服不会挂起来？幼儿园的小朋友都知道。”

阎齐只圈住祝初一的腰，问：“晚上吃什么？”

他单臂就能拢住她的腰，还有些许空隙。她的腰太细了。他想起给她量腰围的过程，整个人有些蠢蠢欲动。

祝初一透过那层薄薄的布料，感受到男人的体温，问：“你下次能不能保持正常距离和我说话？”

阎齐掐着她的腰，说：“距离为负的那种吗？”

“好啊，我帮你采耳，够负了吧？一不留意你就聋了。”

阎齐笑着亲她，手往她的肚脐上摸，咬着耳朵说悄悄话。

祝初一脸红了，边躲开边说：“瞎贫。”

豆腐鲫鱼汤熬得够久，乳白色的汤汁十分黏稠，肉香味美。

阎齐喝了两口汤，微微皱眉，问：“没放盐？”

祝初一用小镊子挑着鱼刺，挑出半碗鱼肉后，她将碗放到他的手边，说：“你就是口味太重了，吃得清淡点儿挺好。”

面对前所未有的待遇，阎齐总算明白了，这是答谢宴。

“看来你挺喜欢这里，那你可得好好报答我，一顿饭可不够。”

“我做饭一直都不错啊，但你要洗碗。”

“你每天睡到日上三竿，做饭很辛苦？”

“你怎么知道的？”

“你的微信步数不到中午不见动。”

“那是我晚上睡得晚，白天我也有自己的事要忙的，好不好？”

“说了让你少熬夜，早点儿睡，你这样的，买多少眼霜都没用。”

“没关系，我都是早上才睡。”

阎齐问：“说真的，你自己一个人住这儿，怕不怕？”

“有什么好怕的？”

“你还别说，山上没准真不干净。”

吓她？她一个人住惯了。

祝初一想起做清洁的难，她在五十平方米的浴室里捡头发丝，腰都快断了。

“阎总太抠了，这么大的房子，连个打扫卫生的阿姨都不请。”

阎齐搂住祝初一，说：“我想跟你过二人世界。”

祝初一勾着阎齐的脖子，说：“主卧的床太小了，真是让人大失所望，我还以为能看到那种霸道总裁小说里的床。”

他又不是霸道总裁。阎齐说：“对不住，让您失望了。”

阎齐撬开她的唇，又说：“等我们睡塌了，我就换。”

祝初一捧着他的脸迎合他。

换吧，把人也换了。

电视里放着令人心潮澎湃的恋爱综艺节目，祝初一忽然想起阎齐给她的那张房产证。

……

阎齐抱了一堆零食，扯着祝初一看电视。

除去纪录片，他最喜欢看的是《新闻联播》，然而此时，电视节目只用来充当背景音乐，他选了恋爱综艺节目。

“这节目挺有意思的，教人谈恋爱。”

“嗯。”

阎齐把祝初一腿上的笔记本电脑移走，问：“能不能休息一会儿？天天熬夜还不够？工作这么拼，猝死怎么办？”

祝初一剥开坚果吃着，说：“我又不需要谈恋爱。”

当然只有忙事业。

“那天你生日，我问你的愿望，你现在有没有想法？”

“没有。”

阎齐看了一眼电视，不动声色地问：“模拟一下，如果我和你相亲，你想要什么？”

祝初一吃着辣条，随口回道：“如果我相亲，那肯定是想结婚了。”

阎齐把她手里的抱枕拿走，躺在她的腿上，问：“那你想要怎样的婚姻？”

祝初一看着他，模样认真，意有所指地说：“不准对方出去鬼混、夜不归宿的那种。”

她承认，自己有期待，也有害怕。她不怕做一场梦，只怕入梦太深，不舍得醒。

阎齐起身吻她，吻到她发颤。

“那你可不能找我。”

祝初一的手指摸过他的喉结，说：“我知道。”

“你为什么给我房产证？”

“生日礼物。”

“怎么办下来的？我之前跑了好多地方，也找过关系，通通被拒了。”

“好好收着吧。我帮你一个忙，不算多大的事。”

夜里，万籁俱寂的房间，阎齐在深眠。两人明明离得那么近，却又那么远。

祝初一最近在思考，自己到底是招了个怎样的人，很多事情仿佛并不是那么简单。

阎齐并不喜欢自己，哪怕是帮她办下了房屋产权证，不过也是顺手帮忙，跟真心没有关系。

她也被人喜欢过，喜欢人不是像他这样的，吊着她、对她若即若离。

阎齐是自己发现那盒香水的。

他去开电脑的时候没开灯，差点儿被香水盒绊倒。

他对这包装有印象。祝初一的公司楼下有旋转木马，每次接她，路过时，她都会多看几眼。于是，他帮她买了有着相同包装的香水。

他不是寄给祝初一了吗？怎么会在这个角落？

她不喜欢？还是只是不喜欢他送的？

阎齐一只手插着裤兜，另一只手解开缎带，食指点了点那些小木马。打开卡片时，他终于知道林至舫办了怎样的蠢事。

“你是不是眼神不好？”阎齐给林至舫打了个电话。

“怎么了？”

“我让你去旗舰店买东西，你去哪儿找的？”

“嗯？哦。人家旗舰店售罄了，碰巧我那天整理了车的后备厢，发现了一盒一样的，这不是想着能省就省嘛。怎么了，有问题？”

“要你省？节约的钱拿来孤独终老啊？”

阎齐想起来了，那辆车接过周婧懿。当时她从商圈购物完，提了大包小包，就放到他的车里了，但后来他提了分手，她可能是气得忘拿了。

这么多天了，祝初一看到他也不生气，连问都不问他一句。

是她演若无其事演得太好，还是其实她从来不在意他有没有爱过别人？

祝初一从不知道阎齐出差的目的地，她觉得问来也无趣，就像她不会强迫阎齐了解她。

他每次回来都会买很多巧克力，算是万年不变的纪念品。房子里有一个橱柜被祝初一专门收拾出来，用来堆放巧克力，那个橱柜都快被塞满了。

他们之间的状态该怎么形容？

——寄居在同一屋檐下的猫头鹰。

她不会强求他将行踪透明化，就像她不会收集他的登机牌。

这一天，她在厨房煮咖啡。她查过这台咖啡机的价格，贵得离谱，不用太可惜。

手机突然响了，来电的竟然是于冬听。

于冬听是她大学时的学姐，毕业后去了联合国当翻译，多次派驻外地，现在自己开工作室，工作室里全是行业的精英。她们俩平时联系很少，只在前年的国际会议上见过。

“小初一？”

“听听姐。”

于冬听从不说虚头巴脑的，高效率地直切主题，问：“最近好吗？听王阗说，你还在找工作？”

祝初一按了免提键，把手机放到手机支架上，启动了相机的视频录制功能。

她拿起咖啡杯打奶泡，想着一会儿可以把打泡过程剪辑到Vlog(视频博客)里——这是近来她用来打发时间的小乐趣，续也和谢可然都关注了她的社交账号。

“嗯，我在家休息呢，调整状态。”

“你有没有兴趣来帮我的忙？”

祝初一拿起手机，语气郑重了些，说：“你说。”

得了这个人情，祝初一又兼职做起了凉镇大佛碑文的翻译工作。

石碑在景区内，她花了一天的时间观光游览，回家后，找出了那个时期的历史资料，认真研读起来，这一忙就是一周。

南山是怡神避世之所，尽管阎齐不在，祝初一在这儿也住得很安心。她还不忘在网上给扶竹路的小房子缴水电费和燃气费。

傍晚时，她听着隔壁寺庙的晚钟声出神。

阎齐打了个语音电话过来。

“在干吗？”

祝初一竟有种恋爱了的错觉，回答道：“吃面。”

客厅的音响放着歌，她将面条挑出锅。

“吃的什么面？素面？”

“茄汁酸汤面。”

面条是手工擀制的，配上一块双面煎蛋，大火将汁收得恰到好处，色泽油亮。

“好吃吗？”

她吃了一口，汁香味浓，“嗯嗯”地敷衍他。

这几天，祝初一研究了十多种汤底，就差自己制作面粉了。

空闲下来后，祝初一不太愿意自己待在小房子里，毕竟那里面有太多回忆。

跟阎齐在一起后，祝初一浑然不觉自己静静度日的样子仿佛是在期盼他回来。

“噔”的一声，阎齐把语音电话挂了，打了视频电话过来。

祝初一怕他忘记谨言慎行，没接电话。

阎齐给她发微信消息：“耍横是吧，看我回来怎么收拾你。”

祝初一叹了口气，打了视频电话过去。

“阎总，网络不是法外之地。”

“祝初一，你少得了便宜还卖乖。”

“嗯，你是挺廉价的。”

阎齐靠着床头，把嘴里的烟拿开。他被烟熏了眼，喉结滚了滚，问：“你这几天做了什么？”

祝初一把摄像头对准了书房，又转回来，道：“搬砖啊。”

“你有没有想对我说的？“阎齐举着手机，偏过头去弹烟灰。

"嗯？没有啊。"

阎齐笑了笑，说："挺好，保持冷酷。"

"还有事？我挂了。"

"工作比我重要？"

"哪里，我怕耽误你。"

"我这里又没有别人，倒是你，别喝酒。"

——想灌我酒的只有你吧？

"嗯，再见。"

"嘶，你急什么啊？我多说几句能要你的命？"

——不要命，要心。

"我明天回来。"

"哦，再见。"

"猪。"

次日，林至舫去阎齐家里取文件，开门时并没想到屋里有人。

这套房子的隔音效果很好，门关上后，连雷鸣声都听不见。

这几天，祝初一参加了几个面试，当时跟人事专员相谈甚欢，之后却通通再无下文。她也招过新人，明白对方的意思——对不起，您没戏。

如果她还是二十岁的女孩子，肯定整天怀疑人生，但她已经见过太多资源配置不合理的例子。

她跟阎齐聊起过自己失败的面试，当时，他是这么说的："你权当是培养自己的狼性。"

祝初一很诧异，他们竟是可以聊天的朋友，阎齐几乎什么话都能接几句，看得通透。

楼下的门被打开时，位于三楼的祝初一仍在昏睡。

林至舫跟了阎齐四年半，见过他有不少女伴，替他的无数风流韵事善后过。

这套房子，他从不准外人踏足。

这次林至舫踏进来时，首先在心里高度肯定了自己的杰作，边走边点头。

年前，他尽心尽力地当了监工，装修好房子后，还请了公司的几个行政人员轮班监督清洁工的除味工作。

动工前，阎齐给林至舫发了张样图，他没有其他指示，只说了一句：“照着图装。”

图？那张朦胧的图差点儿把他逼疯。

图上的装修属于女人的小清新风格，此外，他再琢磨不出特性。

为了那张图，林至舫可没少下功夫。他找了资深设计师，但顶级奢华的家具，他一件都没买，倒是买了好几摞家居书用来学习，那刻苦程度，要是拿去考大学，清华、北大、哈佛、耶鲁都得堵在他楼底下按喇叭。

他有事没事就跟设计师开会交流，生怕风格偏了。

最后的成品自然是有着孤冷的高级感，却又不失家的温馨。

林至舫不敢吐槽衣食父母，他爬到二楼，回望客厅。

他是真没想到啊，阎总的审美竟是这样的。

当年，川北公司的装修是他一手包办的，简约大气，富丽奢侈。阎齐办公室的那把椅子花了三百八十万，是他从国外弄的，据说举世只有两件，另一把被某国的明星收藏了。

阎总还没回来，林至舫只当这是空房子，想都没想，直接上楼取资料。

但他走错了。

房间门被打开，橙花香从门缝里涌出。

深灰色的窗帘紧紧地合着，房间中央的大床上，白色被套边露出了头发和白皙的手臂。

有人！

是个女人！

是阎总的女人！

林至舫后知后觉地想离开时，已经来不及了。他进退两难，很尴尬。

祝初一易惊醒，她听到门口的动静就醒了，睁开眼就瞥见门口站了个男人，像做贼一样。

她眨眨眼睛，倒是没被吓着。

她对林至舫的深紫色锡纸烫发型印象很深，还调侃过阎齐，说他对员工的形象容忍度很高。

赶在祝初一问责前，林至舫迅速恢复从容，两手交握，恭敬地朝她鞠了个躬，嘴里的普通话格外做作。

“对不起，打扰您了，您继续睡。”

说完，他如一阵风般飘走了。

林至舫走了两步，又停住了，他回头看向那扇门，觉得不可思议。

怎么还是她？阎哥这回长情啊，都一年多了。

他又懊悔地拍了拍自己的脑门——早知道，刚才应该当面喊“嫂子”的。

第九章

蒙在命运的鼓里

祝初一完成了阶段性的工作，陪明瑾华去看了房子。

房子在离市中心一小时车程的小区，明瑾华和未婚夫来看过，这回，他们专程来签合同。

下午，祝初一又陪她去试婚纱。

白纱四散，明瑾华拍了张照，发了朋友圈，对前男友开放了权限。

她满意地转身，问祝初一："你知道我跟前男友是怎么分手的吗？"

祝初一想了想，问："不是因为你脾气不好吗？"

"当然不是。其实那时候，我们差不多已经私订终身了，但他没过我妈那关。"

"怎么会？云阿姨的脾气挺好的啊。"

"我妈当时就试探着问他房产证加不加我的名字，其实我们没真想要，我也是我爸妈的宝啊，吃喝不愁，我妈无非是想看他的态度。结果，你知道他说什么吗？"

"不加？"

明瑾华自嘲地摇头，说："那倒还好了，也不至于分手。他完全曲解了我妈的意思，他说'我们家买了上百万的房子让你女儿住，还不够有诚意？如果婚姻是桩买卖，你们家出得起什么筹码？'呵，买卖，出得起什么筹码？他趾高气扬的，态度很不好，一出门我就跟他吵起来了。他连养育我的父母都不尊重，指不定婚后怎么浑蛋呢。以小见大，我们也不必在一起过了。"

明瑾华说："听说他爸这几年又升官了，虽然我家也有点儿家底，但我知道他挺看不起我的。"

祝初一帮她擦去脸颊上的泪，说："你很好，该自卑的是他。"

晚上，祝初一跟着明瑾华去探店，完成流量任务。都市里的姑娘为了活得更好，都得拼了命地挣钱。

明瑾华点了两杯莫吉托，说："姐要结婚了，不提死人，不吉利。这套房子的首付，我跟宿致黎说一人付一半，他答应了。他说尊重我的一切想法，但他给了我一张卡。有一天，我无意间用那张卡付了三脚架的钱，余额数字跳出来的时候，我吓了一跳。"

祝初一淡笑，说："明姐，求别秀恩爱啊。"

明瑾华白她一眼，说："少调侃我，你是身在福中不知福吧，可没有人在冬天带我去岛屿上晒太阳。”

祝初一想的是，买了房子也没能结婚的，比比皆是。

川北现钺塔第五十八层和云齐平。天放晴了，常年笼罩着的雾散开，巨型的云盖过刺眼的光，大理石光可鉴人，接住云的掠影。

室内有一张圆桌，三个人，气氛压抑。

阎齐在跟律师开会，眼下乌青，俊朗的脸庞有几分憔悴。

他刚回来，实在受不了机舱的味道，便在休息室洗了澡。浴室的沐浴露是林至舫买的，一股薄荷味。

全世界的沐浴露味道都不对，他出差多久就会别扭多久。

回头，他得问问祝初一，家里的沐浴露是在哪儿买的。那款沐浴露散发着淡淡的橙香，好像是她特调的。

Y：“你坐几点的航班回来？”

微信消息里有她的问话，时间是一周前。阎齐几乎可以想象她发这条微信消息时的神情。祝初一是说一句“晚安”都要斟酌半天的人，唯恐他误会她在意。阎齐不准备回消息。那次视频聊天后，他们就没联络了。其实那算不上闹别扭，她那种个性，他晚一周回消息，她都不会问。但总归是他的问题了。阎齐的拇指在屏幕上摩挲了一下，有点儿忐忑。他从没有给人解释的习惯，平时追月逐夜惯了，有时，他连行李都不带。他生起无数个念头：她是不是生气了？如果她要分手呢？她会不会已经搬走了？

旁边的林助理察言观色，胆战心惊。老板皱眉了，三次。阎齐从不轻易发脾气，是很会照顾下属的老板。这么多年，除去上下级关系，林至舫跟阎齐还是推心置腹的兄弟，他知道阎齐的出身并不好。吃过苦的人总会体恤正在吃苦的人。

事发突然，昨天，林至舫连夜整理了阎齐在国内的资产。今天，阎齐就约了律师正式走流程。林至舫知道，当下的形势很不好，翻天巨浪就要来了。人人都闻得见咸腥的海水味，可未必人人都会水，总有几个会溺死，给海洋献祭。

律师精通资产清理和移民的手续，手里拿着一沓资料跟阎齐汇报，他嘴里念着数据和条款，如靡靡诵经声。

阎齐坐在茶桌前，频频喝茶醒神，喝一口，嫌弃的神情便加深一分。

他还得问问祝初一，她喝的那种茶是在哪儿买的。

阎齐的手指终于在屏幕上动了动。

YAN：“今晚。”

YAN：“有没有要帮你带的？茶叶、巧克力、面膜这些，有需要的吗？”

YAN：“只是顺便。”

律师分门别类地收好了文件，扣上公文包，问：“临涧堂的那套房，要帮您一并处理吗？”

阎齐抬头，不敢再去看对话框，他顿了一下，似乎想到了谁。

他抵着唇思忖许久后，说：“先不用。”

林至舫看了他一眼。那房子市值千万，快过亿了，他总不会又要送人吧？

律师多年来帮阎齐处理过许多案件，办事效率高。阎齐交代两句后，他便起身去办。

阎齐又突然叫住律师，说：“我的移民手续，先不急着办。”

“可空先生那边……”

“我自己跟他解释。”

林至舫平复着心中的震惊，给阎齐换了杯咖啡，替他收拾了休息室的行李，撕掉上头的航班信息，将行李箱收拾得干干净净的了，他又拿消毒纸巾擦拭起来。

阎齐喜欢干净整洁，像有强迫症。

林至舫与阎齐认识数年，他家里只有一个妹妹，早早地嫁了人，所以他也办了移民手续，反正孤家寡人的，不怕穷山恶水。

阎齐闻了闻咖啡香，没有喝，他打开微信，找到和祝初一的聊天框。

她就在置顶的那栏。

她没回消息。

二十分钟了，她干什么去了？

他往上翻了翻，翻到了六月一日的聊天记录。

那天是儿童节，他发微信逗祝初一，祝她节日快乐。她回了一个“无语”的表情包。

他也没说错，她是他的小朋友。

至少目前还是。

林至舫瞥到阎齐在看手机，看着看着，阎齐笑了起来。林至舫觉得那笑容很遥远。

他想起自己第一次谈恋爱时，也会把那些聊天记录翻来覆去地看，到最后几乎都能背下来。但现在，他换床伴飞快。

他回想起，阎齐的变化是从年前开始的。他也不知阎齐和祝小姐之间发生了什么，那之后，阎总的朋友圈背景换成了一片墨色的海。

以他的经验来说，从前不用社交网络的人突然这样，只可能是在暗暗“发糖”。他当时就给那张朋友圈背景点了赞，不知道老板有没有看到。

林至舫当然不知道——

那是阎齐和祝初一在海滩上聊到天亮时，祝初一拍下的崭新的、无人打扰的海面。

阎齐用了她的图。

林至舫知道阎齐习惯有女人陪，问：“阎总，要送您回临涧堂吗？”

阎齐说：“不用，晚上去怆会馆吃饭。”

周婧懿很久没见过阎齐了。他更换了居住地址，她只能偶尔在微信上发消息撩他，言语暧昧，结果被拉黑了。

装什么？他们之间，什么没玩过？

今天，她得知表弟请阎齐吃饭，便跟了过来。结果表弟临时有事，她求之不得，自告奋勇地做东，在包厢里等了他两小时。

开门后，阎齐见只有她一人，转身就要走。

周婧懿抱着他的手臂，说：“阿阎，你现在连一顿饭都不肯陪我吃了，是吧？”

阎齐拨开她的手指，目不斜视，说：“吃饭就吃饭，别动手动脚，先把你的披肩穿上。”

周婧懿穿了件蕾丝抹胸裙，蹭着他说：“胆小鬼。”

周婧懿有些想念他们在一起的那些日子。她在爱尔兰住了一阵儿，每晚在花园散步时都不禁幻想，如果他们没分手，说不定现在都结婚了。

如今男未婚，女未嫁，她决定再追一次阎齐。追不到就算了，但不试一次，她终归不死心。

“阿阎，这是你喜欢的松鼠鳜鱼，你尝尝。”周婧懿不敢再逾矩，乖乖地给他夹菜。她把小碗放在餐桌的转盘上，给他转过去。

“不喜欢，太甜。”

偌大的包厢，阎齐与她隔着两个座位，全程敷衍。

“怎么会？方大厨做得很好吃啊。你的口味变了好多。”

“是吗？”

阎齐打开了手机的计时器，定了三十分钟，时间一到他就走。

周婧懿的表弟跟他有合作，对方专门拜托他留下吃饭：阎哥，我姐最近情绪不太好，就吃一顿饭，谢了。不看僧面看佛面。于是，他答应了。如果只是吃饭，他没什么可避讳的。

“你知道吗？我最喜欢你身上那种把什么事都不放在眼里的清高。”周婧懿解开披肩，软着身子靠了过来。

“你在看什么？”

阎齐在看《诗经》，是他从祝初一的书桌上拿的书。

周婧懿将头贴着他的肩，脚趾蹭着他的裤腿，说：“你之前订的酒到了，酒庄的人把酒寄到了我家，你尝尝？”

阎齐的肩膀一沉，周婧懿身子一偏，差点儿摔倒。

“酒？倒了。嫌浪费的话，你开个价，我把钱给你。”

周婧懿踢他一脚，说：“你现在走禁欲路线啊？太无聊了。”

阎齐捏着书脊，转过身，拉开和她的距离。

周婧懿立刻放弃了追他的想法，说：“你走吧，看着你，我吃不下饭。”

“嗯，谢了。”阎齐关了计时器，起身后，他想起了什么，夹着书回头，目光落在酒瓶上，“看在你和我好过的份儿上，我提醒你一句，少参加那些聚会，不干净。”

周婧懿撑着下巴，懒懒地说：“阿阎，你总是这样。不喜欢我，就别给我留希望。”

阎齐点到为止，说：“我说过了，我们还是朋友。”

林至舫把车钥匙递给阎齐，本着讨好的心思说：“代我向嫂子问好。”

阎齐咬着烟，神色不悦，问：“你去过我家了？”

晚上，阎齐回来了。

许久没回家，他的脸上连半点儿笑意都没有。他不悦地盯着祝初一看，像是被人偷窥了私藏的物品。

“今天怎么没煲汤？”

他的语气理所当然，仿佛两人已婚多年。

祝初一穿着鹅黄色的家居服，洗过的头发柔顺蓬松，她在阎齐旁边打游戏，毫无心理负担，没一点儿小别胜新婚的黏糊劲儿。

“没空。”她目不转睛地看着手机，忽视了他。

阎齐搂着她，揉着她的长发。她的身上有洗发液的味道，很干净，像夏天清凉的午后。很独特，别处都没有。

瞄到她的手机屏幕，阎齐有点儿幸灾乐祸地说：“嗬，这把你跟他一起，肯定死。”他仍没有注意到她在闹脾气。

话音刚落，祝初一控制的游戏角色真死了。

他在的地方风水不好。祝初一默默地坐到小沙发上，盘着腿又开了一局。她有点儿理解沉迷于游戏的人了，他们可以借此短暂地逃离现实世界。

自讨没趣后，阎齐打开电视，综艺节目嘉宾的嬉闹声响起。这儿环境清幽，就这点儿动静，权当是白噪音了。节目实在无趣，阎齐没看多久就关了电视。他扭头，手机游戏的特效声分外刺耳。她是怎么做到把他当成空气的？阎齐有点儿烦躁，解开了领口。

他吮着祝初一的耳垂，问：“出去吃？”

一楼的灯全熄了，只留下沙发边的落地灯，温暖的光晃得人的面孔模糊。

祝初一往后仰了仰，长发滑落下去，而后坐得离阎齐远了点儿。

“吃过了。”

过了晚上八点，她很少再吃东西，不然次日会水肿。

阎齐向来霸道，他将手肘撑在沙发边沿，大方地让她选。

“带你纸醉金迷去，泉水鸡、泉水鸡，还是泉水鸡？”

他是靠泉水鸡续命吗？

祝初一白了他一眼，说：“换一样，上火。”

自从搬到南山，他们平均一周吃三次泉水鸡，她早吃腻了。

阎齐让步了，说：“不喜欢？那你选一家，要辣的。”

祝初一垂眸，说：“喝粥。”

阎齐挑眉，离她近了点儿，观察着她的表情，说：“不高兴？谁惹你了？说说。”

除了你，还有谁？鬼吗？

祝初一将手机锁了屏放在茶几上——她很防备他。她起身去厨房倒水，说：“没有。”声音轻飘飘的，像被谁欺负了。

阎齐喜欢猜她的心思。

平时，祝初一话就少，今天更言简意赅。

阎齐回想了一下，最近没有异常啊，她总不会是在气他没有报备晚回家的事吧？她对于他出差向来没兴趣，他不主动联系，她就能一直安静下去。

手机屏幕突然亮起，收到两条微信消息。

雾都粉刷匠：“周六的同学会，乔继晖也会来。”

雾都粉刷匠：“你要是介意就别来，没事啦。”

阎齐被吸引了注意力，他见祝初一还在厨房，便随意地往茶几上瞥了一眼，将信息全掌握了。

破案了——原来，她是因为这个人不高兴。

祝初一已经换好了外出的衣裙，领口开到锁骨，裙子侧开衩至大腿。

阎齐躺在沙发上，不老实地撩了撩她的裙摆。

“我看了你的书。啧啧啧，文字工作者，你日常的阅读够重口味啊。”

她就知道书不会不翼而飞，他拿了也不和她说一声。

“齐襄公与文姜那篇？重点在于讽刺好吗？”

阎齐还在胡扯：“呵呵，我不信。”

祝初一拍开他的手。

“走了，出去吃饭。”

本来她不想出门，但她刚刚去厨房看了一下，不知道什么时候，阎齐把米袋藏了起来。

“你把米放哪儿了？会生虫的。”

阎齐睨她一眼，说：“我还能不知道？放保险箱了。”

祝初一无语地说：“走了，小朋友。”

最后，他俩决定吃豆花饭。

天气已经很热了，夜晚毫无凉意可言。

两人趿拉着人字拖，像来度假的游客。这两双鞋还是上回度假时买的。

他们没有牵手，阎齐走在前面，祝初一跟在后面，影子叠着影子。

从临涧堂走到小吃街要十分钟，沿路数里竹林，蝉吱吱地叫个不停，聒噪得很。

这条街就是南山旧街了。街的一面全是老房子，植被环绕，后临南山森林，另一面临崖山坡，山下的川中半岛放着华灯。

他们不在闹市，走在小路上，却一点儿都不孤单。

各家的檐前都吊了盏白炽灯，灯下有成群的飞蛾。夏风撩动，爬山虎翘起几片叶子，旧墙似穿了荷叶裙的少女。

小吃街的人不少，吃夜宵的、卖烧烤的、喝啤酒的、遛猫遛狗的、抱着孩子出来散步的都有。这是人间最动人的时刻，挚友与爱人都在身侧。

阎齐堪称活地图，领着祝初一拐了好几个小巷，熟门熟路地走进了一间饭馆。饭馆是栋两层楼的矮房，半自住，半商用。

门口揽客的服务员都是人精，看到两人，立马笑脸相迎。

“老板，吃饭吗？来来来，往里面走。”服务员又大声吆喝了几声，让店内的伙计丘二招呼客人，“去楼上坐嘛，景色好得很。”

阎齐和祝初一的口味比较一致，美食软件里排得上号的小饭馆，他们都去过。

这家店是阎齐私藏的，祝初一没来过。

“阎总，我怎么不知道还有这么个地方？”

左边是青翠的山峰，凭栏望出去，好似红尘之外。

丘二还在收拾着前桌客人的餐盘。阎齐怕油渍蹭到祝初一身上，让她过来一点儿。

“以后再带你去其他地方。”

祝初一最怕他说以后，忙道：“不用啦，你写点评，我看完自己会去的。”

之前，因为抽中霸王餐，她请阎齐去过一次小酒馆，阎齐一时兴起，关注了她在某个美食软件上的账号，不过他才一级，赶不上她。

阎齐觉得今晚是个好机会，所以，他要了一瓶店家自酿的桂花酒。

阎齐夹了一块鸡肉，不动声色地问：“你游手好闲了那么久，想过之后干什么吗？给你资源你也不要，非要自己去撞南墙。你傻不傻啊，祝初一？”

他从来不喊祝初一的全名。三个字是咒，喊出口，方知自己早已入魔。

祝初一没想到他会突然问这个问题，那晚的谈话并不愉快，她已经尽量将记忆格式化了。

“我有工作的，好不好？而且，家里的物业费和水电费都是我在缴。”

她没自夸，毕竟人脉还在，她现在接的活不比坐办公室时少。

“嗯，那还真是多谢你养我了。”阎齐道，“你打算一直做自由职业？”

祝初一想过这个问题，她给阎齐描述了一下将来。

“我还是会做这一行，因为我为它吃过苦、遭过罪。大二那年的国庆节，他们都放假了，我留在自习室，所以我过了笔译二级考试。大四那年，实习并不轻松，周末也要加班，但我过了口译一级考试。我知道，我没有别人的资源，在这个社会，没有背景等于没有一切，所以，我感谢上一个公司的平台。你见过王阗吧？当年，他帮过我，我就尽心尽力为他工作，简历上也慢慢有了亮点。”

祝初一喝了两杯酒，脸有些红。

“告诉你一个秘密，前几年，有猎头挖我去别家公司，我都没有答应，工资比王阗那儿高好多呢。后来，有个小姑娘进公司，羡慕我的听力好，但这有什么捷径？这是我花了比别人多数倍的努力才得来的。到今天为止，我靠的都是自己。我不会放弃现在的生活，如果女孩子为了嫁人离开职场，那太不划算了，至少我是这样认为的。”

阎齐的心重重地落了下去。

这么努力的女孩子，他如何哄她离开川城？

他说不出口。

他只说：“来，敬你一杯，敬你靠自己。”

他又何尝不是靠自己？但他不如她，他没有她那种不向生活妥协的勇气。

她比他厉害。

祝初一没想到自己能跟阎齐聊得这么深入，这些话，她都没对明瑾华说过。

阎齐说：“哪天你嫁人，一定要告诉我。你选男人的眼光不太好，容易被骗。”

祝初一如鲠在喉，笑起来，压下了泪意。

“好啊。”

谁也没有再说话。

大势所趋，阎齐知道自己必须离开。他凭什么让她离开安稳的环境，选注定要漂泊的他？

有时候，他觉得自己挺卑劣的，不敢告诉她实话。她是那样安贫乐道的人，他怕吓着她。

“嗯，挺好。”

祝初一觉得阎齐今晚很奇怪，在她说完对将来的规划后，他为什么表现得那么失望？

爱是不留余地的犯傻，是近乎虔诚的执拗。祝初一之前是不信这句的。

此时，她仍未意识到自己将要面对的是什么，她还试着安慰落寞的阎齐，全然不知那落寞是因她而起的。

“那天，我开车出去逛了，当时很想吃麦当劳，就把车开到了山下。小时候，我觉得麦当劳很贵，没敢去店里吃；后来工作了，又不想吃了。那天，我在手机上点餐的时候，有对父女也在点餐，小女孩很会撒娇，她的父亲也很宠她。那时，我忽然想起，我从没有过这样的经历，这么多年，从来没有人好好地抱过我。所以，我很感激你。如果不是你，我大概看不见辽阔的山海，也没办法度过失业期。从朋友的角度来说，你真的挺好的。”

“朋友？只有感激吗？”阎齐低头，仍笑着，但笑容有几分苦涩。

她看到他的眼角有细纹了。

“阎总，你有没有听过一句话？要想得到，得先付出。如果我们不会建立婚姻关系，爱不爱与结局并没有关联，你想得到什么？”

她的心门真的好难撬开，偏偏，他给不了她未来。

阎齐跟她干杯，说：“你不用说服我，放心，我不会强迫你。时间到了，我们就好聚好散。”

祝初一被蒙在命运的鼓里，等变故锤破自欺的美梦。

“我知道。”

这仍是一次不成功的对话，两个人都受了伤。

结完账，阎齐牵着祝初一四处逛了逛。两人又成了合拍的、临时的伴儿。

阎齐在小卖部批发了一大袋雪糕和林林总总的零食，而后才往回走。

到家门口后，阎齐让祝初一先上去。

祝初一拿着手机回微信消息，“嗯”了一声，换了鞋进去了。

她洗完澡出来，窗帘紧闭着，投影仪已经被打开了。阎齐换了睡袍，像个大爷似的躺在沙发上，撑着脑袋朝她招了招手。

祝初一坐进他的怀里。

身体总是比脑子更懂得“臣服”。

“祝初一。”

“嗯。”

“大门锁的密码换了，11527。”

祝初一对数字不敏感，只说：“嗯。”

“记住没？”阎齐把她困在怀里，捏了捏她的脸。

“嗯。”

“记住了，下次，别再放其他男人进来。”

祝初一回想了半天，问：“你是说林助理？”

“嗯。”阎齐学着她的语气，敷衍又冷淡地应道。

祝初一想了想，说：“哦，见面的机会并不多。”

“倒也是。”阎齐歪过头去寻她的唇。

投影仪放着的是一部小众的文艺电影。

电影放到一半，大雨滂沱，男女主进了教堂，巨大的十字架下，衣裙和西装裤重叠。那是他们最后一次约会，两人在琉璃窗口拥抱，身披光影赐予的彩虹印。窗外是灰墨色的海洋，秋天的花已经枯萎，天际线处，海鸥低掠过海面。

空镜头像是无声的旁白。

祝初一抱着枕头，脚趾蹭到阎齐的手臂，清了清嗓子，说：“画面虚了。”

她是故意的，她离他不过半米远。

阎齐捏着她的肩，把她抱到腿上，用鼻尖磨她的下巴，而后深深呼吸，咬着后槽牙。

祝初一窝在他的胸口处，听了很久的心跳声。

“我看过一个故事。有个女孩想努力赚钱，努力变美，因为她在青春期受过嘲笑，一直很自卑，想洗去从前的耻辱。但当她再次遇到当年的同学时，她正在过敏，那张脸没法看。人生好像一个笑话，总是应验着墨菲定律。”

阎齐顺着她的头发，说：“那么玄乎？你要不要再看一遍那个故事？我给你解惑。她一定比当年好，因为努力本身就是一种自信的来源。人不会停滞不前，绕了一圈，再回到从前的某种状态。努力过程中得到的那些阅历很宝贵。如果只看结果，每个人最终都会死亡——”

“阎总。”

“嗯，别这么叫我。”

“……你改行去说书吧，我绝对捧场。”

“限量场是吧，你还是会员？你想霸占我的念头怎么一点儿都没消退？以后怎么嫁得出去？”

祝初一喝了口柠檬水，轻声说：“那就不嫁了啊。”

和阎齐待在一起三五天后，祝初一还是决定去同学会。

祝初一翻出新买的裙子，是烟波蓝的，料子柔软，适合去打一场“胜仗”。她化了淡妆，嘴唇上涂的是梅子色的口红。

卧室的屋顶与客厅设计一致，全部被凿空，填了玻璃，潋滟的池水漾在祝初一的头顶。

水波微澜，钟鼎山林。

她最近状态很好，似朵辞柯的蓝花楹。

她照了照镜子，满意地点点头。

川城夏天难得有凉爽的时候，凌晨的大雨浇灭了暑气，但这里的居民都知道，这不过是三伏天的预兆，跟蒸馒头同理，雨水越多越湿热。

祝初一没开车，只到车站去等车。

天特别晴朗，地上都是雨水，脚下一踩，一地破碎的阳光。

等了二十分钟，公交车慢慢地刹车停下。

今天是周末，上山游玩的人多，上车后，祝初一靠着栏杆站着。

公交开到山脚时，祝初一从车厢里挤下来。

川城的交通已很发达，轻轨线直通郊区，坐公交车再转地铁，完全不费时间。

地铁里人来人往，祝初一盯着地铁外的广告牌，薄薄的风衣袖口灌进一阵风，手心顿感冰凉。

明瑾华又发来了微信消息。

雾都粉刷匠："我到啦，三楼，五号包房。"

雾都粉刷匠："俞柏没来，应该是不敢来。"

祝初一此次前来，目的之一是盯住明瑾华，防止她又闹事。

明瑾华和初恋俞柏每年在同学会上都大方地相见，见了必定喝多，喝多了必定大闹特闹。

有年半夜，她接到明瑾华的电话，打车过去，看到两人站在酒店大堂，心想：这是闹哪出？开房还要喊人来见证吗？又不是领证。

明瑾华也是个戏精，前一秒还浓情蜜意，看到祝初一来了，就给了俞柏一巴掌。俞柏也不生气，笑着让祝初一把明瑾华接回去。

俞柏那时已经有女友了，酒席都订了，纯粹是想偷欢。

明瑾华拨了拨长发，扭着腰走了。

祝初一全程看傻了，而后在心里给明瑾华点赞。

明瑾华在出租车上跟祝初一说，其实她就是想报复他，因为当年他辜负了她。她怕自己酒精上头，真做出出格的行为，于是让祝初一跑一趟，拉住自己，悬崖勒马。

那晚，祝初一陪着明瑾华抽烟，听她痛骂俞柏。但祝初一知道，好多年过去，明瑾华依然只爱那个王八蛋。

所幸，明瑾华现在遇上了自己的真爱。

这次，明瑾华还是让祝初一一起去，她怕自己喝多了忍不住痛打前男友。

聚会的场地在一处旧巷弄的深处，是座充满法式风情的建筑。

侍应生带着祝初一走进包房。祝初一进去时，没人认出她。

有个花臂大汉在门口取酒，高高壮壮的，穿着双登山靴。见到她后，他愣住了，吹了一声口哨，问："走错了？"

明瑾华端着酒杯过来，说："梁旌，这是初一呀。"

谁也没有办法把当年平庸朴素的女孩与眼前温婉优雅的女人画上等号。

"谁？"

梁旌是网剧导演，前段时间火了一把，有人准备找他再导一部文艺片。

他瞥了一眼祝初一手上价格不菲的包，问："你也入了圈子？"

祝初一今天特地带了个贵妇包，价格比得上一辆越野车。她不想输，所以打开了落满灰的那个柜子——那是阎齐送她的。

祝初一笑得谦虚，说："没有，我不够格。"

明瑾华勾过祝初一的肩膀，说："旌导，我们初一可不是十八线的小网红。在他们那个圈子，她也是大神级别的人，你去凉镇风景区逛逛，那块碑文就是她指导翻译的。"

梁旌对祝初一更热络了，开玩笑地说："我这戏的女一号跟你挺像的，来试试？"

明瑾华连忙护短，说："你怎么谁都邀去试镜？刚才不是还特别邀请我出演吗？"

梁旌挑了挑眉，说："也可以啊，但你们俩主演，这电影估计播不出去。"

明瑾华笑骂："滚。"

祝初一不喜欢梁旌的油腔滑调，只笑了笑。

她对大部分人已经没有印象了。记忆里，梁旌成绩一般，学了编导专业，其他的，她已经记不清了。

她的高中生活过得乏味，几乎一直埋在书山题海中，直到大学录取通知书送达的那天，她才松了一口气。当时，她年纪小，没有远大的理想，学语言是因为她认为自己能够掌控。她不敢选一个捉不住的未来，看不到的明天。

屋内的其他人都在聊天。大家的变化太大了，有发福成中年大叔的，有秃头的，有抱孩子的，有身材走样的，看起来好像都和祝初一差了辈分。

晚上七点，晚宴开始了。

五十多号人坐在两张桌子上，复古唱片机里放着一首老歌。大家聊着无关痛痒的话题，婚姻、孩子、事业。

明瑾华是天生的组织者，很会活跃气氛。

"我们来玩游戏，说到七和七的倍数，不能喝酒逃避，必须说一个读书时的小秘密。"

祝初一曾经很羡慕明瑾华的大方自信。后来，乔继晖跟她说，有些人的力量是往外的，有些人的力量是朝内的，各有各的性格和优点，谁也不比谁矮一头。内向的人其实更经得起事，因为他们的精神世界足够强大。

祝初一看到了斜对面的乔继晖，他拖家带口地来了。他刚进来时与祝初一礼貌地打过招呼。还好，场面没有她想象的那么尴尬。时间是层滤镜，让所有锋利的回忆都变得柔和，最后化成黑白色。他的老婆闵甜跟他来过几次，班上的老同学都认识她。

祝初一没跟乔继晖说话。她是女人，自然懂女人的心思。

乔继晖胖了，也许是幸福肥，完全没了当年的意气风发。分手时，她希望乔继晖幸福，他过得果然不负她所望。最后跟他结婚的，不是当初他的家人介绍的女孩。

祝初一喝了口酒，她不难过，只觉得命运捉弄人。毕竟，她曾经真心地打算跟乔继晖白头偕老。

几个男同学绕来找她喝酒，问："初一，你还是单身吗？"

祝初一的心头浮现出一个人的脸，嘴里数到了四十九也不自知。

"秘密！秘密！秘密！"她中招了，一些人开始起哄。

聚光灯照向祝初一。

闵甜瞥了她好多眼，祝初一都看在眼里。

祝初一皮肤白皙，下颌线紧致，鼻梁挺翘，侧脸的弧度不错，整个人美得发光。

闵甜不得不承认，祝初一是真好看，像极了男人心中不可触碰的白月光。她不嫉妒，反而觉得骄傲。她漂亮又怎么样？乔继晖娶的是自己，不是她。

乔继晖现在开了家建筑公司，手握几个大项目，年收入相当可观。

闵甜过的是贵妇生活。

她听说祝初一就是个打工的，还失业了。

为打发时间，闵甜开了淘宝店，算个小网红。她把自己打扮成高中生的模样，网络上有一大批粉丝追捧着。

闵甜笑得落落大方，露出嘴角的梨涡，朝祝初一敬酒，说："初一，你好，久闻大名。"

祝初一倒也不拂人面子，她身体微微往前倾，语气诚恳地说："你好。"她轻轻一笑，"我倒是碰巧见过你一回。"

闵甜有点儿惊讶，实在想不起之前在哪儿见过她。

"在哪儿啊？不好意思，我可能没太注意。"

祝初一喝了一口酒，黑啤的味道偏苦。她垂下长长的睫毛，轻声说：

“香港。”

读书时，她是真没有秘密；此刻，这也算是自我爆料了。

一旁的人们在默默地看戏。

一直发愣的乔继晖终于看向她，下意识地问道：“迪士尼？”

祝初一轻声说：“嗯。”

他们的小女儿很漂亮，有亮晶晶的大眼睛，她看向祝初一，扯着乔继晖的衣袖，甜甜地说：“爸爸，爸爸，我见过这个姐姐。”

周围知情的老同学你看看我，我看看你，意味不明地笑起来。

当年，乔继晖和祝初一有多好，全校都知道。两人有着一段童话般的爱情。

明瑾华替祝初一解围，说：“阿不小朋友，为什么叫她姐姐，叫我阿姨？我生气了。”

阿不嘟起嘴，冲她吐舌头。

闵甜的目光在祝初一和自己的老公之间来回扫，而后，她给自己找了个台阶下，说：“哎呀，那回是我们的结婚纪念日，继晖非要带我们去香港玩，人太多了。”

又有几个对数字不敏感的人中了招，明瑾华让他们排队跳舞。

男人们跳起舞来格外带劲，桑巴舞充满热情，曲风奔放。屋内有很多人在拍照，笑得灿烂。

筵席散了，祝初一扶着醉醺醺的明瑾华往外走。包里的手机一直在振动，她没空理会。

祝初一压根没想到阎齐会来，他还一反往日的低调，开了超级跑车，张狂嚣张。夜晚，他穿了羽白定制西服，站在古墙下，身后是灯光秀投影下起伏的潮汐，浪花溅开，他仿佛是从海洋深处而来。

祝初一想装作不认识他。

有人开始交头接耳地讨论，嫉妒的有，夸赞的也有。

“炫富可耻。”

“不会啊，那男的好帅！”

“拍下来，拍下来，好高好帅。”

“哟，这个确实可以，手指挺长的。”

只有明瑾华认识阎齐，她忍住胃里的翻江倒海，醉眼迷离地看向祝初一。

祝初一没反应。

她又看向阎齐，指着他，故意大声地问："帅不帅？"

俞柏今年结婚了，据说今天他陪老婆去做产检了，他忙着当二十四孝老公，实在抽不开身来同学会。早知道这样，祝初一今天就不来了。

明瑾华打着酒嗝，瞥到闵甜的背影，故意说："那是祝初一的男人，她值得那么好的。"

人群又开始起哄，喝多的人最爱大声喧哗，街巷里的人频频地看他们。

阎齐没走过去，也没说话，只靠着车门等。他朝那拨人挥挥手，目光直勾勾地锁住了祝初一，眼神带着满满的占有欲。

他想看她的反应。

丢脸死了——祝初一的心里只有这句话。

她搞不懂他在闹哪出，平时他明明很少穿得这么正式，反而经常穿着人字拖和大裤衩跟她吃夜宵。

明瑾华把祝初一往阎齐的方向推，恨铁不成钢地说："过去，你宣示个主权会死啊！"

气氛胶着。

乔继晖正好开了车出来，他开的是白色的奔驰车，副驾驶座的车窗摇下，闵甜大方地对明瑾华说："送你们一段吧，晚高峰不好打车。"

明瑾华没理她，又重重地推了祝初一一把，把话说得很大声。

"快去快去，赶紧走，你老公一直把路堵着！"

闵甜这才注意到那款跑车和那个男人。她小小地惊叹了一番，状似不经意地问乔继晖："祝初一结婚了吗？她老公挺帅的。"

女人，结婚前比外貌和打扮，结婚后比老公和孩子。自拍都不能输，婚姻更不能。

乔继晖没说话。

祝初一拉开跑车的门上了车，裙子贴身，曲线勾人。蓝色跑车"轰"的一声，如一梭子弹，瞬间蹿得没影了。

乔继晖把车窗升上去，转动方向盘，也将车开了出去，车子汇入了车海。

祝初一，祝你幸福。

第十章

南辕北辙的未来

到了黄花园大桥，八条车道都被车塞得满满当当。一路上的喇叭声此起彼伏，车流的速度还没自行车快。

阎齐撑着脑袋，懒懒散散的，脸上没有表情，上车后没跟祝初一说一句话，像是生着无名气。

祝初一发现了，也不招惹他，低头看着照片。她刚刚被拉进了同学群，此刻已经有人把聚会上的照片发出来了。第一张照片里刚好有她。梁旌挺会拍，暖黄的灯光虚化，她正在笑。第二张是饭后大合照。乔继晖一家三口在左边，怀里的女儿比上次在香港见时看起来更可爱了，脸型像他老婆。小女孩儿笑容娇憨，祝初一难免多看了几眼。

车内的气压十分低。

阎齐生了半天的闷气没人哄，冷着脸开始找碴："我说你今天怎么穿得这么漂亮呢，原来是来参加同学聚会啊，不早说，我送你来啊，省得人家以为你没主。"

"没主"二字，阎齐咬得特别重。

祝初一很想问："我跟你是什么关系啊，你何必吃醋？"

阎齐拉了手刹，视线在她身上来回扫，开始鸡蛋里挑骨头："你这双鞋不怎么样。怎么没穿我给你买的那双？"

祝初一瞬间想到那双夸张的镶满钻的鞋，说："那是婚鞋。"

阎齐冷嗤："噢，那不是正好吗？你刚刚看那谁的眼神不是余情未了？"

祝初一不理他。

他们显然不是那种需要解释的关系。阎齐今天是吃错药了。

"见了旧情人就这么难受？"

祝初一明白自己的动机。这本身就是一场挺没意思的聚会，当年她跟那伙人不熟，这么些年过去，缘分也不会凭空长出来。而且，她并不期待见到乔继晖，不是对他还有感情，而是觉得过去的事已经过去了。她只是觉得自己变得很好了，想让当初的同学看看，没有颠倒众生的妄念，但有一雪前耻的傲气。傲气，对她来说太难得了。

阎齐以为祝初一对前男友念念不忘。绿灯亮的时候，他故意没走。车停在路口，后面的喇叭声震天响，急刹车声也十分刺耳。

他是不是疯了？祝初一吓了一跳，说："怎么了？快开走啊。"

这辆车本来就很惹人注目，她不想陪他上微博热搜或是社会新闻。

阎齐却不慌不忙，好整以暇地说："回答我。"

"没有没有，都过去了。"祝初一连忙否认，"别闹了，阎齐。大马路上的，你能不能有点儿社会责任感？"

阎齐笑了，不知是因为她的哪句话。

在交警过来前，他终于踩下了油门。

祝初一的手机早锁了屏。

阎齐收回视线，专心开车，正好，眼不见，心不烦。

今夜有月亮，他们陷在城市的车流里，和千万下班回家的人一样。

到斜拉桥上，又堵车了。

"祝初一，你的座位前面有块镜子，对，就在那儿，拿出来看看，你现在是什么表情。"

祝初一拨了拨被风吹乱的头发，问："你今天很有空？"

阎齐抿唇，说："人家都结婚了，肯定不能送你回去。我好心来接你，不值得一句'谢谢'？"

祝初一乖巧地点头，说："嗯，谢谢。"

敷衍。

"上学的时候就谈恋爱，你是不是有点儿早熟啊？"阎齐突然很想知道她之前的事。

"阎总，就您这段位，年轻时也没闲着吧？"

阎齐怎么好意思说——他之前没好好交过女朋友。

"那你们俩是怎么分手的？他提的？"

祝初一云淡风轻地说："不是啊，是我提的。"

"为什么？"

祝初一不愿揭开伤疤，只说："识人不清。"

"我看你是活该被人欺负。"

除愤懑之外，阎齐只觉得那人眼瞎，换作是他，一定到了岁数就把她往民政局领。

祝初一自嘲地笑了笑。她蹚社会的泥浆这么些年，再傻也学聪明了，不懂为人处事，那就只能用吃亏来补。

“是啊，所以后来，我学乖了，想着强大了就把以前欺负我的人都欺负回去。但真的强大后，也就没必要去计较了，因为过好自己的日子最重要。不要拿大好的人生去介意别人犯的错。”

“你这态度，看淡一切呀。”

“也不是，我只是喜欢平淡稳定的生活，有一点儿奔头就好。努力地工作几十年，退休了就去各地旅游，多好。”

阎齐笑起来。那是跟他南辕北辙的未来。他突然不敢去想他们的以后。

“等会儿陪我吃饭，上次那家江湖菜出了新品，老板说送我三斤牛蛙。”

已经晚上十点了，祝初一无情地拒绝：“我刚刚吃过饭了。”

阎齐不给退路：“可我没有。我来给你当免费司机了。”

“……”多委屈似的。

音响里又在放歌，那是一首祝初一常听的民谣曲。

阎齐跟着旋律吹口哨，过了一会儿，他说：“祝初一，考虑考虑。”

“嗯？”

“真的喜欢我。”

祝初一没有答应。

阎齐偏要索要答案：“怎么？跟我在一起没意思？”

祝初一明显假意地讨好：“很刺激啊，像玩断轨过山车那么刺激。”

“说谎。”阎齐一眼识破。

有毛毛雨落在院子的石板上，整个世界蒙了一层白雾，雾里有薄薄的乌云。

两人下了车，阎齐吻着祝初一，从门外到门内，连灯都来不及开。消弭宴席散后的孤寂感，要么靠酒、要么靠吻。在百种欢愉里，他们偏偏选了最古老的那种。

下过雨，屋顶的游泳池脏了。

清幽深山，世俗之外，他们在良夜里沉沦，没人知道。

窗户大开着，天上星疏月朗，花开了一树又一树，风吹了一遍又一遍，情人却未在意。

阎齐在祝初一睡熟后点了一支烟，去了书房。

天蒙蒙亮，像块磨透的蓝布。又在下雨，正值梅雨季，川城的雨没完没了。

大雾弥漫着，整座南山像仙境一样。临涧堂的仿古瓦檐前落着雨水，像是在江南，可又不是。

祝初一正处于倦怠期，无心工作，翻译时不能平心静气，烘焙时反倒能够专注起来。

周末的早上，玫瑰半熟芝士出炉，屋子里香气四溢。

阎齐穿着松垮的浴袍，顺手拿了一块。他一口将其塞进嘴里，苦着脸说："难吃。"

等祝初一转身沏茉莉绿茶时，他又拿了一块。

"祝初一，你做的这玩意儿可真像你，但凡用点儿力，这皮就破了。"

祝初一不动声色地把那盘香喷喷的玫瑰半熟芝士端走了。

她就烤了八个，不能全便宜了阎齐。

她绕到沙发边坐着，切了一小块吃，又喝了一口茶。

阎齐看着她如同护小鸡崽的姿态，没好气地摇摇头："你至于吗？烤出来不是给我吃的？再说了，你得少吃点儿，这些天都长胖了。"

听到前两句，祝初一还不甚在意，可最后一句简直是所有女人的雷点，谁踩谁倒霉。

"我应该要多吃点儿啊，不像某些人，年纪大了，干什么都使不上劲。"

阎总微眯着眼，嘴角僵硬，扯出微笑："你、说、什、么？"

"字面意思。"祝初一迎着光，朝他温婉地笑。

昨晚两人直到凌晨才睡下。

"你最近没接活？"阎齐问。他看过她给自己制定的工作计划表，每个时间段她都给自己安排了任务，仿佛在强迫自己完成。

"休息一阵儿，大概两个月吧，人长时间不工作也容易闲得慌。我之前在一家外企实习过，公司的前台每个月的零花钱比部门主管都高，那人家图什么呢？社保是一方面，更多的是靠工作打发时间。不然，那么多无趣的时间，该如何消遣？"

"消遣？有很多啊，种花、做饭、逛街，再比如，等我回来。"

他们像已婚的夫妻，但又不是。

"哟，那我可真不想选最后一件，那不知道是多少人的日常。"

在阎齐解释前，祝初一又说："你不是要出差吗？还不走？"

“算了，我对你没什么要求，你在这儿住到退休都行。”

他还是这句话，像是给她的未来兜底。

他的手机突然响了，铃声是系统自带的。

阎齐停下了走向她的脚步。

不知道是谁打来的电话，他接起后瞥了她一眼，眉头紧锁，把原本松垮的睡衣领扯得更松了，好像那样才能透过气。

他们就隔着一张茶几，三米不到。芝士和淡茶的香气交融着，这似乎是个静好的早晨。

后来，祝初一仔细想了想，他们之间最好的时光，到此为止。

阎齐在窗边接完电话，顺手把手机扔进了沙发里，俯身从后面搂住祝初一。

他的抱法很霸道，将她完全扣在怀里，低头将脸埋在她的侧颈，深深地呼吸，好久都不说话。

祝初一感到了异常，她用力侧过身，笑着问：“怎么了？”

阎齐摸着她的脑袋，堵住她的唇，从她嘴里抢走她咬了一半的蛋糕。

唇齿交缠，难舍难分。

好久好久后，他在祝初一的唇边轻啄，语气带着几分惋惜：“我下午要出差，你有事就给林至舫打电话。”

“哦。”

又一次归期不定的出差。

“等我回来。”

晚上，祝初一在沙发缝里发现了阎齐的手机。

他怎么没带走？

她打算将手机拿到书房放好，边上楼边腹诽：还有人能离开手机？要是她找他怎么办？

他们还是共用着书房。他的文件就摊在桌上，有些还是机密合同，并没有收好。她甚至知道他保险柜的密码。

有一天，他咬着她的耳垂说：“祝初一，你记好了，大门的密码就能打开刚刚的那个保险柜。”当时，她用气音大骂他无聊。

阎齐不在，祝初一想到那些场景，还是有点儿脸红，她只想赶紧出去，于是匆匆地拉开了立柜的第一个抽屉。

浓黑的夜里突然闪现出一道光亮。“轰隆”，雷声低吼。

暴风雨就要来了。

祝初一的视线重新聚焦到书桌的某处，有一页绝密的资料不知是被风吹开了还是被人为地摆放在显眼的位置上，她看到了某个她认识的外文词汇。

她不能再视而不见。

秦莞韵喊祝初一回家吃了两回饭，又给她张罗了一次相亲局。

祝初一终于跟秦莞韵坦白：“妈，我有男朋友了。”

说出这三个字，算是单方面宣示了主权。

祝初一心口发烫——她从未肯定地告诉过任何人。

秦莞韵挺开心的，连声说“好”。黑发不知何时白了一大半，她露出宽慰的笑容，仿佛心里最大的一块石头落下了，让祝初一改天领人回来看看。

祝初一点点头，没接话。

祝初一没事就开着车在南山闲晃。

老街上有一家很美的书店，刚开业那阵儿，书店人气旺到需要预约。祝初一浏览着软件，评论区有人说工作日人很少，她这个游手好闲的人刚好可以去看看。

停好车，天朗云清。

书店的正门口有面硕大的石墙，刻着很多种语言的店名。

祝初一拍了会儿照。

入口处，台阶宽矮，绿草茂密，风吹叶颤。

小众书店十分注重读者的体验感，祝初一进门后，店员小声提醒她：“店内请小声说话。”

她笑了笑，扬了扬手机——手机已经静音了。

从拱门进去是个展厅，几行木书架上，书籍涵盖类别广泛。

祝初一抽了两本书看了几眼，又兴致索然地放回去了。

全店最美的是那排落地窗，挑高设计，光洁又透亮，是网友晒图最多的角落。远处，南山云遮雾绕，葱郁的大树构成了窗前景，极度养眼。

窗前有几张皮沙发，祝初一选了最边上的一张沙发坐下，点了饮品和糕点，戴着耳机静静地听起歌来。

她没约明瑾华喝茶，是因为她需要这样的时刻，好好想一想。

——“等我回来。”

两年了，他对她来说有意义吗？是什么意义？

他每次出差时，她患得患失的心情表示着什么？

他消失的行李箱再次出现，她怎么会雀跃如初？

她不喜欢与朋友聊深入的感情，只好自己深思细酌。

祝初一捧着书，翻开其中一页，用食指轻轻压住。耳机里淌出歌声，是她之前没听过的歌，歌手有着沙哑迷人的声线：“……其实我也想讲你知，谁伴你也非一辈子。来年来月我褪色时，你想珍惜时，后悔都很迟……”

祝初一放下书，一个字都没看进去。

恋爱，于三十岁的她来说，可能有点儿晚，心有余而力不足，此时要说服自己承认爱情是存在的，太不容易。

她一度做好了孤独终老的准备。

乔继晖是她经历童年不幸后命运安排的巧合，他像小王子，让她渴望麦浪的声响，给她自信，让她知道，原来她也是值得被喜欢的。

对乔继晖，她的感激大于爱，当时她提出分手，不过是把他还给了命运。

她和阎齐以平等的身份认识，谁对谁都没有更深的情感企图，抱着不过度窥探的态度，分享着最鲜活的彼此。

她渴望每天清晨在他的怀里醒来，她喜欢跟他堵在车流里聊天，休息日一起逛超市、散步，工作日谁有空就谁点餐，偶尔在周五亲自下厨。

平淡的岁月激扬出浪漫。不管他是以哪种方式抵达她的心里，那一刻，她终于知道，阎齐跟别人是不同的，她愿意和他好好走下去。

祝初一终于承认，她爱阎齐。

不是浅薄的喜欢，是穿过日、月、年，依然澎湃到心悸、夜不能寐、会忍不住想他的那种害怕表达的爱。

怎么修正呢？她甚至不知道，对于她和他的这段不受约束的感情，他有没有一点点的认真。

窗外刮着大风，枝丫交错间露出小半蓝天，她仿佛看到自己试图挽留一片浮云。

阎齐是七月回来的，那晚，南山所有的蓝花楹都开了，远远地看过去，好像一场梦。

昨夜降温，祝初一犯懒，没起来添棉被，天不亮就觉得嗓子疼。她想，自己肯定是感冒了，干脆蒙着被子睡到天黑。

再醒来，她穿好衣服下楼，恰巧看到阎齐在厨房鼓捣，香辣味扑鼻。

“起来了？”阎齐听见她的脚步声，道。

祝初一倒了杯热水喝，说：“阎总，你离了南山大概就活不了了。”

他又一次打包了麻辣兔丁和泉水鸡回来。

阎齐看到祝初一的嘴唇有些发白，皱起眉，搁下筷子，说：“怎么又病了？你才是离了我就活不了。”

祝初一说：“没事，吃点儿辣的就好。”

阎齐把筷子递给她，说：“等会儿，我倒一碗开水，涮一遍再吃，不然你那嗓子会更严重。”

祝初一裹着针织衫，傻傻地点头。

他们甚至等不及坐到餐桌边，就靠着岛台大口地吃肉，她的嘴巴被辣得通红。

“来点儿酒吗？”阎齐拉开行李箱，“还有巧克力，我随便买的，是你喜欢的那种味道。”

祝初一舔了两口，说：“是好喝的。”

阎齐照例把带回来的黑巧克力塞进储物柜，拉开冰箱门，啤酒和果酒堆得满满的。

“你买的？日子过得挺滋润啊。”

祝初一捏着酒杯，突然问：“我们之间没有感情羁绊的话，是不是挺轻松的？”

“怎么了？嫌我这段日子没伺候好你？”

“我是觉得，因什么聚的，最后也会因什么散。我能给你的，其他人也可以。”

阎齐看着冰箱里的灯，说：“你上次问过我，我要什么。我想了想，每次回来，能在房子里看见你就行了。至于别人，我暂时还不想要，等哪天想要了，我告诉你。放心，我不会耽误你的。”

祝初一喝下剩余的酒，发炎的嗓子有些不舒服，咳嗽起来。

阎齐替她顺背，问：“怎么病成这样了？传染给我好不好？”

经历一场大汗淋漓后，祝初一的感冒算彻底好了。

半夜，阎齐的风湿却复发了。他这回没喊痛，忍得后背全湿了。

还是祝初一发现的，她半夜起来伺候他，像哄孩子似的任他枕着自己的腿睡。

快一个月没联系，阎齐再次出现时，祝初一和他又恢复了固有的相处模式，仿佛可以一直这么稀里糊涂地过下去。

祝初一拍的视频挺受欢迎，短短两个月，视频网站的粉丝数破万。

有时她会直播，大家很爱在黄昏时点进来听古寺敲钟。

她在评论区看到新的推荐景点，拉着阎齐出了门。

周三，街上人少，祝初一带着阎齐坐公交车，分了一只耳机给他，两人一起听着歌。

走到南山新开的文创区，祝初一说：“我请你喝奶茶吧。”

阎齐挑眉问：“不做身材管理了？不控糖了？”

他之前打包过某个奶茶牌子的季节限定新品，因为不贵，他点了十七款，她一口都没喝，面对诱惑，她意志坚定得很。那次，他把奶茶全扔给了林至舫。

祝初一说：“嗯，偶尔破例。”

他们不常在附近闲逛，经常散完步就回家。

下午四点，有小学生放学了，手拿着零食，和同学打打闹闹。

走到一家文具店门口，祝初一说：“你等会儿，我去买瓶墨水。”

祝初一习惯在手账本上誊抄字句，阎齐常说她像古代人。

“现在都开始无纸化办公了，姐姐。”

“少占我便宜。”

她推门进去，风铃轻响。

文具店永远给人热闹的印象，店里油墨香浓郁，木制的收纳架上摆着作业本，各式贺卡堆在一起，还有地球仪、手办等，琳琅满目。

祝初一和阎齐说：“这家店装修得挺好看的，跟上了现在的审美。”

老板不在，估计是家里的小孩在守店，音响里放着音乐，是改编版的《我是一只鱼》。

阎齐将视线从门板上的宣传单上收回，说："现在的小孩喜欢的歌手，我一个都不认识。"

祝初一看过去，是说唱歌手演唱会的宣传海报。

她噎了一下，衡量了一下自己跟他的年龄差，不准备开口挑衅他。

祝初一说："倒没什么，我反而很享受每个年代的滞后感。谁能一直追求新鲜？每天换偶像也挺累的。"

阎齐拿起一张书签看了看，故意说："你是在暗示我，往后非你不可了？"

祝初一早习惯了他三不五时的不正经，她拿着墨水去结账，泰然地捧哏："哪儿能？我怕被你后宫里的人追杀。"

阎齐赖在她身上，下巴抵着她的肩，歪过头，朝她的下唇咬过去。

收银的小孩还是个学生，哪儿能看这个，他捂着眼说："天，叔叔阿姨就别秀恩爱了。"

祝初一耳根红透了，拽着他逃离文具店。

午后，饱满的白色绣球被风一吹，两人身上落满了花瓣。

祝初一抓着他的衣袖，抿嘴笑着，悄悄地许愿。

——是啊，我要以后你的世界里只有我，长长久久地，只有我。

那天，祝初一没喝奶茶，阎齐买了两杯拿铁咖啡。

"阎总，除了泉水鸡，你还靠咖啡续命，是不是？"

"不是啊，我靠你续命。"

祝初一知道这是假话，但她依然听得很开心。

四楼有个剧场，贴了今日公演的戏剧的海报，是一九九九年的戏剧，祝初一没想到现在还有演出。

"去看看？"阎齐知道她肯定感兴趣。

"好啊。"

两人牵着手过去。祝初一问工作人员："还有票吗？"

其实她没抱希望，只是随口一问。哪知他们运气好，赶上了。

工作人员说："还有两张，在最后一排。"

祝初一赶紧扫了二维码付款，说：“我请你看。”

阎齐耸耸肩，说：“原来被包养这么幸福。”

工作人员感到震惊，目光在两人的身上来来回回。

两人进了剧院，没多久灯熄了，只台上有几束追光，氛围感很好。

祝初一听着原版台词，看得很入迷。

阎齐不感兴趣，走了几个小时，他早就累了。

“哎，你把头抬起来。”祝初一感觉自己的肩膀一沉，道。

某人靠着她的侧颈，说：“你看你的，我睡我的。”

好在，过了一会儿，他真睡着了，祝初一继续专心看戏。

演员谢幕后，祝初一和阎齐等了一会儿才准备往外走。

阎齐刚起身，就被人叫住了。

“阿阎。”一道娇媚的女声响起。

阎齐转过身。

祝初一认出她是刚才饰演女主角的演员——羽施梁，近看，她的脸好小，肤质很好，妆容清透。

羽施梁看着阎齐，很欣喜地说：“你怎么来了？之前我给小林寄了票，给你发信息，你没回，我还以为你不会来了。”

阎齐早把她的号码拉到黑名单了，他刚刚没注意看，根本不知道这场剧的女主演是她。

羽施梁说：“待会儿一起吃夜宵吧。说起来，我演这部戏，还是靠江淤推荐的。我想好好谢谢你。”

祝初一觉得硌硬。

有旧情的男女之间，怎么谢，成年人都知道。

祝初一说：“我出去等你。”

阎齐没松手，他把祝初一扯回来，手牢牢地握住她的腰，说：“你刚刚不是还夸女主演长得好看吗？不留下多看看，怎么知道她的鼻子有没有动过？”

羽施梁灿烂的笑容瞬间消失，她没想到自己迎头卖乖却迎来一场冷雨。

圈内的明星哪个不微调？他何必直白地指出来。

羽施梁没在意祝初一，娇羞地看着阎齐，说：“以前你就挺喜欢我的鼻子的，怎么样，晚上要不要继续欣赏？”

寡廉鲜耻。

祝初一没法做到无动于衷，应对类似情况的经验，她实在匮乏，脸上连笑都没有。她仍试图挣脱阎齐的手，想把场地留给这对旧情人。

阎齐的态度很生分：“羽小姐，人要惜福，不然，今天的高光时刻就是明天的黄粱美梦。”

羽施梁本想刺激他身旁的小白领。她刚刚在后台看见阎齐牵着人进来，心里就觉得惊讶，没想到他也会分出时间陪女孩看戏剧，还是贤良款的女孩。

“开玩笑的。”羽施梁见好就收，“不聊了，剧组还等我聚餐呢。”

散场已是深夜，嘉陵江涨了水，两岸灯火璀璨，老城墙上有一排兔子灯。

阎齐指着墙说：“祝初一，你蹲那儿干吗？”

祝初一瞥了一眼墙上的兔子灯，了然地说：“无聊，你才是守大门的。”

阎齐：“别以为我听不出来，你骂我是狗？”

祝初一：“哪里，不敢。”

空气安静了。

阎齐偷瞄祝初一，她没话审他？

他问：“戏剧好看吗？”

“嗯，一般。”

祝初一有点儿懊悔，早知女主演是阎齐的旧爱，她就不买票了，她干吗花钱给自己买两小时的醋意？

去年的水果也是这女人给他寄的，还有那盒写了名字的香水。

她不愿意找他吵架。

如果这时说爱他，会不会让他无法接受？

阎齐实在冤枉，他跟羽施梁只有过一夜，都多少年了。见祝初一不在乎，他就没再自找麻烦，牵着她进了旁边的餐厅。

这家店以出色的早午餐闻名，晚上是个酒吧，能从露台看见跨江大桥。

祝初一点了班尼迪克蛋。阎齐照例点了酒，端着杯子看她。

祝初一拿着刀将蛋切开，蛋液四散，像她被搅和得稀烂的心情。有些东西还是摆着好看，一旦入口，难免四分五裂，完好不再。

“你在闹什么别扭？”阎齐问。

他终于看出来了。

“没有啊。”她逞强道。

“你要是对剧场的事觉得不痛快，我可以解释。”

“过去的事我有什么好计较的？”

阎齐没办法了，他简直欲哭无泪。老天作证，他以前光顾着赚钱了，真没在意个人德行。他说：“对不起。”

祝初一真没往心里去，她只是觉得，她可能真的不了解他。

“谢谢你，这一年，我挺开心的，往后闲来无事写小说，我会把你写进去。”

阎齐不喜欢她的态度，问：“我就只有做素材的作用？”

“那你还想怎么样？”

阎齐答不出了，说：“待会儿走回去。”

祝初一没答应。

阎齐说：“你吃太多了。”

“……”

“最近脸又圆了。”

“……”

到家后，阎齐在祝初一把门开到一半时把门关了回去。

祝初一错愕地问：“怎么了？”

阎齐带祝初一去了车库，钻进她平时开的车里。

祝初一推不开门，她被他锁在车里了。

“这台车的冷气坏了。”

阎齐气息粗重地把座椅放平。

祝初一被迫撑住他的肩，此刻的她已是强弩之末。

阎齐颠了下她的腰，吻着她，含糊地说：“喜欢我好不好？”

他说过很多次了。

喜欢他是很容易的事，但她暂时没有收服浪子的信气，更没有背水一战的决心。所以，她摸着他的腹肌，红着脸说：“挺喜欢你，这里。”

第十一章

我喜欢你

临涧堂书房。

阎齐把一堆资料放进碎纸机，问："你是不是无心工作？"

祝初一在浇花，她种的是风信子，不确定能不能活。

卧室有道横斜的梁，镂空的窗户外有光照进来，让人想虚度时光。

"是啊。"祝初一利落地回答。如今，她也有了无业游民的坦荡。

阎齐说："行，我们去度假吧，短途的。"

祝初一敷衍地说："可以啊。"

他走到花架前糟蹋她买的花，状似无意地说："仙女镇开了个创意园，前几天，江淤送来两张开幕式的票，去看看？"

他没察觉自己的语气是在哄她。羽施梁闹的那天，祝初一虽然没说什么，但肢体在躲他。

在川城住了三十年，祝初一没好生逛过仙女镇。她其实不爱旅行，她觉得拍那几张照片还不如在网上看观光纪录片，毕竟食宿都贵。但既然阎齐主动提议，她也就不推辞了。

"什么时候走？"祝初一抢过他手里的水壶，阻止他成为植物杀手。

阎齐拔了拔一旁仙人掌的刺，说："今天。"

"哦，那我去收拾行李。"

"快点儿啊，我先把车开出来，上回你出门慢得要死。"

从市区开车过去要五小时，在城区开车注意力得更集中，上了高速，路况单一，阎齐有点儿犯困。

"我们换着开吧。"祝初一说。

阎齐没让，他把挡光板放下，说："太晒了，给我涂点儿你的防晒霜。"

祝初一拿出防晒霜，挤出两枚硬币大小的量，微微倾身给他涂。

经过一个转弯处，阎齐故意没踩刹车，祝初一扑到他的肩头，嘴唇亲到了他的耳垂。

阎齐露出一副吃了亏的表情："我开车呢。"

祝初一薅了一把他的头发，说："心机男。"

想了想，她又去吻他的嘴角。

"你这样就很好，诚实。"阎齐说。

祝初一捏着防晒霜的盖子，问："你这次回来待多久？"

阎齐四两拨千斤地反问："你希望我陪你多久？"

"谁管你啊。"

"你要不要来管我？"

他说话就是这样，永远不给确定的答案，总要人猜。

"不，我没空。"

阎齐看她在录视频，问："真打算当网红了？"

"副业懂不懂？没收入就没安全感。"

"你不是说不急着找工作吗？"

"都一年多了，我还是想去坐办公室，作息也会规律很多。"

"我没在家的时候，你是不是都是到天亮才睡？是因为工作多还是因为害怕？"

"你没给我安全感，房子倒是挺安全的。"

"这么怨我？平时你从不主动给我打电话，我还以为你不在乎。"

"我是怕打扰你。"

阎齐突然想到了什么，问："你不会怀疑，我每次出差都在找其他女人吧？"

祝初一看着窗外，不说话了。

"冤枉啊。我发誓，跟你在一起后，我的身心都是干净的。"

祝初一被逗笑了："你换了衣服回来，我怎么知道？"

"过分了啊。"

车开到最近的服务区，离景区还有十九公里。服务区的店铺有限，祝初一买了两个汉堡，两杯可乐。

阎齐皱着眉说："净吃垃圾食品。"

做作，不知道是谁看电视必吃辣条和薯片。

祝初一说："你随便吃几口，附近没其他吃的了。"

阎齐咬着烟，说："不要。你想长胖，别拉上我。"

祝初一撕了一块鸡肉，说："我喂你，好不好？"

她撒娇了，千载难逢。阎齐低头，听话地就着她的手吃了。

"太干。"

祝初一也觉得自己没把他照顾好，说：“早知道就烤点儿面包带出来了。”

阎齐拿过他的那份汉堡，几口吃完，又吸了口可乐，说：“下次。”

车子开到仙女镇已经是下午五点了，因为是临时起意，两人没来得及订住宿的地方，随便找了家农家乐住。

镇上夜生活丰富，大排档烈火烹油，货车拉着新摘的水果。

“买个榴梿，回去给你开盲盒。”

“阎总，你怎么有种赌徒的心理？”

“废话多，提着。”

人间烟火最鼎盛，阎齐拉着祝初一散着步。

创意园开幕式当天，场地布置十分用心，仪式在深紫色的花海里开启，园区还请来了著名影星和钢琴家。

阎齐和祝初一默契地都穿了白衣出席。

祝初一穿着极简风蕾丝连衣裙，略带鱼尾的款。阎齐的麻料衬衫极有设计感，略宽松，上身有几分仙风道骨，偏偏他留着寸头，颈后有文身，那股邪欲的气质，万里挑一。

俊男美女惹眼，官方镜头扫来，拍了两张照片。

祝初一举着手机，见到偶像的她很开心。散场后，她检查着照片有没有拍好。

“徐影帝就坐在那儿不动，我可以笑一集。”

阎齐正牵她坐上小火车，他淡瞥了她一眼。早知道这样就不带她来了。

祝初一瞪回去：“我又没说错。”

园区入口是群山，山头白雾袅袅，高耸苍绿的主山峰像一道屏障，与连绵的青山相连，横断上空的蔚蓝。

园内有不少艺术品，小火车上配有讲解员。

阎总对前半段景点不感兴趣，冷着一张脸。祝初一没注意他的情绪，一路上都在拍照。

阎齐怕她摔出去，搂着她的腰，说：“小心点儿。”

所以，从讲解员的视角看，阎齐是不受重视的怨夫。

“有什么好看的？”阎齐憋不住了，幽幽地问。

祝初一头也没回：“好看啊。”

阎齐气得想死。

真有她的，一个镜头都不给他。

讲解员将一切都看在眼里，保持着甜美的微笑。

“最后一站，心跳博物馆。这是法国艺术家克里斯蒂安·波尔坦斯基的创意，从二〇〇八年起，他开始创建全球档案库，用来记录不同国家的人的心跳声。”

祝初一逛了半天，有点儿饿了，不太想去，况且这种景点向来是情侣必争之地，他们俩去，她总感觉有哪里不对。

爱如果只是单向的执着，就很辜负爱本身。

阎齐却听得很认真，说：“停吧。”

心跳博物馆是最偏僻的一个馆，旁边是夏季苍翠的大峡谷，回声震荡。他们是首批游客，无须等候。门口有面白色石墙，上面有中英文对照的简介。出于专业敏感，祝初一自然而然地被简介吸引。上面写着：“随着时间推移，这座心跳博物馆应该成为人们的朝圣地，因为在这里，人们可纪念所爱之人。这些心跳声将脱离心脏载体，以特有的形式保存下来，同时也能作为纪念，永远铭记逝去之人。”这大概是全世界最鲜活的纪念品。

阎齐牵着祝初一，像看小朋友似的，操心地嘱咐：“别走丢了，跟上。”

祝初一终于关上了相机：“哦。”

两边高大的梧桐树枝繁叶茂，树干上绑着扩音器，播放着陌生的心跳，不知是谁的，不知那些人是否还在人世，是否有人想念。

“咚，咚，咚。”

心跳声和烟花炸裂的声音相似。

白色的大门打开，录制室里很安静，大厅有台式电脑，可供人们查找博物馆里的心跳声记录，最里面是三个小房间，用来录制心跳声。

“阎总，这边请。”

阎齐没继续走，他回过头，搂住四处打量的祝初一，当着所有工作人员的面，深深地吻了下去。

“唔……”

这个吻滚烫炙热，一如川城的夏季。

祝初一的心跳得很快，在静悄悄的地方尤其清晰。

阎齐歪着头跟祝初一耳语，用气音呢喃：“我知道了。”

——你明明很喜欢我。

祝初一的耳朵都红了。

她刚才忘记靠近他的胸膛了，不然，她就可以说：你也是。

给阎齐录制心跳的工作人员是个女孩，她戴着口罩，穿着白色制服，为他介绍：“请把听诊器放在胸膛上，心跳声的录制时间大约是一分钟，其间不要说话，不要咳嗽，录制完毕，可以自己命名这段心跳声。”

“嗯。”阎齐照做，看着她问，“这样吗？”

工作人员目光闪了一下，开始调试设备：“是的，请不要说话。”

阎齐盯着屏幕，无端地想起刚才的吻。

曲线有了起伏。

他看见自己的心在荡气回肠地波动，只为一人。

耳机里的心跳声强烈又蓬勃。

这一年多，他们过得细水长流，好像从来没吵过架。她那个性子，吵不起来，顶多就是不理他，躲起来自我消化。她是很能自洽的人，不爱找麻烦，不矫情，很倔，很多事都是自己扛下来的。

从某种层面上来说，他们很像。

他从没仔细了解过她的过往，不知道她怎么会习惯一个人，上一个爱人是怎么离开她的。她对物质几乎没有多少要求。他为她的独立心动，近乎本能地想要保护她。

不知缘由，最为致命。

其实他早就知道的，也早该领悟的：除了她，他从不曾对任何人特殊。

阎齐无声地笑了起来，眼角有几条皱纹。

一分钟过去，工作人员问：“请问您要用什么命名？提示您一下，这个名字将被记录在系统里。一般都会以自己的名字命名，方便以后自己或者亲人朋友搜索。”

阎齐合着手沉默。

男人微低头，似乎在做此生最重要的决定。他想到了什么，眼眶有点儿红。

工作人员不敢催，几分钟后，她听到男人说了三个字，忍不住心间一颤。

工作人员专心做起自己的工作，一字不差地将他说的字敲下来，保存好音频，上传至系统，输入日期。

以后，没人能搜到这段心跳吧？好想知道让他乱了方寸的人是谁。

薄如蝉翼的三个字，不知道是要说给谁听。烂俗平常，又十分神圣，不知被世间多少痴男怨女复述着。

如此不按常理出牌，如同在看不见的地方跟谁告白：我爱她。

世人只记姓名，望你记住我的心意。

园区往南的山上有座寺庙。

傍晚，一群小和尚在前面排着队走，很守规矩。最小的那个和尚不过三四岁，从祝初一身边路过时摔了一跤，四仰八叉。

祝初一“哎”了一声，俯身把小和尚抱了起来。

小和尚没哭，只害羞地笑，道了谢就跑了。

阎齐在旁边轻笑：“这么小的孩子也能出家？爸妈是怎么想的？”

祝初一想了会儿，仰起头刚要说话，阎齐却早已移开眼。

于是祝初一没说什么。

晚上，祝初一接到于冬听的电话时正喘不匀气。

祝初一推开阎齐，走到窗边，开了扩音，而后套上睡衣。

阎齐斜躺着抽烟，在旁边听着。

“听听姐。”

于冬听办事永远不拖泥带水，她说：“小初，我手里有个项目，偶尔需要出差，感兴趣的话，我们好好聊聊。但这次，你不能以兼职的方式，得乖乖地办入职手续。”

祝初一其实一直想进她的公司，但怕学历被嫌弃，所以没敢开口。这会儿，她得了对方抛出的橄榄枝，自然开心，说：“好呀，我明天回来。”

“嗯，先不跟你说了，忙呢。”

电话挂断，祝初一心里有了谱。

阎齐掐了烟，说话还黏糊："小初，听岔了还以为叫你小猪呢。你睡着了确实像猪，怎么亲都不醒。"

祝初一回到床上，咬着阎齐的嘴问："你能说人话吗？"

回程的路上，两人异常沉默。

阎齐伸手探祝初一的额头，发现她有点儿心不在焉。

祝初一也不知道自己怎么了，明知去路是绝路，偏要涉险。或许那晚，她进了他的房间，就早已万劫不复。

回到市区已是晚上十点了。祝初一让阎齐送她回扶竹路。

车子停下后，窗外已经没有了烟雾和钟声，只有脏乱的街道和烟熏火燎的烧烤摊。

七月的天气很闷热，人总会无端地变得急躁。一道闪电点亮了半边天，快要下暴雨了，雷声低吼着。

祝初一的手里出了汗。

"阎齐，我们断了吧。一年的时间也够长了，难不成我们要一直这样？"

祝初一说完，将车窗降下来一半透气，她的心跳太快，几乎要暴露心事，此刻的她急需一阵清凉的风。

她怕再不说就来不及了。

七月的风撩得人愈加烦闷。

祝初一选择以退为进，完全不知道自己破釜沉舟之后还有没有上岸的运气。她有养活自己的能力，工作稳定，收入可观，也想再爱一回人，可不知道老天给不给机会。

阎齐的脸上没了笑意，眼里没有情绪，问："发生什么事了？这么突然。"

祝初一一直想尝尝他的烟是什么味道，她拿过来浅浅地吸了一口，学他的样子吐出来，却呛着了，咳嗽了两声，刚好掩饰住了她的情绪："不然呢，你想以这样的方式继续吗？"

她在试探。烟雾在车内蔓延开，遮挡了人的脸。祝初一把决定权交到了阎齐手里，她赌这一次，他刚好也爱她。今晚云焦雾灼，适合私订终身。他们的关系，于她来说，始于排遣陪伴，好感无法变为真心，两者始终隔了堵无形的墙。她要砸了这堵墙，真心实意地朝他走去。她已经三十岁了，却贪恋一份诚挚的感情。对他动了情后，他的一切，她都想据为己有。是她贪心了。起初这段关系多简单，她只是想深夜里有人能给她倒杯水。

阎齐没有阻止，仿佛正有此意，他揉了揉她的长发，温柔地说："好，断了。"

"轰隆"一声，倾盆大雨砸在车顶，清脆利落，像一颗一颗正在渐渐裂开的心。

"我喜欢你。"祝初一突然说。

他永远不会知道说出这句话需要多大的勇气。从前他们敷衍、冷漠、随意，现在不是了。爱让一切变得矛盾，爱的本能是想要被爱。

阎齐说："你这就有点儿矛盾了，喜欢我还要跟我断了？"

祝初一想起续也的话，他当时提起了阎齐，委婉地说："跟他那种人在一起，爱情、婚姻，想都不要想。祝老师，你要小心啊，不要轻易沦陷。"

祝初一："你记不记得我给你分享过一次黄昏？去年的十一月，城市的上空有淡粉色的天空，等我拍下来给你发过去，再去看，就已经看不到了。跟你分享这些，我觉得很幸运，因为这座城市里有这么多人，只有我们看见了。"

阎齐明白她想说什么。如果他肯转过头来，祝初一会发现他眼里的挣扎。可他没有。

阎齐太知道祝初一要什么了，他说："如果你想要寻常意义上的情侣关系，我没法答应你。"

当初，他想要好好在一起，是她误会了。这一年或许是他能给出的最大的时限。

"那是你曾经问过我的问题，我给你答案。"祝初一再次强调，"喜欢，我喜欢你，非常非常喜欢。"

阎齐愣了，最终摇了摇头，说："那对不住了，你要想的，我给不了。"

祝初一忍住泪水，问："为什么？"

"就当是我希望你开心吧，你太容易不开心了。"阎齐补充道，"你听说过犬羚吗？不知道的话，去百度一下。如果用一种动物来形容你，你挺像它的。大眼睛，长睫毛，遇到天敌时不敢正面战斗，只敢逃跑。又乖又傻。

你说，像不像你？”

他实在太过了解她。

祝初一不愿跟人起冲突，也不想争抢。她甚至到现在都问不出一句：你到底有没有喜欢过我？她想，他们是该分开了，无关其他，因为彼此都看得太明白。

祝初一手指冰冷，攥紧了包带，说：“最后一个问题。”

阎齐像往日给她解答悬疑片的疑点那样准许她提问，说：“嗯。”

祝初一带了点儿鼻音问：“所有和你分了手的女人，你都会给她们送房子吗？”

阎齐没答，但也没否认。

祝初一笑着点头，说：“好，我明白了。扶竹路那套房子的产权算是我欠你的。如果传闻是真的，那我先自作多情地告诉你，我不喜欢临涧堂，你不要送我那套房，我不会要的。管你往后送给谁，反正我不要。”

好遗憾，不能成为你的终点。

阎齐忽然看她，问：“你不会是哭了吧？”

“没有。”祝初一吸了吸鼻子，说，“感冒了，睡一觉就好。春节那次，是我说不要和你正式在一起的，我现在后悔了，但好像也晚了。你不用觉得抱歉，往后，我会过得很开心的。”

她看清了自己的心，鼓足勇气，如履薄冰地走向他，却还是被拒绝了。祝初一扯出一个笑。

阎齐却在祝初一下车前叫住了她。

祝初一疑惑地看向阎齐。

阎齐侧过头，眼里多了询问的神色：“你现在跟我分手，还有没有其他原因？”

祝初一抿唇，垂眸，摇了摇头，说：“没有。就当我是误以为你也喜欢我，犯了一次傻吧，因为我是真的很想和你在一起。”

她说谎了。

阎齐失望地笑了，说：“所以，祝老师还是太纯粹了，我这样的人，确实配不上你。以后自己一个人住，要注意安全。”

祝初一期待已久，还是没有等到一个好结果。

“阎齐，你下次不喜欢谁，就别去接她下班和吃饭，也别带她去旅行，不然，她会误会你是真心喜欢她的。”

阎齐接受批评，说：“我知道了，你上楼去吧。”

祝初一办完入职，拿到盖章的劳动合同的那刻，还是有种不真实感。

失恋，加上换了新工作，她昨晚几乎一夜未眠。这半个月来，她都处于这种状态，还好，她还有排解痛苦的方式——转移注意力，把近五年来的术语库整理个遍。

她和阎齐没再联络过，他的朋友圈也一如既往地没有更新。她的行李是林至舫送回来的，一件不落。

于冬听在群里发了消息：“上午十点，三号会议室。”

祝初一立刻回复：“收到。”

上午十点整，会议室的投影幕布落下。参会的是社科文化组组员，一共五个人，除了祝初一，其他人全是国内一流学府毕业的硕士。

“给诸位介绍一下，祝初一，最新代表作，凉镇《梁南佛碑》。”

对于冬听的格局，祝初一暗暗叫绝。

她以为那次的工作只是份兼职，原来伏笔早早就埋下了。

于冬听说：“我们下月要参与敦煌线上博物馆的特展，有祝初一加入，加班会少很多。”

在座的人都低声笑起来，谁也不会排斥工作效率高的同事。

于冬听穿搭精致，身着米色西服和及膝西装短裤，栗色的长发被鲨鱼夹夹上去，看起来职业、妩媚、时髦又干练。

“乔治，你手里的海外拓展书先放一放，跑一趟大使馆，把你的签证落实了，我会让祝初一跟你对接。”

祝初一朝那位叫乔治的男同事点了点头。

入职前，于冬听就给她打过预防针，他们公司会有不定期的外派项目，为了项目能顺利稳妥地进行，他们会提前对员工做背景调查。

她当时开玩笑，说自己是清白人，没有黑历史。

会议室里铺着木地板，窗帘没拉严实，阳光洒进来，斑驳的树影映上白墙，角落飘着淡甜的橘香。

“有紧迫感，但并不压抑。”祝初一这么给于冬听反馈刚入职的感受。

于冬听情商极高，柔中带刚，属于犀利又温柔的合伙人。

秦冶是公司的另一位合伙人，祝初一进公司的第一天，他就跟她开玩笑：“你叫初一啊，叫我十五怎么样？我们一听就是一个系列的。”

他穿着阿玛尼的浅灰色套头衫，开会时没发表意见，全程旁听。他的主业不在翻译，而是出资，负责协调同事的关系、提供下午茶等事。

祝初一看着衣服上的标志，微微愣神。

这件衣服，阎齐也有一件，不过，他的是黑色的。

秦冶撑着那张高级脸，伸出五指在祝初一的面前挥，小声提醒：“别开小差，听总很凶的。”

祝初一抿了下唇。

秦冶不逗她了，他垂眸看她的笔记本，用修长的手指点了点。

“记这么少？”

祝初一有些窘，分辨不出他是在开玩笑还是在以领导的身份施压。

秦冶大方地摊手，把自己的电脑推过去与祝初一共享。

祝初一凑近了，发现这位领导记得倒是不少，全是“金句”：

客户心碎，你偏无知无觉不知罪。

口译盲目狂记，工作结束吃自己。

原来都是他自己瞎编乱造的，祝初一憋着笑想：这秦总是人才啊，不当说唱歌手可惜了。

演示文稿播到最后一页，于冬听明确了项目的最后交付期限，再次强调：“我不喜欢拖延，机会稍纵即逝，抓不住就等于失败。”

秦冶捧场地鼓掌，于冬听和几位同事似乎都习惯了他这样，没给他眼神，出去继续工作了。

他看向仅有的观众祝初一，说：“给个面子。”

祝初一以为她需要违心地恭维，却听秦冶说：“你的奶茶要几分糖？下次我点错了多丢脸。”

祝初一礼貌致意："秦总，我戒糖了。"

秦冶转着钢笔，摇摇头，道："祝初一，你这回答不对。跟着听总，能尝尽各种甜头。"

一语双关。

"秦总，我出去做事了。"

换了新环境后，同事关系比祝初一想象的融洽。她住回自己家后，每天通勤要花两小时。累吗？当然累。她很拼，法律领域的翻译要严谨规范，还好她的知识储备够用。

于冬听在祝初一自行加班的第五天把她赶回去睡觉了。

"听人事说，你每天工作十多个小时，几乎住在公司。我是请你来打持久战的，你燃得太快，烧着自己怎么办？"

祝初一确实身体已经有点儿不舒服了，她的心脏没来由地跳得很快。

"那，我请半天假吧，改天补回来。"

于冬听开车把她送回家，以过来人的语气劝她："小初一，工作解决不了情感上的沉疴。"

祝初一惊讶于她的敏锐。

"这几天没照镜子吗？你的黑眼圈深了不少。"

祝初一害怕自己耽误了进度，说："对不起，我状态不好。"

于冬听不认同，说："你已经很好了，初一，真的。好好回去睡觉，晚上我带你去吃大餐。"

"嗯，谢谢听听姐。"

"喏，眼霜拿去。记住，任何时候都不要为了男人伤心。"

祝初一谢过她后，小声地"哦"了一声。

于冬听在祝初一的心里堪比女神级别的人物，不止有女孩的活力，还兼具女人的成熟魅力。她的名字在业内响当当，业务能力强，处理人际关系也十分周全，本人超美。造物主偏心，创作于冬听的时候把她塑造得十分贵气，别人不敢比。祝初一永远记得，搬进大学宿舍楼那天，她扛着编织袋上五楼，灰头土脸，远远地看到楼道里有个大美女，逆着光，但不难看出她身材高挑，长腿笔直匀称，长发铺满背脊。

她找到自己宿舍的门，刚好是于冬听站的位置。

祝初一侧身准备进去，于冬听主动跟她说话：“同学，这是我们学生会的二维码，今晚学生会招新，欢迎加入。”

祝初一看清了于冬听的脸——鹅蛋脸，五官清秀大方，皮肤白皙。难怪她气场那么强，原来是学生会主席。祝初一原以为于冬听是她的室友，还有点儿不知道要怎么和这样光鲜的室友共处四年。人与人的差距怎么那么大？那天的于冬听大气亮眼，她却油光满面，挎着一个帆布包，包的最里层有一摞零散的钱，那是祝晋鸿东拼西凑攒的学费。

祝晋鸿借了面包车将她送到校门口，他连车都没下，让祝初一自己进来了。开学第一天，他不希望女儿低人一等——尽管祝初一从没觉得父亲让她丢脸。她只想毕业后赶快工作赚钱，改变自己和祝晋鸿的生活状态。

祝初一对生人不热情，只微微点头，礼貌地说“好”。

后来，祝初一才知道，于冬听大她两届，是校内的风云人物，业余兼职模特，是出名的学霸，年年拿奖到手软，包揽了校内外各种口译比赛的冠军。她还没毕业，就已经被某国企选中了，据说她的男友还是个富二代。于冬听拿的是稳赢的人生剧本。

祝初一就此将她列为羡慕对象，却没敢明目张胆地羡慕，她不想沦落为卑微的仰视者。所以，如今跟于冬听共事，算是她前半生为数不多幸运的事。她很珍惜这个机会，很听于冬听的建议，积极锻炼身体，减少熬夜次数。上班工作，下班回家，做菜、休息，日子过得很规律。她有时候加班，有时候看电影，有时候夜深人静还不愿睡。

不知不觉已经九月。

某天，祝初一接到了老朋友的电话。

王阗说：“初一，今天忙吗？”

祝初一说：“刚结束一个案子。找我有事？”

王阗在电话那头温和地笑了一声：“没事就不能联系你吗？下班后，我请你吃个饭吧，我们好久没见了。”

祝初一看了一眼昏暗的天色，说：“行啊。”

他们约在鎏嘉码头的一间音乐餐厅。

台上的歌手在弹唱："站在这城市某一端，寂寞和爱像浮云聚又散……"

王阒很憔悴，大概是工作忙，脸颊都瘦得凹下去了。他是一个人来的，没带魏雅，估计魏雅也不想来。

他看到祝初一，觉得她似乎又有点儿不一样了。

祝初一穿着白衬衣、黑色开衩裙、细高跟鞋，看起来是标准的都市小白领。她的眉宇间多了成熟的味道。

祝初一端着鸡尾酒，跟王阒碰了杯。

王阒问："你什么时候开始喝酒了？"

祝初一笑着说："很久以前。"

王阒把西装披在座椅上，撇了一下嘴，露出一无所知的神情。

"新工作怎么样啊？你知道的，有多少人想跟着于冬听干。"

"挺好的。她一直是我的偶像，我崇拜她崇拜得要死。"

王阒晃着酒杯，想起年少时的往事："听总的骨子里有股狠劲儿，你跟她很像，但她要比你更烈一点儿。在联合国当实习翻译那会儿，我还有点儿怕她。她比我大一岁，气场很强。有一次一场会议结束，一群人坐车回去，她直接说谁谁谁哪里没说对，丝毫不留情面。"

祝初一说："她在公司还算温柔。其实，这顿饭该我请你，我知道你在这中间起了作用。"

"哪里，我就给她推送了一次你的简历。听总不喜欢走关系那套，是你自己优秀。"

"王阒，这么多年，有你这个朋友，我很开心，不管是当年还是现在，我都非常感激你，你算是我的半个亲人。"

"客气了，多大点儿事。"

祝初一问："最近公司很忙吗？"

王阒说："有点儿。你走了，那些毕业生气得我心脏痛。那帮人到底在学校学了些什么？病句一大堆的东西都敢传给我看。我当老板还好，当讲师肯定会被气死。"顿了一下，他接着道，"你确实该去更好的地方，但你没有防人的心思，那怎么能行？"

祝初一恍然大悟："难怪你当时跟失了智似的，天天为难我。"

"我自己舍不得你走，可理智告诉我，你不欠我的了，我不该再拿道义捆绑你。”

“谢谢你，老王。”

王阗咳嗽了一声，说：“别，我以前就想说了，这个词有歧义。”

祝初一说：“新人经验少嘛，都这样，你多指点一下不就行了。魏雅也帮不上忙吗？”

“她？”王阗自嘲一笑，“我们分手了。”

“怎么会？”

——不是都快结婚了吗？

后半句祝初一没有问出口。

王阗举着酒杯叹气，说：“小女生，玩心重，不想被婚姻套牢。”

祝初一想起魏雅和季驭的纠缠，却没有挑明。原来王阗是真动了心，但缘分这事是玄学，谁说得准？

王阗说：“你呢？初一，你跟他好吗？”

祝初一愣了几秒才反应过来王阗说的人是阎齐。

那是她当初对大众说的谎，到最后，她最想骗的其实是自己。

“他不适合你，如果可以，趁早抽身。”王阗说。

“我知道。”可只有他陪过我。

我们已经分开了——她没说这句话。

王阗说：“给你说件好玩的事，续也要结婚了。”

“他还是难逃联姻的命运？”祝初一偶尔刷到过他的动态。

王阗是向往结婚生子的男人，渴望家庭，想有个归处。这点祝初一很清楚。

祝初一说：“父母希望你结婚的心情，跟当年他们送你上学、给你报补习班时一样。同龄人都拥有的经历，他们觉得你也一定要有。可是，恋爱和婚姻不是人生的必修课，没了它不会吃不上饭，不会穷困潦倒，不会技不如人。我不排斥任何形式的伴侣，但身侧没人，自己过下去也没问题。”

王阗跟她碰杯，说：“初一，你现在挺洒脱。”

同样瘦了的还有阎齐。

把车开到祝初一家楼下完全是他无意识的行为，脏乱的垃圾车提醒着他：

他并不那么洒脱。

祝初一好狠心，宁愿住这儿也不愿跟他在一起。

他想念祝初一和她身上的味道，整夜失眠——他从没有这样过，但这是他咎由自取，怪不着她。

窗口的灯没开，她不在家。

他把车停在马路的拐角处，熄了车灯，想等她回来。

这里没保安，治安很成问题。

晚上十点，他恰好看见王阒送她回来，开的是三十来万的车。

祝初一拎着包，看起来过得不错，腰又细了点儿。

她说断，就真的斩断了和他的所有联系，他让林至舫送去的包，她全都退回来了。

他想，如果他给不了她未来，就不该再去招惹她。她玩不起，她和他想象的不一样。

阎齐让林至舫查过祝初一所有的经历。

记忆很神奇。当年他根本没有注意的细节，此刻却突然变得清晰。

这大概是命运。

其实他见过祝初一，在公司附近，那是很多年前，他想不起具体的年份。有一天下班时，他在路边等一个女伴，无聊地打量着周边。

大冬天的，有个女孩穿着单薄的毛衣一直在过马路。

红绿灯有八十秒，她走了一遍又一遍。

他看笑了。

那女孩挺傻的，不知道是魔怔了还是有强迫症。

那时候，阎齐靠不正当的手段坐稳了公司的位置，他的职位仅次于空谭。而那时候，她正被逼得走投无路。

当时，阎齐帮祝初一办房产证，查原房主的名字时，他对那名字没有一点儿印象。他经手的事情这么多，怎么可能都记得？

那天粉碎旧资料时，他无意间看见了有关祝晋鸿的那份，看到男人那张跟祝初一相似的脸，破碎的线索渐渐连接起来。

他想起了这个人。他当初没有直接经手那件事，但也脱不了干系。他手下的人年轻气盛，做事鲁莽了些，听说他们把屋里的老人吓到住院了。

祝初一不知道这些。

阎齐想，就让她永远不知道吧。那样，等她想起他时，他会是南山烟霞，而不是绝望的月亮。

第十二章

一个变数

凌晨，祝初一做了个梦，抽泣着醒了。她梦到小学时，因为没钱买运动鞋，被体育老师叫到操场边罚站。小小的她承受着不该承受的委屈。醒来后，她才发觉自己翻身时压到了心脏，枕头已被泪水打湿。她捂住眼睛，肩头颤动，低声地哭。一个人住真好啊，她不必为伤心找借口。哭完，闹钟刚好响起来。她起床洗漱，准备去上班。

于冬听在微信里提醒了她签证的事宜。

利兹有高阶进修课，公司有两个公费名额，祝初一为自己赢来了一个机会。她不能崩溃，要管理好情绪，因为没有可以治愈她的人。

阎齐也在这个清晨早早地醒来了。

川城在换季，冷雨浇着城市，凉风呼呼地吹了半宿。

阎齐的小腿像结了冰，被泡在湖底，有透入骨髓的寒，僵硬得如一树枝丫，他胸口的汗将纱质的睡衣浸透了。

——他在忍痛。

阎齐靠着床头，点了一支烟，烟雾升起来的时候，他在不见光的卧室里打开了和某个人的微信对话框。

她不在，他却还穿着她买的睡衣。

两人的对话记录还停留在上个月。

Y：“在干吗？”

YAN：“音乐剧还要不要去听？”

Y：“什么时候？”

YAN：“十二月三十一日，跨年夜。”

Y：“好呀。”

YAN：“那我让林至舫抢票。”

Y：“还要抢票，这次你的前女友没有送 VIP 座位票？”

YAN：“那不是我的前女友。”

YAN：“你想要 VIP 座位票？”

阎齐都快忘了这件事。

离家前，祝初一接到了于冬听的电话。

“小初，你家离中医院是不是挺近的？”

“嗯。怎么了？”

“能不能麻烦你帮我取一下药？”

“可以啊，你把具体信息发到我的微信上吧。”

“太好了，谢谢，谢谢。”

祝初一笑了：“客气。”

祝初一打车去往医院，还有两百米就到了的时候，路突然堵了起来。

天上的小雨淅淅沥沥地落个没完。

“师傅，靠边停车吧。”

“不好意思，可能前面有车被剐蹭了。”

“没事。”

祝初一路过其中一辆白色的奔驰车时，乔继晖认出了祝初一，喊了她的名字。

祝初一这才注意到他：“乔——你怎么在这儿？”

乔继晖举着手机，神色有些焦灼，连忙说：“我带孩子来看病，被车追了尾。”

祝初一往后座看去，阿不的小脸红扑扑的，抱着靠枕，看起来很难受。

乔继晖问：“你也要去医院？”

祝初一点头：“嗯。”

乔继晖说：“初一，你能不能帮我个忙？保险公司的人正赶过来定损，你能不能……带阿不先去挂个号？”

祝初一问：“她妈妈呢？”

“去厦门看画展了。如果你觉得为难，就算了。”

祝初一抿了抿唇，看到阿不的小手攥得很紧，一时心软了。

“好。”祝初一抱起阿不，摸了摸她的额头，“这么烫？”

乔继晖的眼里闪过自责，说：“保姆忘了关窗，她受了凉。”

祝初一说：“我先带她进去。”

乔继晖问：“好，你的手机号是多少？”

祝初一想不出婉拒的办法，只好如实说了。

乔继晖合上手机，说："谢谢，初一，真的谢谢。我这里的事情顶多花半个小时，麻烦你了。"

祝初一替阿不挡着风，说："你快点儿来。"

阎齐在医院挂完号，一转身，就看到了祝初一。

这是一场猝不及防的相遇。

祝初一穿着浅绿色长款大衣、深棕色的短靴，正小跑过来，头发有些乱。祝初一倒是没注意到他，只顾着去柜台排队。还好私立医院并不拥挤，她很快挂完了号。

阎齐在她准备按电梯键时，抢在她前头按了。

祝初一觉得那只手有些熟悉，一抬眼，发现果然是阎齐。那个人仿佛从她的心里走了出来，有温度、有呼吸，还带着戏谑的笑。

阎齐看了一眼阿不，逗祝初一说："才几天啊，你就当妈了？"

——胡说八道。

祝初一没来得及辩驳，阿不率先哭了起来。

"哇"的一声，清脆嘹亮，仿佛她正面对着人贩子。

祝初一拍了拍她的背，低声哄她。

阿不的声音奶奶的，抽泣着说："姐姐，这个大叔长得好可怕啊。"

小孩子其实什么都不懂，只是看到了阎齐的文身。大叔，可怕。阎齐大概是第一次被人这样评价长相。

祝初一没理阎齐，径自走进电梯。怀里抱着阿不，她觉得心没那么空，心跳节奏也正常。

阎齐跟着走进电梯，说："祝初一，我问你话呢，这小孩是谁啊？"

他离得近，祝初一能闻到他身上的香水的味道，是她送的那瓶"乔治勋爵的悲剧"。

"关你什么事？"祝初一淡淡地问。

她有点儿脾气。

阎齐把挂号单捏在手里轻轻地摩挲。

……

祝初一找到医生的办公室时，她的后背已经出了一层薄汗。手机刚好在这时响了，乔继晖问她在几楼。

阎齐看到乔继晖，一下子竖起了周身的刺。他坐在门口的椅子上，敞着大衣，手臂搭在椅背上，无言地看着祝初一把那个小孩还回去。

阿不靠在乔继晖的肩头上跟祝初一说再见。

阎齐拿指尖撩着祝初一的衣袖。

“原来是‘前前男友’的女儿。怎么，离开我后自暴自弃，忽然对当后妈感兴趣了？”

祝初一被耽误了半个小时，不想再跟他纠缠，她抬了抬下巴，一招制敌：“那是前男友。”

阎齐看着她的背影，后知后觉——他在她这里连名分都没有。

祝初一帮于冬听取完药时，网约车已经等在门口了。她怕自己再慢走一秒，就要被想念击溃，流露出软弱的眼神。她已经在他的面前丢尽了颜面。有什么比爱的人没有对自己动过心更残忍的事？但凡他对她有一分真心，他都不会说出那句“对不起”。

阎齐顾不上看病了，开着车跟在了祝初一的后面。很神奇，看到她后，他的风湿不治而愈。见她进了公司大楼，他打了两下双闪，踩下油门，消失在车流里。

祝初一早知道自己被“尾随”，在大厅听着那阵嚣张的引擎声，她想，他真的不适合开车。

公司像是一条船，成员分为掌舵的和在甲板上晒太阳的。秦冶无疑是后者。他作风吊儿郎当，不常待在公司，朋友圈的画风相当独树一帜：爬山、喝茶、钓鱼、泥塑。

傍晚，行政人员把奶茶提了进来。

“各位辛苦，周五的加班福利来了。”

秦冶很懂拉拢人心，只要他在，周围必定一片欢声笑语。会交际的人都这样，一张嘴就能拉来许多资源。别看他为人老派，川城新开的咖啡馆或水疗会馆，他都是头一批拿到邀请卡的贵宾。广阔的人脉盘根错节，每个人都是一片树叶。

秦冶捏着茶杯说：“你们平时做的都是脑力运动，费神。”

有人说："秦总你怎么喝茶啊？不合群啊。"

"哦，我这人命好，尝够了甜头，得吃点儿苦的来中和。"

此刻的氛围很好，女孩子们趁机刷起微博，讨论自己的偶像，暂时忘了要加班的痛苦。

于冬听对甜食百无禁忌，秦冶给她买的摩卡咖啡，多加了两份糖浆。

只有祝初一还在打字，一边十指翻飞，一边听他们聊天。

她想早点儿回家取新买的猫粮，已经很久没见到门外的那只流浪猫了，不知道它还好不好。

秦冶把一杯无糖的咖啡放到祝初一桌上，一副妇女之友的表情，说："没糖，加了冰，不会胖的。"

祝初一属于易胖体质，多吃两口饭都会焦虑，晚上更是不敢多吃，但领导再亲切也是领导，职场再温柔也是职场。

祝初一不是新人了，不好拂秦冶的面子，道完谢，她将咖啡端起来喝了两口。浓郁的芝士味很腻，她赶紧猛灌了一口薏仁水。同事关系的微妙之处在于，要在恰当的时候跟集体保持高度一致。

她曾经跟阎齐聊到过职场。

"聚餐是为了吃饭吗？虽说你有选择不喝酒的自由，但绷着自己、不跟上级和同级社交，晋升时你便会吃到苦头。你的业绩只是上级拿来汇报的数据，是你作为合格的螺丝钉的证明。在社会上，特立独行是行不通的。打工就要有个社会人的样子，要会沟通、会争取，别装文艺和清高，那样特别矫情，人人都会在背地里说你装。"

阎齐摸了摸她的头，说："知道了，委屈你了。"

当时，她的反应是什么？在蓝楹花盛开的夜里，她趴在他的肩头号啕大哭。

加班到晚上十点，秦冶开车挨个送女员工回家。

于冬听自己有车，就先走了。

等到送祝初一时，其他人都已经被送回去了，车上只剩下他们两个人。

秦冶看着导航，问："你住得挺远的，每天通勤的时间太久，不累？"

出于礼貌，祝初一坐到了副驾驶位上。

“秦总，我们没有享福的命，通勤也是工作的一部分。”

其实她想说自己是“社畜”，但她揣测，多数老板不喜欢这个词，听着像他们剥削了员工一样。

秦冶笑着，说：“看来我们公司设的全勤奖很有必要啊，你们这些敬业的员工，就应该被狠狠地奖励。”

公司有三个班次，不管几点打卡，都没有迟到惩罚，每天工作满时长就行。对于早班的全勤员工，公司每月会补贴一千元的交通费。

祝初一懂事地说：“谢谢老板。”

秦冶瞥她一眼，说：“下次给你机会，请老板吃饭。”

祝初一从男人的话语里察觉到了一丝情愫，她聪明地答道：“好啊，到时候请你和听总，地方随你们定。”

秦冶眼神闪烁了一下，开玩笑道：“放心，公司没有工资回收计划。”

祝初一绷着的心弦终于松了。

“里面路窄，车不好掉头，我自己进去吧。”

祝初一在主干道下了车，跟秦冶挥手说再见。

秦冶说：“行，到家了在微信群里说一声。”

“好，谢谢老板。”

路灯坏了，祝初一打开了手机附带的手电筒。

高跟鞋摩擦着石子路的声音，让人莫名觉得踏实。

整个片区今天都停电了，楼道漆黑一片。祝初一靠着微弱的光源上了三楼，楼道里透进了淡淡的月光。

她朝自己的家门走去，摸出钥匙准备开锁。忽然，她被人从背后抱住了，还没来得及惊呼，声音就被吞没了。

那人抱着她，在黑暗中与她接了个绵长的吻，唇舌交缠，暧昧缠绵。

他的吻，祝初一很熟悉，因为太熟悉，她的头皮开始发麻。

阎齐松开她，在她的嘴上咬了一口。见她的唇破了，他又吻上去，嘴里弥漫着腥甜味。

祝初一捶着他的背，他没如她的愿放开手，声音低哑地说：“开门。”

钥匙还在锁眼里，祝初一颤抖着手，将钥匙转动了两圈，开了门。

阎齐把祝初一堵在门口，问："你是不是还爱他？"

谁？乔继晖？

祝初一的脑子里突然"嗡"的一声，她神情淡淡地承认道："是啊，你凭什么介意？"

阎齐嗤笑一声，说："行。等会儿，你别叫错人。"

阎齐跟她分开快两个月了。

他遣散了国内的员工，办公楼的租期只到年底，一切仿佛都接近了尾声。

林至舫办事稳妥，说："阎总，我已经发了公司内部邮件，对外的说法都是公司经营不善，资金周转不过来。"

真正的原因，林至舫知道。

他们做的事，这片土地容不下，所以他们只能趁早撤出。

"这是祝小姐的资料，从她的出生地到现在的就业单位，都在这里了。上次您问的那个人，是祝小姐的初恋，他们当年……差点儿结婚了。"

阎齐接过牛皮档案袋。

袋子看起来不厚，他就这样握住了她的前半生。

"好，帮我再办一件事。"

夜晚像一道桨，他们折叠成一艘船，风雨飘摇，似乎永远没有终点。

祝初一哭了出来。

阎齐给自己点了支烟。起先，他对祝初一有所保留，怕弄伤她，可今晚，看见别人送她回来，他才恍然发觉：原来她对别的男人也用同样的套路。他失控了，那种情绪不只是醋意，是很陌生的情绪，他没有过。感情这东西很缥缈，对他来说，女人只是用来解决生理需求的。人是他亲手放走的，理智告诉他，他该放她走，但看到祝初一对别的男人笑，他的心里非常不舒坦。

洗完澡，祝初一穿得很保守，站在床头问他："你什么意思？"

"慈善服务啊。"阎齐弹了弹烟灰。

祝初一抱着自己的手臂，一副防御劲敌的姿势，问："你知道自己现在像什么吗？"

阎齐朝她吐了一口烟圈，摆出无所谓的样子，问："你的思想倒是退步了，之前不是看得很开吗？一年多前，哭着要进我的房间的人不是你？”

出尔反尔，真够不要脸的。

祝初一想给自己一巴掌，让这场梦结束。她的生活好不容易回到正轨，甚至她都渐渐忘了有他这样一个人。

他明明没那意思，为什么还要来撩拨她？

“那还真是谢谢了，阎总这么贵，我睡不起。”

“你的格局小了。我只是来看个老朋友，这么不欢迎？”

他“看”的方式倒是另类。

祝初一不留情面，说：“你怎么不说是来看我家门前的黑猫的？它最近爱吃老鼠，经常叼着老鼠的尸体，吓死你。”

阎齐皱起眉，说：“你还经常喂猫？这几个月，你都单身？怪不得。”他指了指床单。

祝初一的心凉透了。他是不是以为她是那种随便宽衣解带、可以轻易开始一段新感情的女人？

她揉了揉头发，头发已经差不多干了。她背对着他躺下去，说：“出去的时候动作轻点儿，老房子不隔音。”说完她就闭上了眼，准备睡了。

阎齐却不肯罢休。

“祝初一，这房子你有权挂出去卖了，我帮你预估了一下，怎么也值十几万吧。你说，你是不是得感谢我？”

祝初一不懂他的用意，背对着他问：“要怎么谢？”

“你说呢？”阎齐用脚跟摩擦她的小腿，几乎是在明示了。

“可我说了，我不想继续那种关系。”

“我们只能是那种关系。”阎齐的声音很轻，听不出情绪，也许是说给自己听。

祝初一的背脊很瘦。他抬起手指，在虚空中描摹着她的背脊的线条，补充道：“你放心，不会再持续多久了。”

他也觉得自己不要脸，哪儿有他这样的？

可他没办法，他想她想到没办法。

许久之后，阎齐以为祝初一已经睡着了，却听到了一声浅淡的“好”。

各怀心事的两个人躺在床上，没有拥抱，两人之间仿佛隔了一条银河。

祝初一最怕欠人家的。

这套房子是她的家，是万家灯火里她唯一的归属，是她在世间最后的防线和退路。

这是祝晋鸿留给她的，阎齐把处置权交到了她的手里。如果她想离开这座城市，或是想创业，也有卖房子的权利。

夜太静了，静到能听到人的心跳声。

祝初一说："慈善结束了，你可以走了。"

"刚刚，舒服吗？"阎齐反手拍她的脸，说。

顿时，祝初一睡意全无。

阎齐吻着她的侧颈，用气音说："再来一次。"

老房子仿佛燃起了火，天亮便只剩灰烬。

夜里两点，祝初一躺在阎齐的怀里，毫无睡意。

阎齐从不是吝啬的人，更不会为不痛不痒的房产证跟她纠缠不清。这很反常。

门外有猫叫，似乎是猫弄翻了碗。

祝初一想起七月的某天。

那晚下着雨，阎齐在书房，他没换衣服，还穿着早上出门的那套。他目光深沉，在键盘上打着字，停顿几秒后，又删掉重新打。

在厨房的祝初一听到键盘摔在地上的声音，隔着一层楼也能听到阎齐在骂人，听起来像无能为力的低吼。

认识阎齐一年多，他很少愁眉苦脸，她以为这世上没有他摆不平的事。

祝初一进去送果盘，看到满地都是白色的键，键盘被摔得四分五裂。

"怎么了？"她问。

她的身体往电脑屏幕那边斜，阎齐眼疾手快地关了显示器。

"不给看？"

祝初一不再打扰，把碟子放下便准备离开。她刚迈出一步，就被人抓住了手。

阎齐用力把祝初一按到怀里，亲着她的头发，问："生气了？"

她反问："你最近很忙？"

"担心我？"

祝初一点点头。

她是有点儿担心，他这样的人，会为了什么觉得烦？

四目相接，阎齐欲言又止。

他摸着祝初一的长发，说："过段时间带你出去玩，听话。"

听话？怎样才算听话？

她不多问，也不多想。

前段时间，在午夜场的电影院里，祝初一又碰到了羽施梁。她问："你知不知道阎齐在做什么？你真的了解他吗？"

她那眼神里满是挑拨的意味：你自以为离他很近？如果他信你，视你为珍贵的伴侣，将你放进了他的人生计划里，为什么他不肯将他的秘密告诉你？

次日，祝初一是被阎齐吵醒的。

"你的头发这么长了？"阎齐抓起她的头发，替她扎丸子头。

"别动。"

祝初一嫌脖子凉，将头发放了下来。

阎齐的视线跟随着她散开的头发，顺着背脊下滑，最终落到她的腰间。

十一月，川城一夜之间降了十度，散发着阵阵冷气。

"你要出去？"阎齐在她的床上懒懒地问。

祝初一换掉睡衣，穿上防风的大衣。

她约了任孟嘉。

"饿了就自己叫外卖，我晚上不回来吃饭。"

门关上了，阎齐觉得心里不是滋味。

他们的角色互换了？他变成了恒定的陆地，要等她回来。

他翻了翻冰箱，空荡荡的。

"喂，你想饿死我？"

祝初一的声音散在风里，缥缈又冰凉："我在路上，别闹。"

才两秒，电话就被挂断了。

阎齐盯着手机屏幕，问了自己一个大多数男人问过女人的问题：又怎么了？

任孟嘉已经如愿考进传媒大学，许久不见，他比之前有朝气了很多，成了爱情与学业都顺遂的意气风发的少年郎。

“小姨，这顿饭是我用奖学金请你的。”

祝初一大方地任他结账。分开时，她还是没忍住，以长辈的口吻提醒：“记住，不论什么时候，有多大的能力，就办多大的事。不要轻易贷款和借钱。没有束缚，你才能活得快乐些。”

任孟嘉想起自己做过的蠢事，抓了抓后脑勺，说：“小姨，我知道了。”

祝初一说：“我知道年少的感情难能可贵，但要是真为彼此好，认真把对方规划进自己的人生，就要用正确的方式，成熟一点儿。这样，你们才有未来。”

任孟嘉觉得自己很幸运，遇上了温柔的亲人，他说：“我下次带她来给你拜年。”

祝初一坐进出租车，给任孟嘉发了个红包，附言：懂事。

祝初一回家时，阎齐已经离开了。

收拾完他的衬衫，换掉床单，她才躺进沙发里，对着电脑屏幕发呆。

现在，她没法定义他们两个人的关系，索性不去想。

没想到，一周后，她在杭州再次见到了他。

祝初一来杭州参加学术交流会，数位国内的顶级译者均出席了。

宴会厅里，觥筹交错，祝初一坐在不起眼的位置，没人敬酒，她也自在，不强迫自己去阿谀奉承。

高楼风光开阔，西湖似无瑕美玉。

祝初一端起气泡酒抿了一口。

“初一。”

蓝锦诗早就看到了祝初一，这个昔日自己最看好的学生，只是应酬了几轮才有空走向她。

祝初一起身打招呼：“蓝老师。”

他乡重逢，唯余唏嘘。

当年，蓝锦诗将保研名额递到祝初一的面前，她竟然婉拒了。蓝锦诗旁敲侧击地问，直言不讳地劝，面红耳赤地骂，祝初一就是不动摇。后来，听说祝初一甘愿留在川城，做朝九晚五的上班族，她气得立刻飞去蔚蓝海岸度假，不再过问这件事。虽人各有志，但说不失望是假的。

“过得还好吗？”

祝初一点点头，不敢眨眼，怕一眨眼自己的眼泪就会掉下来。

蓝锦诗问：“你没考编，没做老师吗？”

祝初一没考虑过做老师。老师这个职业挺好的，只是不是她的选择。

“我自己选的路，没有重新来过的机会。”

时光让人变得生分，祝初一想不出别的寒暄的话。

“蓝老师，您多注意身体。”

蓝锦诗颔首，很快就被其他人引领着走向别桌。

人生的际遇不可预测，六七年，已经足够发生翻天覆地的变化。她选了不得不走的路，而不是想走的路。她要为祝晋鸿还债，要还乔继晖的情、王阗的恩。还好，她现在是为了自己——为自己勇敢。

祝初一心不在焉地在笔记本电脑上敲了几个字，电脑电量过低，自动黑了屏。她从后门偷偷溜走了，好在没人在意。对这个世界来说，她是路过的一阵烟。

电梯在三楼停下，门一打开，阎齐便看到了祝初一。他一愣，连带挽着他的手臂的女人也没敢迈进电梯。

祝初一没碰过这种情况，她撇开脸，当自己不存在。

阎齐倒是老手，他把女人的手臂拂开，装模作样地拍了拍衣袖，冲祝初一挑眉，又对身边的女人无辜地说：“你也看到了，被女朋友抓包了。”

那个女的是个演过网剧的小网红，搭上阎齐是见色起意，这会儿，她不好再纠缠，识趣地走了。

电梯里，祝初一穿着白色套裙，将职业女性的气质展现到极致。

阎齐每次看她穿着得体，内心都会升起一股破坏欲。

他用食指戳了戳她的背，问：“又来出差？不怕半夜有人敲你的门了？”

祝初一说："有同事在。"

阎齐低头笑了一声，扯过祝初一的手臂，把她压在一侧。

祝初一被他突如其来的举动弄蒙了，闻到他身上不属于她的香气尤其令她感到不舒服。她挣扎了两下，没挣脱，到底是抵不过男女力气的悬殊。

坐进车里，祝初一没好气地说："你怎么在这儿？"

阎齐被一帮人灌了酒，头痛得厉害，正好有个小网红贴上来。他被人扶着，在阴阳怪气的起哄声中找到借口离了场。

他坐在副驾驶座上，看着她，眼里有光在闪动，说："开车。"

祝初一不好再多问，也许，今晚打扰别人的第三者是她。

祝初一开不惯超级跑车，只好放慢了速度，惹得周围的车都降下车窗看驾驶座上的人是谁。

过了好几个路口，她才想起确认目的地，问："去哪儿？"

阎齐可能没听到，他闭着眼，抓着她的衣角，额头起了细密的汗。

祝初一打开了车窗，江南的缱绻夜风吹进来。南山路，高大的乔木缀满了细碎的灯光。

她把车开到预订的酒店楼下。

一周不见，阎齐的下巴上长出了青楂儿。他原本脸型偏瘦，这样一来，倒是多了几分雅痞的气质，难怪走到哪儿都有女人想勾搭他。

又过去一刻钟，阎齐仍然没醒。

祝初一的手机"嘟嘟"了两声，低电量提示音响起，气氛有些尴尬。

连电子设备都失去了耐心。

祝初一环视一圈后，准备下车，让前台把这醉鬼扛上去，然而，她的衣角还被他抓在手里，他抓得很紧，她走不动。

阎齐睁开眼逗她："你怎么变重了？"

祝初一说："因为我善于思考，善于往下沉，不浮躁。"

阎齐像个挑事的学生，说："祝老师说得对。"

虽然这样，最后却是她细声求饶。

夜晚十一点，这里神似旧时江南。

男人不讲理，不愿回酒店，非要载她到湖畔。祝初一看他把车开得飞快，想要阻止，却又怕刺激到他。

阎齐天生反骨，旁人越拒绝，他越是要卖弄两招。

街景在后视镜里疯狂倒退。

当时，祝初一想，死就死吧，然而最终，阎齐稳稳地停了车。

他把西装外套给了她，自己只剩一件黑色T恤裹身，推车门时隐约可见坚实的腹肌。

秋日的风凛冽，阎齐挂了电话，把祝初一从车里半抱出来。

这种夜色，祝初一只在电影里看过。

乌篷船设计巧妙，物件精致，船中央有张小木桌，放了一壶茶，大约是茉莉花茶。

祝初一想起去年，在川城的那家小茶馆，阎齐说要带她来杭州。当时她不以为意，哪想今日成真。她倒是希望他能够坏一点儿，不必把她说的话记在心上，她怕自己会错意。

两侧帘幕卷起，船桨将水花捣成泡沫。一旁的香炉暗焚，炉盖是莲花状的。

船舱十分小巧，阎齐有双大长腿，坐得十分憋屈。

祝初一觉得好笑，举起手机悄悄拍了一张照片。

阎齐本来在闭目养神，此时听到轻微的咔嚓声，整个人朝她靠过去。

祝初一推了推他："喂。"

阎齐说："在外头呢，不行。"

这人又在说什么，祝初一默默地离他远了点儿。

阎齐找船夫拿了瓶红酒，问："喝吗？"

祝初一惊讶地问："你是有移动的酒柜吗？"

阎齐打开木塞，将木塞咬在嘴里，说："你太看得起我了，有钱什么办不到？"

"哦。"

阎齐取出醒酒器，轻踩着她的尖头鞋，说："敷衍学大师。"

祝初一问："你知道酒在古代有个别致的名字吗？"

"什么？"

"十月白。"

“祝老师知识渊博。”

“你别叫我老师。”

“那叫什么？”

“你别说话。”

既来之，则安之，祝初一倚在座位上看小镇两边的江南人家。

屋檐下大多悬挂着火红的灯笼，路过木窗时隐约可见几道影子，远远地能听到居家过日子的欢笑声。

木桨在水面上翻动，一声轻缓，一声温柔。

她有两天的出差行程，坐明天的早班机回去，根本没空体会风轻水暖。

船舱里静下来，像座只有两个人的孤岛。

祝初一低下头才发现阎齐趴在窗口，闭着眼。

她生出了一些难以言明的情绪。

他也会累吗？他今天忙了些什么呢？

也许是良夜制造出幻觉，平心静气下来后，她觉得这个人并不坏。

祝初一摸了摸阎齐后颈窝的发尾，低头印下了一个吻。

这是感谢，感谢这种无意让她觉得圆满的时刻。

阎齐转过头，睫毛轻动，睁开眼，就对上了她的眼神。

“偷亲我？女孩子家家的，也不知道矜持点儿。”

祝初一偏跟他杠上了，在他的左脸上又亲了一下，眼里满是挑衅：怎么，不满意？

明明是挺柔顺的一个女人，到他跟前却像换了个人。

阎齐一把把她抱过来，船瞬间失去平衡，茶壶摔在了地上。

“别乱动啦。”祝初一被他突如其来的举动吓了一跳。

“偷亲不是这样的。”

这时，船头传来一阵琵琶声。

而他在教她偷亲的正确方式。

祝初一的身体里仿佛长了一棵树，枝丫蓬勃，她却忽然惊醒，想到一切都是设定，她对他来说只是一个变数，即使没有她，也会有别人在这里。

难为他，为鱼水之欢打造了这场梦境。

阎齐说："聊聊前任吧。"

祝初一此时的声音很软，问："聊哪个？"

"你能聊哪个？"

"你想听哪个？"

"都行。"

祝初一小心地说："等我们结束了，你也是过去式。"

阎齐点头，问："你对我有什么看法？"

"你爱喝冰酒，无辣不欢，过几年胃就会出问题，风湿也会加重。你爱穿黑色的衣服，暗色衣物会让人心情不好，性格也不阳光。你还……"

"停。"阎齐捏她的脸，"我就没点儿好？"

——有啊，很多很多。

川城所有曾经对我来说遥不可及的餐厅，我都已经是座上宾。看惯纸醉金迷，也不过如此。

明瑾华给我看了微博，我生日那晚，大厦上的那几个字的含义，只有我明白。谢谢你。

在临涧堂住的那几个月，是我一生中最美好的日子，像是在度假。

但对不起啊，我爱你，我没法勉强自己把你当成旅途中的过客。我深知你不属于我，所以我不能再陪你了。我怕我的爱是负担，让你为难。

你的内心是世上最蛊惑人的迷宫，是无解的神秘。

你让我感知世界。我不能因为你不爱我，就横加责怪。

爱是执着，而婚姻是一种选择，你的未来不属于我，你有选择未来的权利。

祝初一故作为难，摇摇头，说："没有。"

阎齐说："嘶，绝情，真有你的。"

小镇有钟声远远地响起，传到无星无月的瓦檐墙角。

他们已经很久没一起听过涂山晚钟了。

半夜十二点了，阎齐在微信里交代了几句，船头的琴声骤停，船靠了岸。

"今晚别回去，就住这儿。相机带来了吗？明早可以拍江南的日出。"

祝初一闭着眼，没说话。她很喜欢一句诗，是她喜欢的诗人写的：南塘一蓑霏微雨，更拥渔蓑上钓船。像极了今晚。还是不讲了，反正他又不懂。

阎齐安排这一切却并非偶然。有一天，他偷看了她的备忘录。她所有的爱好，他几乎都知道。情如露水。他实在不该爱上这样一个女人。

第十三章

美梦终会结束

祝初一入行八年，早已有自己的翻译理论和工作方式。

校稿是很费神的工作，看屏幕三小时，眼睛很酸，肩颈也紧绷着。她收藏了许多练天鹅颈和马甲线的视频，却没有一点儿时间看，都在收藏夹里落灰。看完最后一千字的稿子，祝初一点开编辑器，把每处需要修改的地方都用红色标出，挨个回传。这种工作十分琐碎，也耗时间。

祝初一起身到茶水间接水，而后坐到沙发上醒神。玻璃窗外是周日的道路，从这里刚好能看到两江交汇。这个季节，江水有泾渭分明的界线。

微信群里发来一条消息，是于冬听在英国的同传视频。

秦冶刚好过来泡茶，祝初一朝他点头："秦总。"

"听总在朋友圈里问人呢，你不找她代购？"

代购只是戏言，于冬听的朋友圈有玄机，前五个给她留言的，她会送出差礼物。

祝初一笑了，说："我待会儿点个赞就好。"

秦冶说："你这个性格挺吃亏的，有好处都不知道要。但你确实难得，当时听听给我看你的简历，英专生，过了专八、CATTI 一级，还辅修了两门语言。本科生能到这地步，我都很吃惊。"

秦冶说："现在的英专生，可能连专八都考不到，更别说同传资质了。"

祝初一说："这个时代的人总是半碗水就响叮当。半山腰人满为患，能站在俯瞰众生的山顶的人却高处不胜寒。"

秦冶说："哪里寒？在金字塔尖看月亮，景色无可比拟，再说了，把翻译比作一门武功的话，武人相重，惺惺相惜。"

祝初一从没去过国际舞台，她的瓶颈就在这里。大多数时候，她都是跟笔和字母纠缠，太过沉默。

视频里的于冬听身着职业装，说话节奏平稳，仿佛自带光芒。

那层光，是她没有的从容和坦然。

过去，她灰头土脸地还债，想早点儿给自己挣回一丝尊严，扎在一个坑里透支自己，面容枯槁，思想集中又单一，没计划过自己的人生——究竟未来要以怎样的形象闯入这个世界。

还欠着人呢。她在无数个深夜自怜。

小时候，祝晋鸿对她疏于照顾，她在任孟嘉家暂住。他们家条件不太好，几人挤在五十平方米的两室一厅里，最后只能把阳台改成卧室让她住。她暗暗地跟自己较劲，最终考上了川城的重点大学。

那几年，她申请助学贷款，凌晨在图书馆背书，晚上在学校后门兼职，没喊过累。王阗没说错，她的身上有股狠劲儿，她外表温柔，骨子里却倔强，从没认过输。人生会不会有另一种可能？逼自己一把，或许就能去更广阔的天地。于冬听像雾中的路牌，秦冶像远航的汽笛，她想走下去，看看那头是否是无垠的海洋。她不是被误捞的鱼虾，而是深潜海底的鲸，鱼尾越过海面时，会赢来惊呼。

阎齐的意思，她明白了。他愿意提供肉体上的欢愉，而非精神上的忠贞。她时常觉得老天待她太薄，这么多年，她好不容易爱上一个人，对方却完全没有付出真心。有的人存在在这世上，只为表达：他不喜欢你。

祝初一不是悲观主义者。三十岁的女人似乎能感知到宿命的存在，但她还是想伸出手，架起胳膊回击。如果爱情不能圆满，至少她还有事业。

秦冶说："这世上没有几个人真的希望你过得好。他们总在怕，怕你实现愿望，怕你得偿所愿，让他们难堪。"

祝初一心领神会，说："好的老板，去了利兹，我会好好学习的，不让公司白花钱。"

秦冶打了一记响指："上道。"

阎齐搬进了祝初一的小房子，跟她挤在一起。

房子本来就小，林至舫还搬来了两箱生活物品，两个人转个身都能撞到。

她之前怎么没发现阎齐这么事儿？

很多细节，住豪宅的时候并没有在意。要不怎么说，贫贱夫妻百事哀呢。

祝初一一个女人，一个箱子都装不满出差的物品。他倒好，衣服、鞋子，一件不落，全塞进了她的衣柜。

祝初一看得抓狂。虽然她的衣服不多，大半个衣柜空着，但这些手工定制的西服这样放着，他就不怕潮吗？她住的楼层低，每次下雨前，地板都非常潮湿。

阎齐照例每天都把她往床上带，但祝初一不像从前了，她会让他做安全措施。她不想因为自己的私心，影响无辜的生命。多年前的无能为力，她不愿再经历一次。

十二月末，天气突然变得反常，开始下起暴雨。

祝初一的家里没有书房，阎齐霸占了她半张床，躺着跟林至舫开视频会议。

唯一的书桌被祝初一占了，一月份她要去进修，有些工作需要交接。

祝初一不经意地扭头，看见阎齐一本正经地在开会。他上身穿着阿玛尼套头衫，底下穿了条黑色睡裤。视频镜头外，他抓着她放在枕头上的睡衣带，用手指来回地绕。

——活脱儿是个衣冠禽兽。

祝初一悄悄地拍了张照。

闷雷滚动，雨又大了些。

阎齐摸着膝关节，用掌心揉了两下。

窗外暴雨如注，鼓点般的雨狠狠地砸向地面。

祝初一戴上耳机，集中注意力后打了两行字，又扭头看阎齐。

他不动声色地揉着膝盖，听着林至舫在那头汇报，神色如常。

这人的风湿肯定又发作了。

没人让他过来跟她挤，他放着好几栋豪宅不住，偏要来受虐——活该。

祝初一却没心思工作了。她按了几下快捷保存键，而后起身。

屋子太小，阎齐的视线随着她移动。

祝初一离开卧室，在电视柜前弯下腰，臀线若隐若现。她搬出小药箱来，里面的杂物还挺多。经过一阵儿东翻西找，花花绿绿的药盒被她一个个放在地板上。

她的物品一向收拾得妥当。

阎齐不管那头焦急的林至舫，果断挂了视频电话，趿拉着拖鞋走出去，从背后抱住祝初一，手臂横过她的锁骨，把她往后压，问："找什么？"

祝初一找到了药膏，用两根手指捏着举给他看："这个。"

她又拉开他的手，让他站起来。

"去沙发上坐着。"祝初一说。

她的手很软，皮肤细腻。阎齐老实地坐下，手臂搭在沙发上，勾着下巴看她调热水。

从浴室出来时，祝初一的手中多了条热毛巾。

她问了一句："你的会议要紧吗？可能要耽误你半个小时。"

阎齐说："客气，我人在你家，怎么敢不听主人的？"

"我可不敢驯服你。"

"好端端的美女，怎么骂人呢？别凶我啊，我又没拒绝你。我坐在这儿随你折腾还不行吗？"

祝初一心想：今晚是没有，从前可有太多次了。他这样说，就是有空的意思。

"就当给林助理放会儿假吧，人家打工也辛苦。"

"他辛苦什么，你怎么不心疼心疼我？我又不是资本家，我现在连家都没有呢，我连床都要找你拼。"

"好好好，你不是，你没有。"祝初一柔声说，"先热敷一会儿，你的腿应该会舒服很多。"

阎齐一只手搭在沙发靠背上，用另一只手的食指戳她的脸，说："祝老师可比这毛巾管用，建议你亲自来，亲。"

祝初一没笑，很认真地打开手机，把收集好的养生知识给他看。

"认识字吧，看看人家是怎么说的。"

阎齐接过来，看到密密麻麻的字，不甚在意地扫了两眼，而后锁了屏。

"没耐心啊。"祝初一说，"平时吃得那么辣，现在尝到苦头了吧？"

阎齐说："关吃辣什么事？祝老师改行做医生了？"

祝初一劝不了他，便把备忘录导出文件传到他的手机里，然后把毛巾折好，放在他的膝盖上。暖意流进他的四肢百骸。

阎齐垂眸，不想让祝初一看到他的脆弱和感动，于是，他故意找碴："沙发这么小，你陪我啊。"

"毛病。"知道小还让她来挤。

祝初一不想惯着他，但想了想，还是把笔记本电脑放到了茶几上。

阎齐往后躺了躺，说："用破毛巾热敷有什么用，不如你抱我一下。"

祝初一打开收藏好的纪录片，问："接着看上次没看完的，好不好？"

她像江南晒干的丝缎，顺滑柔软。

这样不好，衬得他过于卑鄙。

灯关了。纪录片讲的是美食，一共十集，在十个不同的夜里呈现一座城市的招牌菜。

祝初一给阎齐倒了杯橙汁，问："你这腿，没去看过？"

"老毛病了。"

这是他小时候就有的毛病。

以前，他的母亲还在时，她会小心翼翼地拿毛巾包住烧过的谷草，覆住他的膝盖，疼痛就会缓解一点儿。但之后的许多年里，他都是咬牙忍下来的，因为没人会在意，没人会管。

毛巾被撤走后，他的膝盖上被祝初一贴上了止疼贴。这对他来说没用，但有她在，痛感的确没那么强烈了。

命运好慈悲，送来迟来的礼物。

中医院的医生曾建议他，不如去看看心理医生，很多疼痛的起因是心病。

阎齐坐在那儿，没有说话，眼里聚起了水汽，却又很快被压了下去。

阎齐直到次日中午才起，祝初一已经从超市回来了。

"买了什么？"

阎齐抗冻，只穿了件薄毛衣。

祝初一搓了搓被风吹得发冷的手，说："吃的。"

阎齐接过去一样样地翻出来看，说："多谢祝老师的包养。"

祝初一换好家居服，看到他拆开了一包螺蛳粉。她抢过来，皱眉说："这不是给你买的。"

"小气，我回头送你一箱，行不行？"阎齐说着便把螺蛳粉拿去厨房煮了，加了蛋和火腿肠。

祝初一打开抽油烟机，问："阎总，你的公司是不是破产了？"

阎齐愣了一下，说："是啊，我这不是蹭吃蹭住来了吗？"

"你有这厨艺，开个小面馆，迟早成川城五十强。"

"你见不得我清闲是吧？"

阎齐看着祝初一，两人你一句我一句，擦出了火花。

在欲望燃起前，门外传来敲门声。

祝初一跑去开门，阎齐在身后问："谁啊？"

这人是祝初一叫来的一个品牌售后修理工。家里的马桶盖松了，修了三次都没修好。

以往，祝初一怕惹事，没敢抱怨，这会儿，她急了，问："你们品牌就这么敷衍客户吗？"

工人是个老油条，他装模作样地鼓捣了一番，摊手说："要么您就直接投诉，要么就换个人来修。"

祝初一不会与人据理力争，憋得脸通红。

阎齐杵在门口，一只手插着裤兜，另一只手举着手机拍摄，说："来，说，继续说，我发给你们品牌方看。"

他也不怕威胁，说："我尽力了，你就算发出去我也没办法。"

阎齐点点头，说："行，马桶质量差成这样，我给市场监管局打电话，问问到底是怎么回事。明年打假那天，我让你们在新闻里火一把，连营销费用都省了，怎么样？"

对方蒙了。

这品牌本就是山寨版，哪里经得起举报？品牌出问题，他管不着，但工作肯定保不住。

"那……那你想怎么样？"

阎齐笑了声，挑眉说："跟她道歉。你浪费了她的时间，不得道歉啊？"

送走工人后，祝初一仍处于有些蒙的状态。

"你这张嘴有毒吧，怎么这么会说？"

"是吗？那你怎么没有疯狂地爱上我？"

"……"

阎齐扯了下祝初一的丸子头，"啧"了声，说："下次别让其他男人进来。"

"不然，你来修啊？"

"喃。"阎齐坐回沙发，大爷似的敞开腿给林至舫打电话。

两个小时后，卫生间的马桶被换成了正版的新款。

岁末的年会，于冬听订了空中酒吧。

当晚，祝初一穿了传统旗袍。

她不喜欢现代旗袍。如果可以选，她想在质朴的小镇生活。她总觉得，小镇古老，带着天真的虔诚。

那天，她运气不错，抽到三等奖红包，很吉利的数字，四个八。

秦冶是会犒劳下属的好老板，年会结束后，他请全公司的人去新开的水疗馆放松。

一群人拥进大厅。

这个水疗馆是会员制，装潢简约典雅，四角飞檐，大厅外是碧绿的江水，门口摆着镇店之宝——价值百万的大型榕树盆景。

隔间错落，避人耳目，隐私性极好，人均消费在四位数以上。

祝初一选了间火山石汗蒸房，和于冬听一起。

女士更衣室在西侧。两人到门口时，烟粉色的垂帘被拂开，从里面走出一个精致的女人。她有着如云般蓬松的黑发，穿着细吊带裙，外头搭着白皮草，前凸后翘，像勾魂的青蛇。

她身上的香水味很熟悉，祝初一不动声色地看了她几眼。

女人举着手机，手指涂了墨绿的指甲油，睫毛长密，戴着灰色的美瞳，如妖精般风情万种。她娇嗔地跟电话那头的人说："我出来了。阎齐，你在哪儿呢？"

祝初一刚好和她错身，她嘴里的名字精准地落进祝初一的耳里。

第六感是女人的天赋，用来辨别情敌，从不出错。

女人的声音远了，和飘逸的裙摆一同消失在风中。

祝初一确信自己没听错，此时，她的耳边仿佛有宫廷的古乐敲击着耳膜，清脆空灵，鬼使神差般地，她转身跟了上去。

于冬听没注意动静，进了换衣间，整理完后出门一看，祝初一早不知道去哪儿了。

水疗馆旁是家花店。

这里是黄金地段，一束花的售价抵普通上班族一个月的薪资。

祝初一推门进去，店内只有一个营业员，是个二十岁出头的小男生，长相精致，系着白围裙，他问："小姐，您有预订花束吗？"

祝初一仍处于心跳加速的状态。她打量了周围几眼，满天星般的灯光加剧了她内心的不安。她说："没有。"

"噢，没事的，您随便看，有看中的就叫我。"

祝初一在陈列架上看到了一大捧玫瑰，中间夹了几只草莓。

小男生耳聪目明，立马解释道：“这是非卖品，是我们老板放这儿的。如果您感兴趣，这边还有其他的。”

祝初一捕捉到了细节，问：“你们老板姓阎？”

“不是的，我们老板姓周。她有个草莓园，定期往店内送货。草莓很新鲜，个头饱满，在别家买不到的。”

周？祝初一突然想到了之前那张卡片，她还想再问，店里的座机却响了。小男生转身去了前台，再顾不上招呼她。

祝初一有一种强烈的预感，随即往里间走。

花束最繁密处放了露天桌椅，旁边摆了台咖啡机，跟阎齐家的是一个牌子。

周围很静，古董钟来回地摆动着。

不远处突然传来男女的谈话声，能辨清音色。

“晚上别走，今天是我的生日。”

“好啊。”

“这次你答应得倒是痛快，不怕你的女朋友生气啊？”

“管她呢，她那人阴晴不定的。”

“那么矫情？那你不来找我？”

“盘丝洞住久了，不是也要换古朴茶舍来调节一下？”

梨木门质地柔和，祝初一突然不敢推门。

里头的对话已然停止，只剩衣料摩擦的窸窣声。

祝初一在门外站了一阵儿，有些麻木，随后，她听到女人带着娇喘说：“我赌，你最后会回到我的身边。”

深夜两点，小房子的防盗门被拍得震天响，房子岌岌可危。

此时，祝初一正在做梦。她梦到自己结婚了，穿着不合身的劣质中式新娘礼服，妆发凌乱，眼里没一点儿欢喜——新郎应该是她不爱的人。她坐在房间里等婚车来接。门被敲响了，打开外面却空无一人。

冬季的风把树叶吹得乱飞。忽然，天一黑，转到另一个画面。马路边停了一辆车，车身正在来回地摇晃。光照在后视镜上，她渐渐看清了镜中男人的侧脸，看清了他的寸头和寂如冬海的眼。他看见她并不诧异，笑得讥诮。几秒后，那笑容忽然僵住，继而眼神涣散，鼻翼翕动，像是无法再忍受。再细看，他的座椅边缘有个女人，她有着浓密的黑发，他正用手掌捧着她的后脑勺。祝初一的心跳得怦怦响，像是快要从喉咙口跳出来。

梦的后半段是祝初一亲眼所见的场景。

她怕听错了，坐在马路对面的便利店前等，手边还摆了一盒泡面。她很少吃油炸食品，只是此刻需要这种破例来安慰自己，让她抓住残存的希望——世上总有例外。

等到面汤彻底冷掉，阎齐出来了，他被一个女人挽着，女人正是她在水疗馆看见的那个，但她换了衣裙。祝初一没听错，花店里的人是他。

深夜的门还在被敲响，像哪家着急回家的宠物，用爪子使劲在门外划拉。

隔壁有人出来骂："哪个大晚上的发神经，不让人睡好觉。"

祝初一从梦里惊醒，头昏昏沉沉的，一睁眼，一行泪落了下来。那年被追过债后，她换了大门，但恐惧感还在。

是谁在敲门？祝初一忍住害怕，去厨房拿了一把菜刀。大门没有猫眼，她只好把门开了一条缝。

打开锁的瞬间，门被向外的蛮力拉开了。祝初一倒在一堵人墙上，她手肘一弯，刀刃剐在了侧面的墙上，墙上落下几层石灰。楼道黑黢黢的，祝初一觉得后怕，攥紧了手心的刀把。

要是家里有个男人就好了。

那人浑身的酒气灼热，烫得她心中大骇。她刚尖叫了一声，门口的灯就被人按亮了。

梦里的脸突然有血有肉了。阎齐抱着她，把下巴靠在她瘦削的右肩上蹭了两下，问："想我没有？"听起来带着点儿不合时宜的委屈。

是他啊——祝初一的心落了下来。

回过神来，祝初一推开阎齐，问："你怎么来了？"话里的抵触情绪很明显。

阎齐细细地看她，她的眼神里有厌倦、疲惫、急躁、嫌恶，唯独没有责备和怨怼。她就那么看着他，目光笔直，像看一面钟，时间流过，她无动于衷。

今晚发生的一切她都看见了，她并不质问，甚至连怒火都没有。她不是喜欢他吗？怎么不闹一闹？一般的女人撞见老公出轨，不都会歇斯底里地打骂吗？

如果她早就不在乎了，那他闹这一出纯属是自作多情。如果她不喜欢他了，他有什么资格妄想带她去过另一种生活？

阎齐的声音里带着前所未有的冷淡，他自嘲似的笑问：“我不能来？”

祝初一没敢忘，他们缔结了新的不成文的条约。但她的心境变了，以前，她能无拘无束，现在不能。这世间有种欲望叫期待，每每生根都恨不能把人折磨至死。很久没人和她说话，楼道的灯灭了，也许是又跳闸了。这是常发生的事，老社区的电路老化了。墙角外，黄桷树的枝叶动了动，仿佛在说着晦涩的语言。听说，蝉在泥土下生长十几年，只为一个夏季的欢愉。沉默那么久，忍耐那么久，孤单那么久，只换来短暂的幸福。可四下阒然，隆冬早已没有了蝉。

他有难言的苦衷，她有妒恨。然而，他们暂且没有管那些。

不知道是谁先入了魔，两人拥抱着，下颌抵着下颌，嘴唇密合。在这个万籁俱寂的晚上，他们像普通情侣一样接了个呼吸相闻的吻。

好久之后，阎齐摸着她的蝴蝶骨，沉声问：“怎么又瘦了？”

她绝望地闭上眼。她终于闻到了不属于他们的味道。她知道，当她老了，她仍然不会忘记自己年轻时爱过这样一个人。他们都知道，他们终会有结束的那天。她不敢再赌他有真心，怕又碰了一手的玻璃碴。那晚分手时，他没有流露出眷恋，她的勇敢也到此为止了。可现在，她又舍不得放开他温暖的怀抱。时间还剩多久，她就愿意再吻他多久。卑微吧？但好歹成全了自己。

隔天，阎齐让林至舫来换防盗门，他将门换成了安全系数最高的，还装了一万多块钱的密码锁，但浴室的门一直是坏的，阎齐从不找人修。

以往，祝初一一个人住，倒没觉得有什么；现在，她都会尽量迅速洗澡，因为每回她一进去，阎齐的办公地点就变成了沙发——沙发正对着浴室。

他喜欢欣赏她的羞赧，巴不得房子再小点儿。

十二月的倒数第二个星期六，祝初一难得没加班。她把手机调成了静音，谁也找不到她。

阎齐坐在车后座，下颌线绷得很紧。

林至舫亲自开车，说：“阎哥，祝小姐常去的地方都找过了，下个地方去哪儿？”

阎齐找过周婧懿后，林至舫拿不准几人的关系，就不叫祝初一嫂子了——怕得罪人。

阎齐按黑了手机屏幕。

两个小时了，他还没收到她的回复。他打开后车窗，在黑夜里吐了个烟圈。

扶竹路脏乱差，保时捷如暗中捕猎的豹，悄无声息地驶入。

他回过一趟家，但家里没人。

在居民区角落的绿化带前，阎齐终于看见了失联的人。

祝初一蹲在路边，眼前烟熏火燎，纸灰拂过她的脸。

祝初一在给祝晋鸿烧纸钱，每年，她都在这个地方祭奠他。今天是她父亲的生日，也就是她和父亲的节日。香烛为焰火，一沓焚烬是家宴。

她太认真，完全没注意到阎齐的车开到了她的身后。

阎齐让林至舫熄灭了车灯，没有上前惊动她。

他紧抿薄唇，想，他应该是最不配去点香，说“您放心，她过得很好”的人。

林至舫稍加犹豫，琢磨了老板的意思，试探地说：“我去请祝小姐上车。”

阎齐收回深邃的目光，升起车窗，眼底的火光一下灭了。他说：“开车。”

祝初一只感到背后有风吹过，她拿手护了护火堆。

祝初一接到阎齐的电话是晚上十点，她早就睡下了。他喝多了，只报了酒吧名字就挂断了电话。阎齐从没喝得烂醉过，祝初一怕他出事，下楼便拦了出租车。这是祝初一第一次来江淤的酒吧，没人接应她，她绕了两圈，终于找到了那扇低调奢靡的黑门。在二楼的包房里，祝初一找到了阎齐。他身上的酒味很浓烈，面前有两个空酒瓶，手里有支烟。音乐还开着，他就坐在那儿，闭着眼，手指动了动，像有感应一样，侧头看向了祝初一。祝初一本以为会看到什么香艳的场面，她暗吐一口气，还好没有。

“你，还能走吗？”

烟灰自然地掉落，阎齐咳了声，眼神并不清醒，如梦呓般问：“去哪儿？”

他真是喝多了。

祝初一给林至舫发消息：“你们家阎总醉了，你来接下他。”

被阎齐命令“消失”的林至舫很快回复：“祝小姐，我出差了，劳烦你送他一下。”

就这样，阎齐像颗羽毛球，被拍了个来回。

祝初一看了阎齐一会儿，用哄小朋友的语气说：“我带你回家，要不要走？”

阎齐靠在沙发上，又闭上了眼，幼稚地问：“回家？祝初一在吗？”

他这是怎么了？

祝初一不喜欢夜场酒吧的味道，她想赶快离开，于是说：“在的。”

阎齐说：“她想看见我吗？”

从那晚起，祝初一对他的态度就变得冷淡了。她很少回微信消息，他不来，她也不强求，更不问，两人比刚认识那会儿更生疏。

祝初一没有赌气，她只是不擅长撒娇，也不擅长求他回头看看她。

祝初一没回答了。

阎齐其实没醉。

他太矛盾，做了许多混账事，等她真正失望时，他又后悔了。比起害怕耽误她，他更怕她不喜欢他了。

祝初一拿掉阎齐手里的烟，牵起他的手，说：“我带你回去，但你不能再去……花店，我也不要再吃草莓，我不喜欢。”

她说得很模糊，却对他有了一点点要求。

阎齐睁开了眼。

“仅限这段时间。”她又勉强为自己找了退路。

阎齐笑了笑。

她不喜欢听他说“对不起”，于是他说：“这有什么难的？”

次日，祝初一是被梁旌的电话吵醒的。

冬日的阳光仿佛反了季节般耀眼，衬亮了城市，色调暖融融的，温度却彻底降下来了，阴凉处十分萧瑟，楼房间隙飞过了一群鸽子。

人到这时，总会莫名觉得怅惘。

梁旌问：“初一，你最近忙吗？”

祝初一不爱睡懒觉，难得睡过了头。

阎齐还趴在旁边睡着，他这人睡觉像小孩，她把被角给他掖好了，站起身。

“你等我一下。”祝初一放低了音量，收拾了一阵儿，套上毛衣裙，才说，

“大导演怎么会给我打电话？”她轻合上房间门，室内恢复了黑暗。

客厅的窗帘颜色浅，遮不住日光，白墙上有道金色的光影。太阳光透过黄桷树树叶的缝隙射进百叶窗，祝初一张开手掌，掌纹上铺了一层影子。

梁旌说：“别笑话我了，我纯粹是混口饭吃，还拉低了影视业同行的水平。你忙的话，我就不打扰了。”

祝初一说：“还好。什么事？”

梁旌也很直接，问道：“我策划了一场人像摄影展，你能不能来拍一组照片？”

“一组？”

祝初一赤脚走动着。家里的木地板打扫得很干净，还装了地暖，在家可以不用穿鞋。

阎齐是这间屋子的破坏者，他的领带和短裤散落在客厅不同的地方。房子小，几天不收拾就显得杂乱。

祝初一将衣服一件件捡起来，装进收纳筐。他的衬衣很贵，扔进洗衣机洗会报废，只能用温水手洗。他肯定是故意的。明明打一个电话就能送去干洗，非要放在她眼前碍事。

梁旌继续说：“其实一张也行。你别误会啊，有酬劳的，我从来不亏待朋友。”

祝初一说：“怎么想到了我？”

“你跟这次的主题还挺契合。”

“什么主题？”

梁旌给她分享了创作初衷。

祝初一听了，开玩笑说：“谢谢邀请，等我看看我的档期。”

挂了电话，她进厨房熬粥。

冬日的早晨，锅内糯米软滑，沸水冲着罐盖，热气爬上了厨房的玻璃。

祝初一深深地吸了一口气，觉得特别幸福，仿佛是被透支的幸福。多稀缺的感受，她竟在阎齐的身上找到了。

她买菜回来后，他还在睡，还把她的枕头抱在胸口。

他最近很奇怪，不去公司，不出差，连视频会议也少了。

祝初一轻轻地亲他的耳垂，低哄道：“阎总，别睡了。”

阎齐没理她，歪了歪头，往枕头的深处埋。

阎齐是被冷醒的，老式空调的暖气不足。他睁开眼睛一看，枕边的人早已经不见了。

开门后，清甜的气味萦绕在周围。饭桌上有碗粥，用白瓷碗装着，底下有针织碗垫，碗被玻璃罩遮着。阎齐伸手摸了摸碗壁，还是温热的。

讲究。

房子很小，阎齐扭头就看到了祝初一。

他挺喜欢这里的，他已经有近二十年没体会过这种被照顾的感觉了。上天在关门前还能让他多看看门内的景色，不知究竟是残忍还是施恩，因为他很快就再也见不到了。

祝初一在做午饭，准备好了青椒和鸡腿肉，此时，她正在揭开包着布的汤锅盖。乳白色的鲫鱼汤鲜香扑鼻。

小阳台上挂着他的衬衫，不停地滴着水，有淡淡的茉莉香味。

阎齐走到餐桌边，悄悄地看着这一切，心里很暖。

祝初一听到动静，回头看他一眼，说："醒了？你个懒猪。"

阎齐走过去，伸手掐她的脸，说："那是你的称号，我不配。"

祝初一躲开他的手，以眼神求饶，看向饭桌，说："桌上有好吃的。"

阎齐刷完牙，拿她的毛巾擦脸，说："好吃？自己夸自己，不要脸。"

"跟你学的呀。阎齐，你穷得连毛巾都买不起了？你不是有洁癖吗？"

她永远记得，他的豪宅干净得离谱。他天天拿除螨仪清理床单，衣柜的分隔区绝不能弄混，像她这么爱收纳的一个人都受不了。而且他不请阿姨，都是自己包办家务。

阎齐咬了一口她烤的蛋挞，理所当然地说道："那是我家。在你家，不需要。"

祝初一懂了，这是说她家是猪窝。

"你这粥在哪儿买的？"阎齐跑来盛第二碗。

——当然是自己熬的。

"好吃吧？夸我我就告诉你。"

她那得意的神色显得她十分娇憨，阎齐没忍住，搂着她的腰狠狠地吻了上去，好像不抱着她，闻不到她的香味，他浑身都痒。

烈吻凶残绵长。

下午，两人都不愿出门，宅在家看纪录片。

沙发对面有一片空白的墙，刚好用来投影。

这回的纪录片讲的是敦煌。

祝初一问："你去过西北吗？"

阎齐说："去过三回，第三次差点儿没能回来。"

"为什么？"

"瓜州，你听说过吧？那儿遍地都是哈密瓜。有个女孩看上我了，非得让我入赘，我不干，她还给我看她们家的财产。你猜有多少？光牦牛就有百来只。"

"挺有钱的，你怎么不考虑考虑？"

"我考虑了的话还有你什么事儿？"

"人女孩淳朴，当然扛不住皮相的蛊惑。"

祝初一往嘴里塞了块黑巧克力，面无表情地嚼着。

阎齐感到好笑，低头吻她，问："又在心里骂我是渣男？"

祝初一含混不清地说："没有。"

阎齐握着她的双手，摩挲着她手腕处的细嫩皮肤，说："你有。"

这举动太撩人，祝初一手里的水杯掉了，在地上来来回回地滚动。还好橙汁已经喝完了。

她抓着他的头发，虚撑着他的肩，指头放松地下垂，仰起头吻他。

她到底爱他什么？

不知道。

可能爱他抱她抱得很紧的手，爱他专注的下颌，爱他微凉的鼻尖，爱他绵密的呼吸和滚动的喉结。爱所有他属于她的时刻。

阎齐问："你以后想嫁什么样的人？"

祝初一躺在他的胸口，平静地说："会回家的那种。"

"年龄和职业呢？"

"不限。"

阎齐泄愤似的捏着她的耳垂，问："这么不挑？"

纪录片还在放着，已经快到结尾了。西北辽阔，天又蓝又净。莫高窟真美，那是隔着屏幕都能领略到的震撼。

祝初一记住了那尊佛像。佛说，机缘巧合，时辰未到。

“你呢，你会娶哪种女孩？”

阎齐拨开她的头发，说：“还没想好。”

“哦。”

“川城的冬季这么冷，你想不想换个城市生活？”阎齐试探着问。

“不想。”祝初一以为他说的又是去度假，“冷吗？冷着冷着就习惯了，也不能一直避开寒冬，不如趁早适应。”

阎齐说：“如果不回来呢？”

“我在其他地方又没有朋友，干吗不回来？”

“我陪着你还不够？”

祝初一忽然坐直了，对上他的眼睛，她破釜沉舟地想要一个承诺，说：“你说的，过了这段时间，我们就结束。”

他多浑蛋啊，几乎是给她明码标价了——她就值一套房。

是她先动心的，所以她没有抵抗力，没法硬气地说：你给我滚。

事不过三，她总不能不明不白地跟他这样过下去。所以，她不停地给自己做心理建设。美梦延期，但终会结束。彼此航程的方向有分歧，不如及时止损。如果理由正当，她当然会跟他走，但他偏偏没有要她给他名分。

阎齐揉乱祝初一的头发，说：“那辛苦你了，再忍忍。”

祝初一还想驳斥，手机却响了，来电的是个陌生号码。

走到阳台上后，她按了绿色的接听键。

“喂，你好。”那头是个中年男人的声音，隐隐在发抖，“小初啊。”

“李叔？”

“是……冒昧打扰你了啊。”

李复平时不跟祝初一往来，偶尔见面也很客套。撇开秦莞韵来说，他们俩毫无关系。

“没有。您有什么事吗？”

李复稳了稳情绪，跟祝初一说：“你这几天有空的话，来看看……你妈妈。三年前，她查出了胃癌，一直没和你说。”

祝初一的脑子仿佛炸开了，问：“癌症？”

"是。应该……最后期限就是这两天了。我知道你工作忙，但她再怎么不对，也是你的妈妈。"

阎齐去门外帮祝初一给猫喂猫粮。她带他近距离地接触过小黑，次数多了后，他渐渐不怕猫了。

见祝初一脸色苍白，他把她搂进怀里，问："出什么事了？"

祝初一半天没缓过神来，答非所问地说："阎齐，你可以去见我妈吗？"

阎齐吻了吻她的耳尖，毫不迟疑地安抚她："当然了。"

秦莞韵回家住了。临终前，大多数人不喜欢待在医院，都更愿意在自己熟悉的环境里待着。她躺在老人椅上，腿上搭着毛毯，慢慢地摇晃着。光落在她的脸上，皱纹清晰可见。

祝初一在门口犹豫，一时不知道该怎么面对秦莞韵。她在超市里转悠了半天，看了各种营养品，都觉得不合适。最后，她只买了一箱牛奶。

这两年，祝初一来得很少。也许是因为她心里始终记恨着秦莞韵，并没有敞开心扉接纳秦莞韵。祝初一不能接受她狠心抛弃了自己，又若无其事地回来找自己。

秦莞韵看见祝初一了，朝她招手，说："小初，快过来。"

祝初一挪步过去。

"给我带东西了？"

"嗯。"

"男朋友呢？没来吗？"

阎齐在答应见家长的第二天凌晨消失得无影无踪，至今联络不上。

祝初一说了个谎："他有事。"

秦莞韵拍拍她的手，笑着安慰："年轻人忙，正常。"

秦莞韵知道自己对不起祝初一，所以没奢望这个女儿原谅她。这一切都是她一手造成的，是她年轻时种的孽因，她该还。她回来的那年，祝初一已经出落成了漂亮的女人，有事业，还能把自己照顾好。她没给祝初一买过卫生棉，没在祝初一谈恋爱时教祝初一保护自己，她错过了祝初一人生所有重要的时刻，没有履行过作为母亲的责任和义务。为了弥补，她挑了自己觉得不错的女婿人选，给祝初一安排了相亲，却听祝初一说自己有男朋友了。她隐约觉得女儿排斥自己的安排，但也放了心。

秦莞韵握着祝初一的手，喃喃自语，像是在关心她，又像是在想方设法地跟她聊天。

“还怪我吗？”

祝初一摇了摇头，好半晌才把心里话说出来：“您当初年轻，有自己的选择，虽然伤害到了我，但您有追求更好的生活的权利。可那时候，您至少应该跟我说句‘再见’。”

——好让我知道，我还有见到妈妈的那天。

祝初一真的太孤独了，她对秦莞韵的感情太复杂。毕竟秦莞韵是她目前唯一的至亲，是怀胎十月把她带到这个世上的人。

秦莞韵跟祝初一道歉：“对不起……对不起……对不起……”她嗓音沙哑，说完便咳了起来。

有本书里说，人走之前，有三件事很重要：放下、道别、安详地走。

祝初一想让秦莞韵了无遗憾地闭眼，于是说：“我不怪您，妈妈。”

她的眼泪掉下来，在白色的裙子上浸出水痕。

最后的至亲即将离开，她不是不难过。她只是想知道，她到底做错了什么，才会没人疼，没人爱。

秦莞韵靠在丈夫的怀里，嘴角带笑，很安详的样子。

“下次，你不要再一个人回来看我了。”

“好。”

粥和鲫鱼汤是秦莞韵当年常做的，秦莞韵没有教过她，她不过是凭着记忆模仿。很多事全靠祝初一自己摸索。她需要很多爱来填补童年缺失的母爱，她需要很多快乐治愈童年的不幸。

祝初一做了个梦，梦里有秦莞韵。她们去集市买花，一转眼，街道和人群都不见了，只剩一条隧道。隧道很黑，她独自走着。地上有纸钱，纸钱被风吹到半空中。她走到一半，忽然有个男人拦住了她。她挣扎了一下，却发觉自己动不了。

直到楼下有路过的小贩喊：“磨菜刀，修空调……”

她动了动脚，终于从梦魇里脱身。

醒来后不久，祝初一接到了李复的电话——秦莞韵凌晨去世了。

秦莞韵走的这天，刚好是圣诞节。

祝初一尽了子女最后的责任，请了两天假，用来料理秦莞韵的后事。对于流程，她并不陌生。那年，祝晋鸿也走得这么突然。

祝初一给秦莞韵选了块风景不错的地方，花了她一半的积蓄。还好她有钱，不需要人怜悯。

阎齐还是没回来。

祝初一照常上下班，把他拉进了通讯录的黑名单。

第十四章

一步之遥

最近，每晚都下雨，雨打在别家的雨棚上，噼里啪啦地响。

祝初一躺在床上，失眠到隔天早晨七点。

镜子里的她眼睛通红，泛着血丝，她浮起自嘲的笑，终于认命。

阎齐是真的铁石心肠。

她其实已经够坚强了，她忍住了眼泪。

秦莞韵被推去火化前，祝初一最后看了一眼肉身尚在的妈妈。她化了入殓妆，很温柔，像五岁那年的夏日午后，她在自己的身旁睡着时的样子。只是，那时她醒来，妈妈已经不要她了。这个女人的手臂也曾温柔地搂着她睡觉，这个女人的怀抱也曾在寒冬时暖过她的脚，只是，之后的遥远岁月使所有温情变得冰冷。

祝初一想不起秦莞韵年轻时候的样子了。祝晋鸿恨她，连张照片都没留。

秦莞韵的另一个女儿搂着秦莞韵哭得上气不接下气。

在场的宾客似乎都忽略了秦莞韵也是祝初一的妈妈，祝初一甚至没来得及再抱一抱她。

她的妈妈又不要她了。

祝初一看着秦莞韵被火化，坚厚的高温炉中传来“咣当”一声。

秦莞韵真正地香消玉殒了。

祝初一仍然没哭，也许是多年的孤独生活耗尽了她的眼泪。

祝晋鸿走的那年，她还有乔继晖，还能在他的怀里软弱地痛哭。可现在，她真的只有自己一个人了。

她揉揉脸，用冰毛巾敷了额头，而后出门上班。

早晨七点半，地铁里人不算多。祝初一透过玻璃看到，自己脸色憔悴惨白，没半点儿血色，像川城的天空，看不见半点儿晴朗的迹象。

她在办公室的小隔间里敲着字，心里难受极了。

邮箱里突然收到一封邮件，发件人是于冬听。祝初一打开后，发现邮件里全是她的稿子出错的地方。听总很严格，容不得半点儿马虎，排版不对也要退回来让她改。

祝初一去洗手间洗脸。她今天没化妆，水珠顺着脸颊流下来，沾湿了鬓发，她的脸像失去色泽的蜜桃。她甚至想大喊几声，但最终克制住了自己，回办公室泡了杯浓茶。

于冬听从里间出来，将手里的一盒药递给祝初一。

“我看你一直捂着胃，这个药的副作用小，吃了能舒服点儿。”

祝初一的胃时好时坏。她不常吃药，痛的时候忍一忍，忍过了就好了。

小时候，祝晋鸿经常夜不归宿，她便总是饱一顿饿一顿。有一回，她饿得实在难受了，翻出冰箱里的冷饭就往嘴里塞，结果胃出血，被邻居送到了医院。

祝初一回了于冬听一抹感激的笑：“谢谢。”

她把好多话藏在心里，不会表达。

她知道这种药很管用，祝晋鸿在她住院时买过一次，并不便宜。

祝初一母亲过世的事，秦冶和于冬听说了。于冬听当天没能过去，就托秦冶带了一沓帛金。

于冬听又给祝初一倒了杯热水，说：“照顾好自己，别天天来那么早。”

“嗯。”

“要休息几天吗？”

药的苦味在舌尖蔓延开。祝初一皱起眉，摇摇头：“不用，我没事。”

人越伤心，越不能独处，得有寄托，得工作，得赚钱，得活下去。她就要去进修了，为期一个月。之前，因为签证没下来，她便没有告诉阎齐这件事，现在也没必要了。翻译需要终生学习，不停地充实自己，苦行僧似的。跨完年，祝初一就三十一岁了。在生活中，她最长久的寄情竟是给了工作。

祝初一答应梁旌拍照，便去了他的工作室。

梁旌受宠若惊：“我还以为你不会来。”

除了明瑾华和王阗，祝初一没和其他同学说她刚经历完一场丧事。

祝初一说：“我喜欢你定的主题。”

她为什么答应呢？因为她需要一个能够纪念痛的载体，需要永恒而直观的瞬间。

影棚的背景墙是纯白的，祝初一穿了件简单的黑T恤，素面朝天，长发发尾微卷，显得脸又小了一圈。

电脑里放着歌，是郁可唯的《路过人间》：“幸运一点，也许最后和谁都不相欠……”

梁旋架好了照相机，测完光，等她的情绪过渡。

祝初一无须酝酿，按他说的角度，轻抬下巴笑了笑，泪珠即刻夺眶而出。

梁旋抓拍到了三十岁女人的抗争，惊心动魄。

那双眼里有故事，这正是他最想要的。

圣诞季，祝初一收到了明瑾华寄来的礼物——一本小日历，由明瑾华自己的画作制成。

雾都粉刷匠：“新的一年，要开心噢。”

Y：“知道啦，你也是。”

祝初一拆开塑封，取出次年一月的那张日历，摆在办公桌上。

画中东方既白，海水是青暝色，象征着好的开始。

祝初一的眼睛有些痒，一揉便掉下一根睫毛。

“睫毛能许愿”，这是迷信。

祝初一将睫毛扔进了垃圾桶。

这一年，她所有的愿望都落了空。

公司群发了新公告，说明了跨年夜的聚餐地点。

秦冶跟祝初一解释过年会和跨年聚会的区别，前者附带着公司周年庆的属性，后者适合解放天性，大家可以去他的豪宅通宵喝酒。

祝初一没透露自己的爱好——其实，她是更爱喝茶的。

人际交往中，被了解等同于被人掌握软肋。

“保守从众，利人利己。”这是于冬听分享的金句。

这两年，因为有人接送，祝初一很少走路回家。

晚上七点，扶竹路停电了。

祝初一走惯了夜路，打开手机自带的手电筒，若无其事地走着。

巷子深，没有城管。平时这个时候，会有小贩挑着扁担来卖水果。临时的小摊不需要租金，水果卖得很便宜，这里的住户大多是工薪阶级或退休老人，多少会买点儿。

偶尔会有打羽毛球的小孩饭后消食，没几个利落的回合，几乎一直在捡球。没过多久，小孩就围起来打游戏了，姿势十分老练。

然而，今天这儿一个人影都没有，仿佛是被谁清了场。

天黑得很快，巷弄幽暗，阴风阵阵。祝初一抱着水桶包，心跳悄然加速。

原来，她还是畏惧黑夜。

张婆的小卖部离这里不远了，不到一百米，旁边就是她住的楼。

远远地，祝初一能看见小卖部的日光灯，还能听到张婆拉二胡的声音。每晚这个时候，张婆会准时拉响二胡。之前张婆还被住户投诉过，现在这二胡声却格外令她安心。

明明没人喊自己，祝初一却下意识地回了头。

老人常说：走夜路，千万别回头。这一回头，她的后背起了冷汗。

她经过巷口时，那里明明停了一辆面包车，之后也没听到动静，怎么突然没了？开走了？接单跑活儿的来来往往很正常，她劝自己不要胡思乱想，脚步却越来越凌乱。

此时忽然刮起大风，树上纷繁的枝丫摇摇晃晃。

祝初一胆小，不得不给自己壮胆。没事，不要自己吓自己。她稳住心神，继续往前走。高跟鞋踩在石砖上，“噔噔”作响。

“唰——”前面的岔路口突然开出一辆面包车，仿佛已蛰伏了许久，大灯亮着，车的速度很快。

前照灯刺得祝初一睁不开眼，她用手去挡，面包车却疾速横在了她的面前，车里放着震耳欲聋的音乐。

她本能地往后退，退路却已被二十多个人堵住。

祝初一心中大骇，她看不清对方的脸，看身形，应该是群年轻人。

她先是听到一道令人作呕的声音，然后是其余人的重复：“小姐姐，能不能借个手机？”鬼魅魔音似的。

无端的骚扰拦截和噩梦般的追讨激起了祝初一记忆深处的恐惧。

她蹲在地上大声地尖叫起来。

夜场笙歌不断，却无座上宾。

阎齐定期会过来，但这两年来得很少。

他靠在沙发上，灯光昏暗，只见他五官棱角分明，像西伯利亚的寒冰，不苟言笑。

顶级的套房有五百多平方米，供人任意消遣。

半个多小时前，这里气氛高涨，此时却好像被冰桶降了温。

保镖递来毛巾，空谭擦干了汗，出了房间。

“阿阎。”

阎齐戴着耳机，正专注地看手中的文件，偶尔翻动着纸页，似乎没有受环境影响。

空谭想起多年前的阎齐。少年桀骜，穷得只剩硬气，他不近女人，嗜好金钱，酒桌上见到他，规矩地叫空叔。阎齐入局是因为空谭的诱骗，但他要是没有野心，又怎么会被利用？

落地窗外是肃娑的夜，每盏灯似乎都带着金钱的味道。

空谭拿起一瓶酒，看了看阎齐。

“阿阎，别工作了，适可而止。待会儿下去挑一挑，看有没有你中意的姑娘。”

阎齐微不可察地皱起眉。

空谭的法令纹很重，如同经年累积的罪孽。他点了支雪茄，烟雾遮住了原本的面容。

“你的移民手续还没办好？”

阎齐离空谭很近，裤子沾了他身上的酒液。

“空叔，我不去了。”

“为什么？”

阎齐喝完剩下的酒，说：“因为我走了，就没机会了。”

“什么机会？”

“我漂够了，想结婚。”

空谭大笑起来，说：“传闻竟然是真的。小懿该多伤心啊。”

阎齐说：“我没开玩笑。”

空谭明白了，阎齐是想脱身。他有些亢奋，这是阎齐第一次反叛他，还是因为想结婚生子。

“你想让我放过你？”

阎齐抽了两张纸擦裤子上的水，说：“我只能帮您到今年。”

空谭低笑了一声，意有所指地道：“水擦干净了，不是还有痕迹吗？”

阎齐知道，空谭是在警告他。

“阿阎，你没有后悔的机会。你知道的，留下来的话，不放过你的人不是我。”

阎齐仍不卑不亢，说：“空叔，那是我的事。”

他起身鞠躬，想要告辞。

空谭扬了扬手，没让身旁的保镖阻拦，只拨了拨桌上的古琴。

在欢场弹奏古琴，仿佛有种特别的美。

阎齐握住门把手时，空谭低声说：“小懿告诉我，你跟一个小白领走得挺近？”

紫檀琴余音绕梁，让人想起昆山玉碎的声音。

阎齐却笑不出来，他一步也走不动了。

门被用力地关上，落地窗都跟着颤动。

“什么意思？”

空谭喝尽杯中烈酒，说：“你来肃娑的这几天，没跟她联系过吧？你那日子，我看着都羡慕——煲汤、散步、上床。”

幸福使人迟钝，他连被监控了都没发觉。

阎齐的手里有制衡空谭的证据，空谭不可能坐以待毙。

空谭咳嗽了两声，朝手下的人递了个眼色，那人拿着空谭的手机，目不斜视。

摇橹船在水乡划开，发出咿咿呀呀的声音。

阎齐握紧拳头，小臂上青筋暴起——他在忍。

“空叔，有事你冲我来，别动她。”

“你长本事了，阿阎。哪怕你把自己的名字抹去，有这张底牌，我相信我也能制住你。你不走，不仅没有活路，还会连累她。你是无所谓，那她呢？啧，小白领的身材挺好啊，改天我截图放大，在场的人手一张。你能不能遮住所有人的眼？”

旁边的保镖附和了几句，笑声下流。

空谭说：“又或者，我找一群人，和她来一段，给你来场直播？”

裤兜里的手机响了起来。阎齐手心冰凉，掏出手机，看到来电人是祝初一。

她是不知道自己在肃娑的手机号的。

空谭警告道：“我查过，她刚换了新工作，那家公司对履历的要求严苛，她不能有半点儿不好的过往。你跟她的这段小插曲，算不算是她的污点？”

“阿阎，我不逼你。如果你答应离开，监控视频我会给你，跟她如何是你自己的事。可你要是不懂事，非闹得尽人皆知，到时候，你毁了她的前程，她还会嫁给你？”

铃声一直响着，牵扯着阎齐的神经。他用发颤的手接起，那头却没声音。

阎齐甚至不能谎称和祝初一在一起是他一时兴起，因为一旦空谭发疯，断送的是祝初一的未来。他不能冒这个险。

空谭抚着琴，给他打了一剂定心针：“也许你命好，一两年后风平浪静，你就可以回来了。小懿也要过去，你不会寂寞。”

……

临时制定航线需要多付三倍的钱，超过七位数。

阎齐在迷雾里穿行，遇到了强气流，警示器一而再、再而三地响起。

就在前几天，他想好了。

既然祝初一不愿舍弃自己的生活，不想跟他走，他又舍不得她，他不如想办法脱身，就陪她在川城待下去，和她做一对寻常的夫妻。她并不贪慕物质，穷也没关系，两个人像他父母那样举案齐眉就很好。从前，他的父亲的工资不多，但每个月都交给母亲，两人从不吵架，很恩爱。

可怪他得意忘形，不够谨慎，不够强大，不能送她一篇童话。

是他错了，他们不可能了。

原来，人的弱点，这么致命。

阎齐的原生家庭很穷，一家人住在鹭清镇。那是个小城镇，偏远落后，连公共厕所都没修。

他的家在城镇西边的田坎边，父亲是铁路工人，母亲在小学教书。

小镇上有一条江，江上有乌篷船，船上的人打鱼为生。到了秋天，山中会遍布红叶。

他梦到过那个家很多次——破旧的木门上全是砍伐的痕迹，年份久了，门还漏风。墙是夯土砌的，腊月天，寒风在屋子里打转，很冷。屋子很窄，只有三十平方米，家具蒙灰，但有台老电视。父母住在一楼，他住在阁楼。阁楼的光线不好，他睡在稻草铺的床上。

厨房在院坝，用夯土砌了灶台。母亲下班回来就会炒家常菜，摆在院坝的饭桌上，温和地喊阎齐和他的父亲吃饭。他们很贫穷，但也很知足，那是一顿顿千金不换的团圆宴。

阎齐很聪明，成绩一直很好。他暗暗发誓一定要考上大学，毕业后买一所宽敞干净的房子，把父母接到城里去住。

变故发生在他上高二时。那年他十七岁，在镇上唯一的高中读书。

刚下晚自习，班主任面色沉重地叫住他，张嘴半天，最后颤抖着嘴皮子催促他回家去。

那时候，手机已经普及了，但家里没钱给他买，他也就收不到消息。

家人之间仿佛有心电感应，阎齐的手忍不住发颤。他跑过田垄，原本洁白的鞋上沾满了淤泥，路边的野狗一直朝他汪汪地叫。他拼命地跑，心跳得很急，这条路却仿佛没有尽头。家里的房子被火烧塌了半边。暮色惨淡，空气里飘来阵阵难闻的黑烟。院坝上有两副担架，都蒙着白布。汗水从阎齐的眉毛滴进眼睛里，他用手撑住膝盖，喘着气看着眼前的一切，不敢相信。

还是张叔帮着把他的父母拖出来的，他们的皮肤都被烧焦了。

老房子里全是易燃物品，蔓延速度很快，房梁塌下来后，在巴掌大的地方，他们根本逃不出来。

张叔拍着阎齐的后背，手还在发抖。

是命数。

阎齐死死地咬住嘴角，没让自己哭出来。

起火的原因很简单：他们家常年用杂草堆取暖。家里有台暖炉，母亲嫌费电，只有过年才用。

阎齐的个头已经蹿得很高了，平时进屋总是碰到天花板，也算是个男人了。他跪在临时搭建的灵堂前，终于崩溃，大滴的眼泪无声地溢出。

少年在心里骂上天：什么命数，我偏不信邪。

从那之后，阎齐没了家，那把大火把为数不多的家当也烧干净了。

不满十八岁的阎齐在镇上的餐馆里帮忙洗盘子，给自己挣学费。晚上，他住在老板提供的宿舍里，枕头边放着两个木盒。他低头抱着它们，全身都在抖。

之后，阎齐靠父母的朋友的捐款租了一间卧室，其余的钱拿来给父母下了葬。

他没食言，高考时，他发挥稳定，理科成绩在全市排名第五，顺利考进了C大。

上大学后，他拼命地打工，害怕自己一个人待着。

后来，他在一家科技公司兼职，编程的工作对他来说得心应手，他一个小时就能完成人家三五天的工作。

幕后老板空谭就在这时注意到了阎齐。他先给阎齐调了岗，让阎齐接触公司的债务，之后好多笔债都是阎齐讨回来的。

一开始，阎齐并不知道空谭的阴谋，只觉得工资高，来钱快。渐渐地，他察觉这背后的运营有蹊跷。再后来，他自己也在很多超一线的城市买了房，又在公司持股，他不能说自己是抵触这件事的。

这辈子就不分黑白地瞎过吧，阎齐想。

他把父母的骨灰迁到了最好的墓地，如他的誓言那样，他把他们接到了城里。

走到现在，他跟空谭成了狼狈为奸的关系。

他摘不摘得清无所谓，但他不愿意连累祝初一。

十二月三十日，阎齐回来了。

他慌慌张张地往楼上跑，打开小房子的门，发现屋子里静悄悄的，没开灯。他轻手轻脚地关了门，却一脚踢到了祝初一的高跟鞋。

她在家。

他紧绷的神经从这一刻开始放松。

阎齐没敢直接进房间。他洗了澡，换上了祝初一给他买的睡衣，不属于这间房子的烟酒味消散得一干二净。

他上床后从背后抱住祝初一，吻着她的蝴蝶骨。

祝初一闭着眼，睫毛微颤。

在他进门的那刻，她就已经察觉了。

她一直没睡着。

深夜，有车从远处开过，夜静得能听清心跳。房间里很暗，窗台底下露出了一缕光。

祝初一冰凉的手脚终于回暖。

不知道过去了多少天，仿佛已过去了很多年，阎齐终于回来了。

这段日子，她睡不着时，越审视这段关系，越发觉得无时无刻不想着那个不在乎她的人的自己轻贱。

“今天晚上，有二十来个人围着我，他们流里流气的，听口音好像不是这儿的人。他们什么都没做，只借了我的手机。我当时很害怕，没敢反抗，也没报警。回家后，我查了通话记录，是打给了国外的一个号码。”

祝初一的心中已经有了答案，却还抱有一丝幻想，她问：“阎齐，是不是打给你的？”

她只是不说而已，其实她什么都知道——他深夜打过的那些电话，书桌上罗列了国外银行账户的文件，他盯着看的新闻，他愁眉不展地撕掉的许多账本。

横在她锁骨下的手臂突然箍紧了她，像是怕她不见了一样。

阎齐没有否认。他连夜飞回来，只想看到她好好的。

祝初一说："我们认识快两年，你的事，我从来不问，但这不代表我一点儿都不知情。那个国家那么偏僻，你怎么有那儿的银行账户？"

阎齐露出认命的笑，道："如果你是警察，我一定自首。"

祝初一难过地闭了闭眼。她不是没见过世界的黑暗面，当年跟放高利贷的人周旋时，什么招她都使过。她也不是不允许自己爱一个不那么磊落的人。

压死骆驼的最后一根稻草是——

"为什么不陪我回家见我妈？你明明……明明答应过我。"

该摊牌的时候到了，阎齐却不能坦白。

他狠心地抽出自己的手臂，靠着床头，烦躁地点燃了一支烟。

黑暗中，人脸本就模糊，表情在缭绕的烟雾里更是不那么清晰，他嘲弄道："祝初一，你还是这么幼稚。"

祝初一也坐了起来。

整个房间只剩下冰凉的月光。

也许正要借这样寂静的黑夜，她才敢付出这辈子最大的勇气，问出这句话："阎齐，我只问一句，有没有过？"

她话没说完整，阎齐却听懂了。

其实，他的答案已经很清楚了，他都不知道自己是在哪个瞬间爱上她的。但她不知道，他现在也没有承认的资格了。

"祝初一。"阎齐郑重其事地喊她的名字。

他们之间从没有昵称，直来直往，连半点儿缠绵的爱意都没有。

她一怔，不自觉地握紧了手。

他却只轻蔑地说："跟你上床，确实解忧。别的没有。你别想多了。"

"你以为自己是冰清玉洁的黄花大闺女，我得上赶着把你捧在手心里？大家都只有一个目的。别以为我不知道你的想法，其实一开始你跟我在一起，只是为了赌气吧？嗬，女人的胜负欲一点儿都不比男人差。是，这两年过够了，也还挺爽的。”

他不敢看她的眼睛，还嫌伤她伤得不够，继续道：“你觉得委屈，觉得青春被浪费了？要我拿张支票给你填上？”说完又否定，“不对，我们什么关系都没有，自然也不包含那种关系。我也挑不上你。”

阎齐喷了两口烟雾，无情地笑了一声，祝初一被呛得咳嗽起来。

烟燃尽了，阎齐开灯穿起衣服。

祝初一默默地看着他。他是多有病，半夜赶回来，抱了她一会儿又要走。

她还没抱够。

阎齐动作快，转身就要关门，腰上却突然多了只手。

阎齐回过头来，祝初一踮起脚，搂着他的脖颈吻他。

这夜的担惊受怕终于落幕。两人都不服软，互相推搡，抓着对方的头发撕咬。

祝初一叫着他的名字——因为他喜欢。

我爱你啊，听到没？

这夜是他们一生的缩影：咫尺天涯。

她昏睡过去前，听到阎齐非常小声地说：“对不起。”

如何叫醒装睡的人？

阎齐甚至不愿意哄她。

她要的不是这三个字啊。

在一起快两年，睡了一觉后，他们就不记得之前吵架的内容了。或许是觉得深究也没用，不如相安无事，就此揭过。

早晨离开前，阎齐问祝初一：“晚上的音乐会，还要去吗？”

她“嗯”了一声，翻了个身继续睡，恹恹地说：“去吧。”

“好。”阎齐又问，“要不要我来接你？”

“不用了，我自己打车去。”

阎齐不再强求，只说：“你把我的微信号和电话从黑名单里拉出来。”

祝初一背对着他，不情不愿地问：“为什么？反正以后也没有机会再联系了。”

“我把入场的二维码发给你。”阎齐找到了一个无懈可击的理由。

“噢。”

祝初一答应了，把阎齐从黑名单里放了出来。

祝初一已经快要忘记当时拉黑他的心情了。

失约是多严重的信用缺失，但没关系，跟他根本不爱她这个致命缺点相比，那些都是无关紧要的。

音乐会在屿苔山，听说不好买票，朋友圈里好多人哭天喊地求转让票。

温度快降至零度。

微博弹出消息，提示各个城市都在下雪。川城却似乎永远不会下雪。天气再冷，川城的雪花也很克制，也许是怕自己太不矜持，会不被珍惜。

祝初一很怕冷，但她还是挑了身裙装，一身长至脚踝的细吊带裙，搭一件肉桂驼色长大衣——低饱和度的颜色更显高级。

她穿了双白球鞋，像是要执迷不悟地跟阎齐私奔，但她不会放肆，她不再有足够的勇气了，只当作是弥补年少时的缺憾——她从来没有跟喜欢的人一起听过音乐会。

下午五点，网约车的司机来接她了。

住在城市里就是这么便利：不会做菜，没关系，可以叫外卖；没有代步车，也没关系，有各种打车软件供人选择。这些都便利得让祝初一觉得，自己又可以一个人生活了。

车开到一半，车载导航因为川城特殊的地形而出现了故障，祝初一听到导航里机械的女声说：请在合适的位置掉头，重新规划路线。

她希望这条路没有尽头，但一想到今晚能见到阎齐，她又开始期待早点儿抵达了。

山上的风很大，还好这里有家临时咖啡馆，祝初一捧着热饮喝着，身体暖和起来。

阎齐给的票还真是VIP位置的，不过他还没来，不知道是又一次失约，还是迟到了。

祝初一独自听完了前半场。

舞台采用的是全息投影，观众都隐在暗处，只前方有亮光。幕布升起，祝初一认识舞台布景中的湖，那是华夏大地上最美的情人泪，颜色是琉璃蓝，她去过。

合唱团成员统一穿了庄重的黑色礼服，台前的指挥家一扬手，美音就在大厅萦绕起来，声音醇厚，轻柔，仿佛化作了心底的叹息，清雅的钢琴声声声遗憾，落在人最敏感的泪腺上。

厅里座无虚席，来人大多是甜蜜过冬的情侣，他们十指相扣，安静地听着。只有祝初一形单影只，还在等人。

祝初一想起木心的诗：你再不来，我就要下雪了。

音乐会快结束时，阎齐终于坐到了她的身边。

看到祝初一时，他觉得好巧，他穿的大衣跟她的同色系。

祝初一没回头，但凭着感觉，她知道他来了。

最后一首曲目，大提琴低鸣，曲调很熟悉，因为分心，祝初一想不起它的名字。

阎齐靠着座椅，兀自开口："昨晚我不该那么说，你别往心里去。"

祝初一睫毛轻颤，她侧头看着他的下颌，抬起手拍他的手臂，说："嗯，你说对不起了，我不怪你。"

她把手搭在他的外套上，姿态熟稔如偕老的伴侣。

阎齐知道她的手一定是凉的，但他没有握住。

他怀疑地问："真的？"

祝初一没给出肯定的回答，只打开手边的纸袋，把那杯属于他的拿铁咖啡递给他，说："嘘，不要吵到其他人。"

阎齐顺从地接过咖啡杯，喝了一口咖啡。咖啡早已凉透了，他觉得格外苦。他又问了她一遍："你真的不怪我吗？"

她咬了咬唇，小声地说："听完这首曲子再说，好不好？"

阎齐沉默了一会儿，说："今晚天气不错，待会儿音乐会结束，我请你喝酒。”

他不是在和她商量，而是在告诉她自己的决定。

祝初一不愿再与他争执，此刻的她有种爱到无能为力的妥协，她说：“嗯，好。”他想怎样都随他，她知道，这人一向如此一意孤行。

阎齐对这音乐会不感兴趣，他是席中最不合格的听众。他把纸杯放进杯架里，躬着身，手臂贴在腿上，歪过头，轻轻地拨了一下祝初一的手指。

他说：“我发现和两年前相比，你没有什么变化。”

光线将他的寸头染成电镀蓝色，他舔了一下嘴角，眼里倒映着那面湖水，静谧又潋滟。

祝初一这才知道，原来目光真的有温度，他看向她的目光让她仿佛置身暖冬时的云南，可她偏偏觉得心很冷。

怎么没有变化？她觉得自己老了。

祝初一不动声色地问阎齐：“怎么突然这么说？”

阎齐没有为她解惑，反问她：“以后，我们没有见面的理由了，你是不是就不想再见到我了？”

他像是在认真确认，又像是调皮的差生逗着乖巧的班花那样，开着模棱两可的玩笑。说这话时，他都没有犹豫，应该是不在乎她的答案。

祝初一看向他的眼睛，似乎坠入了他眼里的湖底，好半天，她才直白地说：“嗯。因为不喜欢你了，所以不想见了。”

阎齐点点头，下巴颤了颤，从喉间挤出的一丝笑因气息不稳而显得怪异。他说：“那就好，那就好。”

两人都沉默了，想要装作心无旁骛地听完最后一支演奏曲。

《Por Una Cabeza》，曲调悠扬，拉长的尾音让人绝望，像无法回头的人生。伴随着乐曲舞蹈时，一对舞伴在掌心相握时靠近，也必须在曲终时分开。

所以，祝初一更喜欢它的中文曲名：《一步之遥》。

音乐会结束后，阎齐把车开到了一处露天烧烤摊。祝初一对这地方不熟。

烧烤摊四处通风，只每桌前有一个小小的暖炉。这是城市夜间最热闹的地方，有几桌年轻人在喝酒，红着脸碰杯起哄。

韭菜香、孜然香，唯有她和他的岁月无香。

祝初一忽然想起，第一次和他吃饭的那个夜晚，在南荔，也是这样，两人点了最常见的菜，喝了一点儿酒。今夜情景重现，他这也算是有始有终了。

周围很热闹，而阎齐和她分坐在一张小桌子的两端，一句话也没说。两人中间摆了双人份的烤串，杯中斟满了酒，有着沉甸甸的仪式感。他们彼此都心知肚明，这是分手宴。

祝初一看着旁边的霓虹广告牌，昏昏欲睡。

这附近没有桥，她过不去了。

阎齐没动筷子，喝了三杯酒。

隔壁桌的人突然惊呼起来，祝初一侧头去看，有个男孩向喜欢的女孩送了很大一捧玫瑰花，玫瑰娇艳欲滴。她看了一阵儿，在那对情侣拥吻时收回了目光。

祝初一坐得有些久，小腿开始发凉，她率先开口："阎总，你不来盘花生米下酒，很容易喝醉的。"

这是属于她的冷幽默，阎齐却没笑。

祝初一有点儿渴，喝了一杯酒，很快便觉得头晕。趁着酒意，她发出拷问："阎总，你是不是紧张啊？"

阎齐也想起了在南荔的那晚，他问过她同样的话。他笑着说："我紧张什么？这家烧烤摊在网上的评分挺高的，一直没机会带你来。今晚是个好日子，来，你试试。"

"哦，我不饿。"祝初一说。

她拿着筷子拨弄着盘子里的烤豆干，说："阎总还是那么爱吃路边摊，真是接地气。"

阎齐起了逗她的心思，说："是啊，我最近很穷，没办法请你吃大餐。"

"小气。"祝初一抽了一张纸巾，在手里搓出纸屑，有些话，她突然就说了出来，"你知道吗？你是很难懂的人。跟你在一起，我的挫败感大于甜蜜。现在想起来，这两年过得太快了，我好像一直在等你，等你的电话，等你回家；但我又好像不是在等你，只是在自己生活的间隙，渴望有人为我而来，和我一起吃饭，一起看电影，一起聊聊天。如果可以选，我宁愿我们从没在一起过。你能否认吗？直到这一刻，我们都不够勇敢。”

阎齐的眼角抽了一下，他没有正面回答她，而是吊儿郎当地说：“真新鲜啊，我第一次听你说这么长的一段话。你现在后悔认识我也晚了。不过，我的格局多大啊，我接受你的差评。”

他终于放下酒杯，洒脱地说：“行了，咱俩也别兜圈子了。祝初一，从现在起，你不欠我了，你爸的那套房子，你自己处置。祝你幸福，祝你过上自己想要的生活。如果哪天，我回来找你，你再给我个机会，考虑嫁给我。”

他的话仿佛一把刀，划破了平静的夜晚。祝初一从未听过有人把分手说得像求婚。很好，是他的风格。

她试图从他的脸上看出破绽，但她失败了，他很冷静，好像只是在给一部悲剧电影写着无关痛痒的影评。所以，她没信他，轻松地笑着说：“阎总，高中生都知道，人不能两次踏进同一条河流。我们后会无期了。”

一辆载着泥沙的货车从他们的身后开过，发出恼人的噪声。

后会无期吗？阎齐觉得自己的内心像那段难以负重的路面，随之震动，有什么地方凹了下去，再不能完好如初。

他也没反驳她，顺着她的话，笑着说：“好啊，那我们来世再见。”

这句话听起来不吉利，祝初一没有应和，她只说：“时间不早了，我今晚要加班，有份稿子要赶，就不陪你了。”

她举起酒杯，皱着眉一饮而尽，喉间再次感受到了烈酒的辛辣。

她对阎齐说：“我叫了网约车，还有两分钟就到，你别送我了。你喝了酒，也别开车。”

缘散了，言尽了，她再没有理由赖着贪杯。

阎齐的胸腔狠狠地起伏了一下。

不够啊，他还有一生的故事没有告诉她。一想到往后再不能送她回家，他觉得连空气都变苦了。但还要说什么呢？他以后要如何落魄地辗转，连他自己都不知道，所以，开口时，他的语气是克制的。

他只轻轻地叫她的名字：“祝初一。”

祝初一认真地看着他：“嗯？”

阎齐没有过多的要求，只试探着说：“咱们还是握个手吧，我这要求不过分吧，就当是商务礼仪。”

乍一听，他们好像成了朋友。

祝初一伸出手，大方地说：“音乐会很好听，烧烤很好吃，看得出来，阎总费心了。”

阎齐只捏住了祝初一的指尖，说：“瞎矫情。行了，赶紧回去吧，再冻一会儿该感冒了。”

他的话听来是那么漫不经心，可这会儿，两个人的手握在一起，恍若大漠风沙起，两粒碎石做着最后的聚首。

最后，是祝初一叫来的网约车司机打来了电话，催她上车，祝初一才松开了阎齐的手，终止了自己的一厢情愿。

祝初一主动结了酒钱，提醒阎齐：“改天，让林助理来我家收拾你的东西吧，我这段时间很忙，没空替你整理。”

阎齐善解人意地说：“好，你不说，我差点儿忘了。那什么，初一，这两年，打扰了啊。”

祝初一听到这难得的亲昵称呼，心都要碎了。打扰吗？其实她无比珍惜这段时光。

可她想了想，也只得体地回了一句：“阎总，您客气了。”

阎齐又问：“临涧堂的那些花儿，你还要不要？”

祝初一已经拎着包，站起身，像结束了一场寻常的同事聚餐，说：“不要了吧，让它们自生自灭。”

“啧，不负责任啊你。”

“花儿经不起折腾，不能频繁地挪位置，能不能活到春天，就看它们的命吧。”

阎齐没再追问其他的，只朝她潇洒地挥手，说：“拜拜。到家给我发条消息。”

祝初一也朝阎齐挥手，她的视线与他的交会，又很快移开。

听到他的话，她微微皱眉，道：“没这必要了吧，我都多大的人了，总不会把自己弄丢。你也早点儿回去休息，晚了不好打车。”

客套、虚伪，这是成年人的社会属性。

如果当真能一笑而过，为什么他们连稍久一点儿的对视都不敢？

第十五章

正如控制不了我爱你

川北办公室正对南山临涧堂的方向，阎齐站在落地窗前，若有所思。

林至舫偷瞄了一眼老板，继续汇报："阎总，时不待人，该走了。空老板让您避风头，也不是没有道理。"

阎齐抬手，示意他停下。

空谭打来了语音电话，有尖细的笑声传来："阿阎，我很高兴，希望与你再创辉煌。"

阎齐答应走了，那是空谭交还视频的唯一条件。

"阿阎，你还年轻，留着命，才能为自己改命。"

没有阎齐，空谭吃不下那么大的"蛋糕"，他是真心实意地把阎齐当亲兄弟，有福同享。空谭有六房太太，女人对他来说并不重要，他又怎会允许阎齐为女人背叛他？

阎齐恭敬地回："兄弟蒙难，自然一起承担。"

然而，他的手里捏着一枚"镖"。

人性本就自私。

其实他仍心存侥幸——也许过些日子他就能回来。

林至舫整理着资料夹，忽然翻到一页，八卦地看了阎总一眼。

那是祝初一的移民申请资料，原本都交出去了，但中途又被阎总截了回来。

林至舫说："其实，您没必要跟祝小姐分开，有话好好说嘛，她未必不等您。"

阎齐喝了一口酒，话里有了凉意："我只是不知道该怎么爱她。我希望她开心，按自己的喜好过日子。她想要的，我暂时给不了，就不浪费人家的时间了。她不年轻了。"

林至舫说："如果带她走呢？"

阎齐说："你不是不知道跟我走是什么下场。再说，回头连累她怎么办？人家清清白白的姑娘，没必要跟我蹚浑水。"

林至舫来祝初一家里收拾阎齐的行李。

去开门时，祝初一以为来人是阎齐，但又瞬间否定了自己的想法。阎齐是知道密码的，每回来，他都把自己当成这里的主人。

开门后，祝初一继续熬豆浆。这方法磨人，要一直盯着，不断地搅拌，以防煳底。

林至舫站在门口问："祝小姐，方便吗？"

祝初一让他自便，只要不动书桌就行。

豆浆熬好后，她取出黑色的保温杯，小心地将豆浆舀进去。

某人说过，这种豆浆很好喝。

林至舫动作很快，行李被他归置得十分整齐。

他走到门口，犹豫了一阵儿，还是跟祝初一说："祝小姐，你不要怪阎总，他没亲人，不懂得表达自己。有一天，你会明白的。"

一进门，林至舫就发现了，祝初一的眼下有两片乌青，气色也没有上次见面好。

祝初一对他坦然地笑了笑，说："你带给他吧。"

林至舫作为助理，也算尽心尽力了，这种为阎齐善后的事没少干。

黑色的保温杯外套了个毛线杯套，手工不太精细。

林至舫愣了一下，点点头，跟她说"再见"。

从林有法则，弱肉强食。

恋情也有，一拍即合，一拍两散。

祝初一躺在自己的床上想，他们这都不叫分手，不过是两厌了。这段关系由她开始，由他结束。她做初一，他做十五，挺公平。

她这辈子最荒唐、最疯狂的事，就是认识阎齐。他的身上有风、有阳光、有巫婆的尖刀和美人鱼的泡沫。她从不害怕深渊，更不害怕跟他同流合污，是他不成全。

两年的光阴像遮住皎月的乌云，溜得飞快，此刻，终于云开雾散了。

她知道，她爱他，未来也会爱。

王阆劝过她，见好就收。她要的"好"，永远也收不回来了。

阎齐加了一周的班，愈加清瘦，眼窝也更明显了。

林至舫进来送了两趟药。

阎齐感冒了，他想起那个老爱赤脚在地上走的人，不知道她现在过得好不好。

下午，阎齐去墓地看了父母。

去年春节时他来过，当时他说："你们有儿媳妇了，改天我带她来给你们看看。"

这次，他买了两大把狗尾巴草放在墓前。

烧完香，他坐在旁边抽烟。天黑了，却没有月亮。

阎齐说："儿媳妇没了，她叫初一。圆月总归是别人的。"

他咳得很厉害。

趁着夜色，他回了趟临涧堂，还有东西要带走。

他输了密码进屋，门口有一双拖鞋，是她喜欢的素色。

祝初一是他有过的女人中的奇葩。她不会撒娇，不爱粉色，甚至连包和高跟鞋都不爱，独立得不像个女人，但很奇怪，他终日为她神魂颠倒。

阎齐打开所有灯，看到了宽大柔软的沙发。

没人来过，一切都没变样。

他上次回来是什么时候？记不清了。那会儿，每次回来，家里都有人。

他赤脚走到二楼。祝初一也不爱穿鞋，此刻，他像被她同化了。

他一步步踏上木地板，左转后的第二间房是书房。

窗外有棵茉莉树，散发着清清淡淡的香味，很怡人。夏末时，树木最茂盛，云般蓬松的树冠上，花朵挤满了枝条，壮观又浪漫，庭院里落白成阵。

茉莉是属于祝初一的味道。

阎齐第一次来这儿就当机立断地买下了这里，让林至舫照祝初一的小房子装修。

阎齐打开保险箱，郑重地取出一张巴掌大的纸，坐在地上，借着灯光看。那张纸明显泛黄了，因长期被存储在阴凉处，摸着十分冰冷。不过是一张过期的登机牌，却被好好地珍藏着。谁能想到，无数人挤破了头争相巴结的阎总，在私人保险箱里只放了一张廉价的皱巴巴的纸？

阎齐去了趟衣帽间，找到了两年前的那件外套。不知道什么时候，外套被祝初一洗干净了。

窗子漏风，阎齐听见有什么东西碎了。

他下楼去看，是一只罐子摔碎了，始作俑者是无名的风。那罐子是他们一起从超市买回来的，那天超市大减价，祝初一阔气地扫了二维码付款。

她几乎不生气，至少他没见过，也许是她从不在他面前生气。他曾经对她很恶劣，她都没有动怒。阎齐忽然松了一口气，还好她不在，不然，他都不知道该怎么哄她。

这些天，他连一个祝初一的电话都没接到过。他以为她总该再问一问。但是都说了再见，她怎么还会来找他？是不是因为她已经放下了，所以她不会再为他生出任何情绪？

阎齐笑了出来。这是他这些时日以来露出的第一抹笑。

这抹笑太沉重，酸涩，却又带着欣慰。

他坐在一楼的沙发上等待。好奇怪，他竟然在等待。

他默默地跟自己打了一个赌，但没有人来。

阎齐不知道，这时的祝初一已经早他一步离开了川城，去了英国进修。

天亮了。

是天不遂人愿，也或许是老天有眼。

两害相权取其轻，如今，他连自身都难保。

他跟大多数人一样，没有等来圆满的结局。

阎齐第一次遇到祝初一是在两年前。

那时，阎齐去杭州出差，林至舫请了年假，新的助理不熟悉他的习惯，给他买了经济舱的机票，他还没法升舱。

阎齐拎着登机箱望了一眼座位号，发现自己的靠窗的座位被一个女生坐了，她好像睡着了，身上有淡淡的酒气。

早班机旅客稀疏，飞机上空了大片座位。

阎齐没让她起来，自己坐到了C座，与她隔了一条过道。

她中途醒来时，脸上的红晕还未消，她找乘务员要了杯矿泉水，嗓子沙沙的，像西湖边上风吹细柳的声音。

那段时间，全国的天气都不好，一直在下雨，还闹了水灾。机长经验不足，躲避雷暴云不及，直往前冲。整架飞机蒙在云烟里，十分颠簸，舷窗外白茫茫一片。

阎齐看不进电影，把外套搭在扶手上，无聊地观察起她。

她忽然捂着嘴巴，解开了安全带，要站起来。

窗外有闪电和暴雨，飞机左摇右晃，她没站稳，往前晃了下。阎齐皱着眉，下意识去扶她，却又迎来一股气流。飞机倾斜，她重心不稳，直接倒在了阎齐的座椅扶手上。

随后就是几声干呕，“哗啦”一下，阎总感觉不妙，低头一瞥，果然，手工的高定西服成了狼藉的垃圾袋。

她靠在扶手上没动。

阎齐以为她晕了，用两根指头扳过她的脸，发现她竟这么睡了过去。

阎齐扶着她的手僵住了，他在心里把新助理骂了个半死，而后叫来乘务员帮忙。

飞机着陆的那刻，她清醒了过来，终于意识到自己的过错，露出怯生生的眼神。

阎齐倒也没生气，脱了外套扔在那儿，却记住了那双眼。

后来，新助理向航空公司投诉，一对票号，发现阎齐的座位是33A，而不是误以为她坐错了的32A。

从一开始，就是他找错了自己的位置，惊扰到了她。

祝初一那天过得十分恍惚，她不知道这个乌龙，只一直羞赧于弄脏了他的衣服。

后来的故事发展很简单——缘分搭了桥，错配了鸳鸯。

在磨人意志的夜晚，他们喝了误终生的酒。

他拿这件事开过玩笑：你毁我的外套，我撕你的内衣，扯平了。

最后，他发了疯地想拥有她，自己却怎么也清白不了了。

年轻的时候不懂事犯的错，原来要这样偿还。

深冬，川城淅淅沥沥地落着雨。

天寒地冻，外面传来轰隆隆的雷声，气压很低。

私人机停在专属停机坪，飞机上的人即将包机飞往A国。私人机的机舱不像客机那样逼仄，座椅奢华，规矩随乘客的喜恶而定。

阎齐戴着墨镜和耳机，手虚搭着膝盖骨。到了雨天，他的腿又疼了。

林至舫坐在后座，没敢上前打扰阎总。

乘务员在播报广播，飞机即将离开川城。

阎齐抽出烟盒，点燃了一支烟咬在嘴里，没人发现那不易察觉的轻颤。

祝初一母亲的葬礼，他没去参加。他知道祝初一心里在想什么，当年，他也经历过父母双亡，他们挺相似的。

临涧堂的资料是他故意让祝初一看到的，她为这件事差点儿跟他断了关系。从仙女镇回来那晚，她说喜欢他，其实下车时，她的表情很失望，她是在懊悔跟过他这样一个人吧。

后来，他拿产权证做借口，才有了重新拥抱她的机会，她却还是很抗拒他。也对，祝初一不过是个普通女人，循规蹈矩，他让她失望，她就轻易地不喜欢他了。

最后一晚，他还没来得及回答她。

——有过。

——心里有你。

祝初一站在厨房里给他煲鲫鱼汤，她让他想起自己的母亲，那个女人的轮廓已经模糊，只剩柔和的影子。

家的模样早被他忘得干净。这份温柔来得太迟，他不敢相信。

他半生剑走偏锋，而她生来属于安稳。

她朋友寥寥，工作起来很卖命，很傲气。他的未来注定是黑暗的洞穴，他就不带祝初一冒险了。何况，她不喜欢他了——还好，她不喜欢他了。

他存了私心，跟祝初一在小房子里住了很久。

其实也不算久，只有一个月。

两人时时刻刻都在对方的视线里，仿佛成了彼此身体的一部分。

他们都知道，这样的日子，每过一天就少一天。

他想跟她生儿育女，百年好合。但他只能怀着那点儿念想，去过没有她的余生。

飞机离开跑道升空，往左边绕了半圈，划出一道弧线，末日般的乌云填满舷窗，之后便再看不到川城的轮廓。

烟烧出了一大截灰，掉在手背上，阎齐看着窗外，红了眼眶。

心里没点儿喜欢和挂念的东西，这漫长的余生，还真是难熬。

川城最冷的严冬，祝初一起了个大早打扫屋子，然后出去买菜，拿砂锅炖汤。

那边熬着汤，这边，她拿出了新买的落地灯和木板贴。床头放一盏落地灯，暖黄色的光能让人少做噩梦。

祝初一取出铁盒子，里面全是登机牌，按时间排序。她用大头钉将它们一张张钉到了木板上。

世上最难收集的是钱财，她只配收集登机牌——她有这爱好。

祝初一想起第一次见阎齐，在从杭州飞往川城的航班上。

她往凌乱的木板上扫了几眼，没找到那张登机牌，又检查了一遍铁盒子，还是没有。

那张登机牌不知道被她放到哪儿了。

算了，不重要了。

她买了个收纳柜，把鞋子一双双擦干净，然后装进去，按季节和颜色分类。她不常买鞋，各个场合的鞋都只备一双。

等清空了鞋盒，她才发现最底下有一个材质高端的鞋盒，里面装着那双带钻的高跟鞋。

怎么跑到这儿来了？明明她没带的。

那时，阎齐把她按在椅子上试鞋，说：“那不是正好吗？提前送你结婚礼物。”

那个冬日，阳光洒下来，一切美得像油画。

明明是去年的事情，却仿佛已经很遥远了。

隔壁的人在炒辣子鸡丁，味道浓烈，顺着风溜进门里。

祝初一被呛得咳嗽起来，全身都在发抖，她用手捂着嘴巴，咳出了眼泪。

她抹了抹眼睛，把多余的垃圾扔出门外，正式开始“断舍离”。

她会活得很好的。

明瑾华的婚礼定在二月底。

明瑾华问：“怎么就你一个人？你们家霸总呢？”

祝初一对新郎点点头，抱了抱明瑾华，说：“他不是霸总，只是很普通的一个人，出门自己开车，也没有两米的床，平时自己做菜洗衣服。”

明瑾华夸张地捂嘴：“你竟然维护他？我嗑到了！”

祝初一有点儿无语，叹了口气，说：“我们分手了。”

明瑾华“啊”了一声，问：“怎么就分手了？”

祝初一将红包递给她，说：“一言难尽。”

明瑾华大喊：“我不理解，我不理解，我不理解！”

“你小声点儿。也许过几年，我就把他忘了。”

“你最好是。”

祝初一笑了，跟她碰杯：“新婚快乐。”

明瑾华却嘟起嘴，说：“其实，我以为你们也是奔着结婚去的。”

祝初一但笑不语。

旁观者清，明瑾华说：“我经常嗑CP，有经验，眼神骗不了人。你完了，人越是淡定，越是有问题。”

“你嗑的CP，十对里有九对都散了，放过他们吧。”

“……”

祝初一笑着说：“如果喜剧结尾是人间的常态，我跟他就是例外。我爱过他就够了，往后，总该有自己的生活。”

明瑾华抱住她，说：“你别难过。他好像一阵穿堂风，什么也没变，城市就降了温。”

祝初一报名了考研。这把年纪考研，是很大的挑战，但这件事能让她专注，忘记失恋的痛苦。

明瑾华说对了。失恋不是一天就能结束的，每晚六七点，祝初一都会对着电脑发呆许久，意识不到自己的呼吸。工作似乎不能分走她所有的注意力，许多个忙完后的寂静夜晚，她觉得心里空荡荡的，那是一种她无法忍受的空。她甚至不能狠下心当阎齐死了。她又变成了孤独的自己。

成绩下来那天，祝初一没有拿到好结果。她去校园里走了走，湖里有黑天鹅，气定神闲地游着。

夜里，祝初一还是失眠了，她就那样坐在桌前，看芍药开花看到凌晨。她想，下辈子要做一束芍药花，让人期待，让人难以移开眼。活厌倦了就枯萎，风干，得到很多的眼泪和遗憾。

她熬到天亮，听着相声入睡。

她的食欲急速下降，一个月瘦了十斤，她才终于发现自己病了。之后，她向于冬听递了辞职信。

于冬听没有批准，她允许祝初一停薪留职，休假结束再复岗。

“如果你不开心，就把手机关了，睡个好觉，去洗头，喝杯奶茶，世界就又好起来了。”

“嗯，我会尽早回来的。”

祝初一用力地抱了抱于冬听，她是祝初一一生中的贵人。

祝初一去了敦煌看莫高窟，旁人眼里俱是惊艳，她站在石窟内久久没有动，她认为，那是一场盛大的孤独。

那天，她恰好碰上一棵胡杨树，晚风猎猎，树下落了叶子。西北的星海下，她有种故地重游的亲切感。

她又买了帐篷和装备，租车去露营。

在川西的帐篷基地，她认识了一对情侣，两人都从事创作工作，财务自由，不打算结婚，对婚姻看得很淡。

祝初一羡慕他们的洒脱，送了一盏自己做的兔子灯给他们，换来了一份爱心玉米排骨汤。

携手同行——世上有很多人并没有这样的机会。

然后，她去了海边旅行。

她住在岛上的小木屋里，白天跟教练学潜水，晚上看电影或者收藏的纪录片。

一个月后，她考到了潜水证。

黄昏时，祝初一坐在海边，看着飞机升空，消失在天空尽头，云层层叠叠地被风吹散。

夜里，她从浴室拿出氧气罐，到岸边摸索着下水。海水很暗，她越游越深，越游越起劲。潜到三米深的地方时，呼吸管忽然进了水，随后涌进越来越多的海水，咸涩，冰凉，呛进她的鼻子和口腔，她感到痛苦和茫然。

她的世界变得灰暗，没有光。

她缺氧了。

她仿佛看见自己：迷路的孤魂在海底飘摇着，无依无靠。

她已经无法动弹，在回光返照间，走完了自己的半生。

此时，祝初一很痛快，死亡在向她招手，她甚至背对着海面，不想再看一眼人间。

好困。好想睡一觉。

海水明明那么凉，她却感到温暖，像是有一双手稳稳地托起了她。

祝初一醒来才知，是袁诞救了她。

袁诞是潜水爱好者，恰巧有夜潜的习惯。

原来一切都是命运。

出院后，祝初一回川城找明瑾华吃饭，她说自己恋爱了。

明瑾华看了袁诞的照片，问："你又不缺钱，怎么不找个小男孩？"

祝初一当然考虑过，她说："靠不住。"

适合她的不是男孩，而是男人，是有阅历、能容下她的过往的男人。

她心事重，下意识地觉得自己配不上感情史空白的纯白少年。又或者是，在她的心里，自己早已结过了一次婚。

人间带给她的窒息感远超海底，再走不出来，她就要死了。

一年半了，她从来不知道失恋这么痛苦，眼泪会无端地往下流。她不敢跟人倾诉，怕被说矫情，只能自己默默地熬。她去了很多地方，看了很多风景，还是走不出来。

袁诞干净、正直，在一家国企谋了闲职。

周末约会时，两人约在新开的咖啡馆，往来的都是年轻人，相机咔嚓地响个不停。

袁诞以诚相待，说："我有过一年的婚史，是家里人安排的。"

祝初一不介意，笑问："那我们呢？"

"是命运。"

根本没有其他人追祝初一，有发展可能的男士得知她的年龄后，都自动成了她的朋友。好像一不留神，年纪相仿的适婚男士大多经历了一次婚姻。

也许也有例外吧，但人家大概瞧不上她吧。

她不敢相信童话会发生在自己的身上，太美好的故事都与她无关。

到了这个年纪，她很现实，现实到薄情。别人不是她，没办法体会她的心冷。可能她生来就没有被垂青的那种命。

约会半年后，袁诞在她生日的这天求了婚。

明瑾华还是替祝初一觉得惋惜。

祝初一莞尔，请她吃了一顿下午茶。

有什么可惜的？如果不是阎齐，她跟谁过有什么分别？她又不需要攀高枝，投缘就行了。

她可以确认，袁诞是好人。

外人好像都没办法理解，可是没关系，日子是自己过的。她冷够了，遇到一点儿温暖都想拥有。

网络时代没有真正的失联，除非那个人故意躲起来。

明瑾华说："我还是觉得有点儿遗憾，他……你的前男友嘴硬，你也不争取一下。"

一个她说一句冷，就订机票带她去热带过冬的男人，怎么可能不爱她？

祝初一说："圆满是一种形式，而不是结局，不能强求。这是很多人的经历，我不过是其中之一。美梦总会醒的。你以为谁都能和爱的人结婚？"

"初一，你老实说，你是不是心死了？"

祝初一正在挑婚纱，她瞪了明瑾华一眼，说："怎么说话的？我要结婚了。"

明瑾华只见过阎齐几次，她觉得，祝初一现在说话跟他好像。她托腮叹道："但愿你是真的开心。"

祝初一拉上了试衣间的门帘。

镜子里那张素白的脸上哪儿有半分发自内心的喜悦？

有一天，她想给客户发消息，说自己的航班延期了，她输入"延期"的首字母，出现了"YQ"。祝初一愣了愣，一滴眼泪无声地落下。

我要结婚了，婚纱很好看呢。可惜你不在，浑蛋。

明瑾华给祝初一拍了一张照片，白纱拖尾，背影很美。

明瑾华叹息着摇摇头，说："你要相信，世上有那么一个男人，他爱你，但不能陪你一生一世。"

祝初一笑了笑，接受了这带有善意欺骗的安慰，说："我知道。"

遗憾吗？我努力靠近过你，只是控制不了命运，正如控制不了我爱你。

三十三岁这年深秋，祝初一把自己嫁了出去。

婚礼举办地点在仙女镇，十桌酒席，只请了身边的挚友。

她的父母亲都不在了，来宾心照不宣。

祝初一自己走过了红毯，好坏都有新郎在那头牵住她。

她邀请了公司的全体同事来观礼，明瑾华带了丈夫，王阗带了妻子，续也、谢可然、任孟嘉和他的女朋友都来了。梁旌也来了，影展过后，他把照片寄给了祝初一，祝贺她新婚快乐。

婚礼是森系的主题，简约，不收礼金，但祝初一收到了很多礼物。

她再次跟自己确认：你会活得很好的。

酒过三巡，明瑾华喝高了，一直抱着祝初一哭。

祝初一开了个房间，把她送进去休息，问："喝那么多，你不备孕啦？"

明瑾华有点儿借酒装疯的意思，说："结婚一点儿意思都没有。"

祝初一给她倒了杯热水，问："苏苏怎么提前走了？你跟他吵架了？"

明瑾华咕哝道："不是，他明天要回拉萨了。呜呜呜，我会想他的。"

祝初一笑道："行了啊，少换着花样在我面前秀恩爱。"

明瑾华说："有时候，我觉得结婚后跟恋爱时没什么区别，两个人依然可以敞开聊天，计划去旅行，遇到事也有可以商量的人，不用孤独终老。但逢年过节就被催生，烦死了。这代人的母亲不行，总想着抱孙子。"

"你们没有经济压力，已经很好了。"

"可不结婚，我也能过得很好啊。所以，婚姻到底是什么？"

祝初一给自己也倒了一杯水，说："对我来说，平淡是一种幸福，没有爱情的婚姻也是婚姻。举案齐眉是妥善修行，已经很难得了，人人都有意难平。走到最后的，走得最远的，才是真爱。"

不想后半生冷清的话，遇到不讨厌的人，就嫁了吧。

她也曾因为孤独爱过一个人，可治标不治本。

"祝老师，我的头好痛啊，别说了。"

"老实睡觉，不准再下楼喝酒了。"

两年后，祝初一卖了祝晋鸿的房子作为创业基金。

有于冬听辅助坐镇，加上这几年攒的社会资源，祝初一的事业心前所未有地强烈。

她背水一战的勇气来自于冬听说过的一句话："原生家庭不能决定一个人的命运，不被束缚，努力争取，才是活下去的意义。"

祝初一是不够自信的人，她常常怀疑自己没有足够的能力去做好一件事，要靠旁人不断给予的鼓励支撑才能走下去。

国庆节前夕，祝初一邀请初创团队去唱歌。

半强制性的团建活动是打工人最头疼的"社会处刑"。她受过这样的苦，能与员工共情，特意让助理把时间定在了周五下午。掐着工作日的尾巴，喝醉了也没关系。

团队的人多半有海外留学经历，年龄最小的那个，平日里安静斯文，这会儿也放飞了自我，点的歌都是重金属的。

祝初一全程降低了自己的存在感，只当听众，让他们敞开了玩，她负责点大餐和买果盘。

光影变幻，口哨声和掌声不断，年轻人活力满满，气氛热烈。

狂欢过后，忽然安静了下来，不知是谁点的老歌，醇厚的哼唱声淌出。

各位打工人面面相觑，不知任歌放着还是递话筒。

祝初一回消息的手顿住了。

有人眼尖，察觉到了祝初一表情异常，笑问："祝总，难不成，这是您点的歌？"

时隔多年，她终于也成了写字楼里的"某总"，而不再是当初某某身边，进顶奢店也会感到无所适从的穷姑娘。

她凭真本事走到今天，没人知道，也没人关心，她究竟失去过什么。

还好，她坐在沙发的角落，暗淡的光线遮掩住了她的情绪。

祝初一忍下了突如其来的眼泪，轻声说："切了吧。"

日子一天天过下去，昨日之事终于渐渐模糊了。

祝初一换了新车。见过新车的人都很诧异，又是那么酷的一款车，跟她的性格迥异，像是男人开的。

"我喜欢啊。"她只说。

她的底气是自己赚钱的本事和账户里头的余额。

这几年，她的衣帽间愈加充盈，名牌包和高跟鞋都快要装不下了。

又到了五月，有了黄金般珍贵的阳光。

趁着假期，祝初一带儿子去仙女镇的创意园拍照。

儿子三岁了，祝初一怀孕时已是高龄产妇，卧床两个月才保住胎儿。

川城没有阳春的过渡，寒冬过后便是盛夏。太阳有些毒，儿子不肯再走路，祝初一只好领着他去吃法式快餐。

吃到一半，儿子号啕大哭，袁诞抱过去哄，让祝初一留在餐厅休息。

祝初一拿着相机取景，不知不觉就走到了对面的心跳博物馆前。

夹道的大树葱郁蓬勃，枝叶繁茂，拢成一道绿色苍穹。树林间播放着扩音后的心跳声，像一簇簇绽放的烟花。

十年过去，她步入中年了。

不知出于何种心理，祝初一走下阶梯，推开了博物馆的大门。

手机被她设置了静音，她轻手轻脚地拉开椅子坐下，在键盘上敲下了几个字母。

电脑屏幕上显示——正在搜索：阎齐。

这两个字太生疏，几乎成了秘密，已经十年无人提起。

祝初一握着白色的鼠标。她的背后还是那三间录音室，左侧的玻璃窗外如同往昔，绿植葱茏。

只是，那年那炽热滚烫的吻已难寻。

她的手指开始发抖，变得冰凉。

这么多年，每当午夜梦回时，她常想，也许当初他问她一句，天涯海角，她也愿意跟。可他就那样沉默地离开了，带着他所有的秘密。而她再次被爱的人丢下，在自卑的情绪里沉溺。她怪不了别人，她只是不能跟自己和解。

一秒，两秒，页面依然一片空白。

祝初一怔住了，又刷新了几次，重新输入，却还是一样的结果。

——查无此人。

空白的界面里没有一条音频。

这些年，他过得好吗？

祝初一的生活很平静，她以为这就是最好的状态了。她买了套三居室用来投资，工作稳定，儿子是她的全部。

她不贪心，只允许自己用一段心跳声的时间，偷偷地听他的心跳，想他一会儿。然后，她取下耳机，关上门，理智地回到自己的人生轨迹，顺遂地过完这辈子——他非常短暂地停留过的这辈子。

但怎么会是查无此人？怎么能查无此人？！

夏日的大风刮过，漫山遍野的狗尾巴草温柔地摇晃着，好像有谁在说：嘘，请继续帮我保密，关于我爱她这件事。

儿子被袁诞哄好了，带着笑，跑回祝初一身边。他举起小手，要祝初一抱，随后便像树袋熊一样搂住了祝初一的脖子，挂在了她身上。他用肥嘟嘟的小嘴亲她的脸颊，小小的指头摸到了冰冷的风干的泪痕。

番外一

他在心里娶过她

二月。

今年冬天是暖冬。祝初一睡到下午才慢条斯理地起来。

家里没有零食了，她煮了速冻饺子凑合着吃了，然后去超市囤食物。

于冬听赏了她三天假期，理由是：带薪倒时差。

祝初一给于冬听带了礼物，是很难买到的口红，她拍照给于冬听发了过去。

Y：“请听总笑纳。”

于冬听却直截了当地回：“没诚意。”

听总永远不会轻易被打动。

咖啡馆内，祝初一穿着白色大衣，睡眼惺忪，捧着热咖啡醒神。

情人节要到了。

过节是有好处的，到处亮晶晶的，给人温暖的错觉。冬天的节日多，大概是因为温度低，人更要多聚集，抱团取暖。

老人言：下雪不冷化雪冷。

倒春寒已在眼前。

王阗忙着移民，他太太是澳洲人。明瑾华在新疆度蜜月。谢可然也恋爱了，偶尔还会发十分少女的自拍。任孟嘉去旅行了。

各人有各人的追求。

在英国进修时，祝初一觉得很充实，也无暇顾及自己的情绪。

回到熟悉的城市，记忆便都回来了。

看着玻璃上形单影只的自己，祝初一低低地叹了一口气。

她很熟悉单身的生活，知道该怎么对付，无非是一个人买菜做饭，打扫卫生，逛街购物。

她已经有一个月没跟阎齐联系了，他的朋友圈封面和头像不知什么时候都换成了纯黑色的图片，像是厨房里那盏坏了的灯。

街道熙攘，人群吵闹，祝初一听着歌走回家，倒也没觉得孤独。

她送了自己一瓶香水，雏菊式样的瓶盖，淡蓝色的瓶身。

从前，她不爱用这些，偶尔买这些也是为了社交，就像在职场需要化淡妆一样。

她只是想送自己一件新年礼物。解开缎带，象征着祝福。

祝初一的视线扫到书桌的角落，突然定住了。

这瓶香水混在她的化妆品里，林助理没认出来，便留了下来。

屋子里早已没有了阎齐的痕迹。其实他当初也没剩什么——洗脸台上的剃须膏，一把黑色牙刷，她早已丢进了垃圾桶。

香水瓶很精致，瓶盖是金属材质的麋鹿头样式——乔治勋爵的悲剧。

去年情人节，他们还在一起。

这是她补送给他的生日礼物，意义不同，她想寄还给他。

祝初一在对话框里打字时，心脏有紧缩感。

那句“你在吗”被删删减减，最后多加了一个疏离的问号才发出去。

那时，她仍以为阎齐还在川城，如果缘分足够，他们将来会在南山的小餐馆碰巧遇到，或是在某栋大厦门口擦肩而过。

然而，两天过去，她依然没有收到他回复的消息，她这才终于意识到：她联系不到阎齐。

祝初一回过和他住过的房子，屋主已经换人了。

她对他一无所知。

多可笑。

祝初一去了南山临涧堂，希望打开门时，能看到他懒懒地躺在沙发上，眼睛看着她，酷酷地问一句：“哟，这是谁啊？想我了？”

到了门口，她发现他的车不在，她也就没进去。她记得大门的密码，很顺口的一串数字，念一遍就忘不掉。

她最初就不该记得。

一个人存心藏起来，她有什么办法？

祝初一去了涂山寺。

大殿没有游人，她跪在蒲团上，闭着眼虔诚地许愿，然后在寺庙的凉亭喝茶。盖碗打开后，热气氤氲，烟雾袅袅。

住在临涧堂这么久，祝初一只跟阎齐来过这儿一次。

离得太近了，不去都说不过去。

每天早晨，她都能听见诵经声。嗡嗡低喃，却让阎齐抓狂。

那阵子他睡得晚，总是在书房待到后半夜。后来，祝初一陪他换了方向睡，他才开心一点儿。

寺庙门口有间小屋子，是卖票的地方，那儿开了个小窗口，只收现金。祝初一怕阎齐刷黑卡会冒犯人，于是赶紧掏钱。

本来就是她生拉硬拽他来的。

前一天，祝初一做了个血淋淋的梦，枪声四起，血流成河。醒来时，她的心跳得怦怦响，所以她才想来寺庙，求佛祖保佑他平安。

阎齐不清楚事情的原委，由着她牵着，笑着问：“祝老师，你的学生们知道你这么迷信吗？”

他还叫上瘾了，她越不许他叫，他叫得越起劲。

“不然，你就留在凉亭这里抽烟好了。”

“我有病，专门跑进来抽烟？”

“那你就安静一点儿。”

阎齐是听话的人吗？可他低哼一声，还真就没再吭声。

寺庙在修葺，殿前堆放着建筑材料。工作人员快下班了，但也不好撵人出去，只让他们尽快了结心愿。

涂山寺的院墙为土黄色，其上绘有磅礴的图腾。这座千年古寺背靠青山，绿树荫蔽，气质幽静淡远。主殿堂在全寺的最高处，需要走上几百级石阶。

阎齐说：“别人不会因为你跪地作揖就给你打钱。”

祝初一瞪他：“别胡说。”

阎齐耍赖说：“我走不动了，你拉我。”

祝初一拉着他爬得气喘吁吁。

阎齐下巴靠在她的肩膀上，说：“所以，你那么费劲干吗？你的声音多好听，留给我专享就好，非要来这儿。”

祝初一推他，说：“阎总，这不是撩，是耍流氓。”

殿外摆了一张木桌，老和尚手执朱红的毛笔，在瓦片上专注地写字。旁边有几架经书，供有缘人翻阅，檐下有一口大钟，雕花木窗内燃着香火，明明灭灭。

祝初一迈出右脚，跨过门槛，提醒阎齐：“你要迈左脚，不要踩在门槛上了。”

阎齐没打算进去，只想坐在外面的长凳上抽烟，可祝初一目光执拗。

好好好。

他一只手揣在裤兜里，悠然地跨过门槛。

殿前有三块蒲团，佛像前摆了功德箱。

阎齐站在一旁，他本来就不信神佛。而祝初一虔诚地跪下了，额头抵着蒲团，行着标准的膜拜礼。

守殿的和尚适时地敲钟，钟声浑厚低沉，回荡在空旷的殿内。

阎齐催着祝初一走，说："跪也跪了，可以去吃饭了吧？"

祝初一往功德箱里放了散钱。旁边有签筒，她从中摇了一支签。

借着夕阳，她的视线扫过小巧的木牌，上面工整地写了八个小字：靡不有初，鲜克有终。

和尚笑了笑，祥和地问："要解签吗？"

祝初一取了签文，想了一阵儿，摇了摇头。

她不是替自己求的，她害怕命运找错了人。

阎齐在寺外抽了两支烟，等了好半天，有些急躁，冲祝初一招手，说："磨蹭。赶紧的吧，我订了位置吃泉水鸡，去晚了，座位就被人抢了。"

她把签文塞到阎齐的裤兜里，隔天洗衣服时忘了拿出来。签文扔进洗衣机后，被搅成了齑粉。

那天的黄昏与现在的相似。

天光在须臾间暗下来，群山跟天空的颜色深了，茂林修竹间还有些粉色，山下的灯火渐次亮起。

她当时觉得还有足够的时间可以浪费，她还在刻意地等，等他主动剖析自己给她看，然后她牵起他的手，无畏迎接好与坏。

祝初一的心里升起一个念头：矜贵风光背后或许是深重的罪孽。

她开始想，那些秘密是否是他们分开的理由。

那晚，她忘了问一句：你会不会有事？

她一直以为，他们分开是因为时间到了，他厌倦了，两人没有爱意捆绑，她又做不到纠缠他。但有没有可能，他是刻意疏远她，不得已离开的？多无稽的幻想，女人总爱替男人的薄情寡义找借口。祝初一自嘲地笑了。怎么可能呢？他不会为她做到这种地步。毕竟，阎齐并不爱她。也许他永远不会回来了。

祝初一也不是没有伤心欲绝的时候，只是没人见证她的眼泪。

过往的三十年里，只有他将所有东西都捧到她的面前，又亲手砸碎。

临近节日，人总是渴望与亲密的人团聚，所以她才会想见他——她这样安慰自己。

他没让她等，她也不会自作多情。

路过临涧堂时，暮鼓沉闷悠长，响彻半山，余音回荡片刻后终于停止，离人缘尽。

黄昏时，最容易想起故人。

高跟鞋一声一声，渐渐远去。

女人的背影纤瘦，影子被阳光拉得很长，融进了光里。

她知道，不会有第三个人能进去那间屋子。这样也好，这样，仿佛她与他之间仍有一个家，家具承载了他们曾拥有过的欲望和孤独，长长久久，直到地老天荒。

分开那晚，阎齐说："下次回来再请你喝酒吧。"

下次是什么时候？

她敷衍着说："好啊。"却不知道能不能等来那天。

现在，他又在哪里？过得好不好？

祝初一再没进过临涧堂，不知道屋内的摆设是否如旧。

她不会知道，书桌抽屉内的房产证上只写了她的名字，她早已是这栋房屋的主人。

正如她永远不会知道，他已经在心里娶过她。

番外二

擅自爱她

南毕海域，黄昏时分的小镇，四周翠绿色的海水涌动着。这里全年炎热，有着大片未开发的原始森林，没名字的高山和百年古树错叠。刚下过一场疾雨，空气湿漉漉的，根系庞大的植被喝饱了水，海也涨潮了。

森林深处有幢独栋小楼，院前椰林高长。

有人在敲门。

数月来，阎齐整夜整夜地失眠，偶尔睡着了也睡得浅，极易惊醒。他总是梦到奇怪的场景，血腥凶残的房屋外，海雾迷蒙的路上，有四五只鳄鱼施施而行。他跟心理医生聊过，梦是内心的映射——他的心出问题了。

他最致命的危机已经解除。来这儿的第一天，空谭就把视频交给他了。他眼神阴鸷地看完内容，随即把内存卡掰碎，一把火烧了。

冷气被开到十六度，玻璃窗上挂着露水。

阎齐被敲门声吵醒后，打开手机看了一眼——不过早上八点，他还没睡多久，眼里有红血丝。他觉得全身发软，现实似乎越来越抽象。他套了条短裤，光着胳膊，露出结实的手臂和紧实的腹肌，而后下楼开门。

门一打开，有明艳的光照进来，低矮的蓝天下，棉花云悬坠着，风吹拂着树林，鸟雀叫个不停。

来人是周婧懿。她只穿了条薄如蝉翼的奶白色睡裙。

阎齐本以为是打扫卫生的阿姨，他只淡淡地看了她一眼。

周婧懿斜靠着门框，说："我从市场上买了食材，今晚煮火锅吃。"

阎齐没关门，回了屋。

周婧懿已经习惯了，只温顺地等着。在她心里，他的冷漠反而为他增添了几分别样的魅力。

她已经笑到最后了，不是吗？

她盼望着见到他穷途末路的落魄样儿，这样，他就终于是她的了。

她住在阎齐隔壁，但搬过来是迟早的事。

阎齐在厨房喝水，她走过去，从背后抱住他，说："阿阎，我好想你。"

阎齐推开她的手，说："少来，你想的人，一片大海都装不完。"

周婧懿知道，阎齐喜欢女人向他服软。

她看到橱柜边趴着一只小壁虎，她知道，壁虎是会叫的，会发出像老鼠一样的叫声，于是，她趁机向阎齐撒娇，说她不敢一个人睡。

阎齐冷着脸给林至舫发信息，让他去超市买防虫喷雾。他举着手机，一副赶人的态度，说："可以了吧？"

小壁虎动了一下，周婧懿软着嗓子叫"哎呀"，而后便跳到了阎齐的身上。

沐浴露的味道钻进鼻腔里，阎齐不喜欢这味道，皱起眉。

周婧懿的心如坠冰窖，问："你没兴趣了？"

阎齐拿起烟盒，抖出一支烟，笑得很薄情，问："我什么时候对你有过兴趣？"

周婧懿的脚指甲上涂着红色的指甲油，想让男人想起什么。而阎齐无动于衷。

周婧懿有些挫败，落下来的头发遮住了脸。

她还有最后的骄傲。

那年，阎齐钩钩手指，周婧懿主动贴上去跟了他，而她的底线是从不为他伤心。在她这儿，阎齐也有得不到的东西。这份慰藉多少让她觉得平衡了。

阎齐抽完烟回来，说："出去。"

周婧懿在他的床上滚了两圈，撒娇道："不嘛。"

阎齐的眉头皱得更紧了，说："我待会儿让人来打扫。"

周婧懿不敢再放肆，乖乖地"哦"了一声。

阳台的门敞着，风吹得人心发凉。

年末时，阎齐对周婧懿的态度陡然转变。

周婧懿的花店开业时，他专程跑来送花，祝她生日快乐。

这举动多暧昧，周婧懿没法不多想，于是周婧懿神魂颠倒地上了他的车。周婧懿没想到，阎齐会突然吻她，他存心撩拨时，总是能令人一秒沦陷。

他们是走在一条钢索上的人，没道理不在一起，所以周婧懿努力讨好阎齐，他的喜好，她再清楚不过。

周婧懿不经意地一抬头，发现阎齐在看后视镜，笑得诡异。她猜不到阎齐在想什么，只见他的眼里没有了往日的精明，却有一丝罕见的心痛。

他怎么会露出这样奇怪的眼神？

——也许是怕人来人往对她的影响不好。

吻完她，阎齐就开车走了。

周婧懿心中窃喜，想着，阎齐是在乎她的。

小镇的社会环境很简单，但也有溜须拍马的无头苍蝇。

阎齐这条船乘风破浪，在风口浪尖上舔过血。

此刻，他举着红酒，身侧没有莺俦燕侣，他晃着酒杯，拿一杯酒喝遍了整场。有不懂事的要灌他酒的人，全被周婧懿挡了，带着她就是有这种好处。

周婧懿被人死皮赖脸地缠着。林至舫看了看阎齐，他全程不管她，只低头玩手机。

饭后，他们去了夜场。一帮男的笑得心照不宣。

包厢里有一支乐队，坐在台下，有听现场音乐会的氛围感。

麂皮沙发上，阎齐坐在最中间，孤家寡人似的。

不知是谁点了首《那就这样吧》。有人打趣了一句："哟，这歌得让阎总唱，他的气质跟这歌很配。"

"瞎说，阎总要是甘愿放手的话，会跑到这里来？人家是留得青山在，不怕没柴烧。"

"你傻啊，看不出阎总最近跟青春期男孩似的，恨不得四十五度角仰望天空？他都装了一天忧郁了。"

"哈哈哈，阎总还会动情呢？"

阎齐笑骂一句，拿掉嘴里的烟，反常地接过话筒——因为太无聊。他穿了件白T恤，喉结性感，寸头长了一些，一只手垂在腿侧，双脚踩着椅子的边缘。在口哨声和起哄声中，他缓缓开口："那就这样吧，再爱都曲终人散了……"

周婧懿突然推门进来，她被人灌得浑身散发着酒气，一下子坐进了阎齐的怀里，闭上了眼睛。

阎齐看不下去，扶着她的腰将她带回去了。

身后，那帮流氓发出一阵怪叫声，说："阎总，再见就再见，我们小懿更乖，对不对？"

送周婧懿到家后，阎齐就准备走。周婧懿在阎齐转身时拉住了他的手腕。

阎齐垂眸，问："不装了？"

周婧懿的眼睛亮晶晶的，说："他们欺负我，你都不管。"

这个男人没有心。

借着酒劲，周婧懿流着泪说："知道她不可能被卷进来，你就拽着我越陷越深？"

阎齐耐着性子说："她又不是我们这场局里的人，问她做什么？先说清楚，我没拽你，是你自己胃口大了，咬着没松口。我们同样居心叵测，谁也怪不了谁。”

周婧懿闭上眼，似乎是认了命。她牢牢地握着他的手在自己的脸上来回抚摸，感受他的体温。

她在半醉半醒之间说：“我听江淤说了，你买了一匹马送她，又不告诉她，为什么？”

为什么？因为希望她自由，无拘无束，能永远奔跑。

阎齐有些烦躁，他挣脱她的手，说：“关你什么事？少打听这些。”

女人心思细腻，怎么会猜不到？周婧懿难过地说：“我知道，你希望她过自己喜欢的日子。”

阎齐沉默许久才说：“我不想剥夺她所珍惜的一切，因为我不配。这辈子就算了……算了，说多了你也不懂。”

“你对她太好了，你应该狠一点儿，或者再自私一点儿。”

“怎么狠？打她一顿还是让她丢了饭碗？我是想让她清楚，温柔刀，刀刀致命，以后别再傻乎乎地轻信人。”

“多深情啊，不惜一切代价地教她，成全她。你怎么不这样对我呀？”

人性复杂，不管旁人如何揣测都无意义。

阎齐的眼里闪过复杂的情绪，他笑着说：“你倒是把我想得很伟大。”

周婧懿不让他走，自顾自地说着：“阎，你会不会娶我呀？”

阎齐嗤笑一声，说：“睡吧，你喝多了。”然后他便出去了，还顺手把门关上了。

周婧懿嘟起了嘴。她不急，总有一天，他们会在一起的。

阎齐的心不在她身上，但她不在乎。关于近乎病态的爱欲和占有，世上无人可以与她匹敌。她和他才是绝配，生死关头，他们一同下坠。

在小镇住久了，阎齐渐渐吃不惯这里的饭菜了。

周婧懿请了专门的厨子过来，她细致，懂分寸，适合当情人。

师傅的厨艺还不错，但泉水鸡做得不太地道。阎齐只好亲自下厨，买了不同品种的辣椒逐一试味。琢磨了半个月后，他放弃了。无关口感，有些特色注定无法迁徙。

阳台外是碧蓝的海洋，风将烟雾吹散。

他在想什么？在想他们。

六月梅雨季节时，他们做着快乐的事；更深霜降时，他们沉溺于彼此的吻。

他戒不掉，此生也不打算戒掉。

积累了庞大数额的财富时，他反而懒得去看，因为早已不在意。

他买得起一座岛，却要不到一个她。伊人贵，贵过天下。

如果可以选，他宁愿身无分文、两袖清风地娶她回家。

要下雨了，小动物四处乱窜。有只刚出生的壁虎怯生生地瞥了他一眼，它的细爪没吸牢墙壁，“啪”地掉下去了。

他一遍又一遍地过着盛夏，像夜海，看不到尽头。

他没办法告诉任何人，每晚回家时她等在暖黄灯光下的场景，是他不敢奢望的天长地久。

黑夜与黑夜是不同的，如同夏季给人的感受千变万化。

回头想想，那两个有她的盛夏，寻常又平淡，却异常幸福。

原来，他也曾得到过她。

电视里在播纪录片，他随意地扫了一眼，片头的译者名字有些熟悉，是她的英文名。这部纪录片竟是她翻译的。

看到廷巴克图这个城市，他忽然想起自己没有带走她送的香水——瓶盖是麋鹿样式的，他没用过几次。

她在某天清晨把香水递给他，他问这是什么意思，她说并不代表礼物或任何节日的祝福。在他看来，那只是一种给予，像与她一起吃的每一顿饭和过的每一个夜，出现得理所当然。

深夜，阎齐开了游艇出海。

船头破开浪花，他将游艇往海中央开，绕过群岛，到了风急浪涌的外海。他关了引擎，熄灭了灯光，就那样漂泊在海上。他躺在船头，任海风拂过面庞。

上天眷顾，此刻，空中没有月亮，所以他顺利地找到了她的星座。

如果她知道他擅自成全了她，擅自爱她，她会不会原谅他？

小时候，他理科成绩很好，背古文却简直要他的命。可他很清楚地记得一句诗。当年他不明其深意，此时却完全可以用它来形容自己和她：同心而离居，忧伤以终老。

番外三

我 赌 输 了

祝初一结束了校稿的工作，终于能从杭州返回。出差的这几天，她甚至没空去逛一圈。她刚把给儿子买的糕点放在副驾驶座上，车载蓝牙就响起了来电声。

来电的是个陌生号码。

“请问是祝小姐吗？”

祝初一不由得反问：“哪位？”

“我是封霰行李寄存软件川北店的店长，冒昧地通知您……”

祝初一从没听说过这个软件，她接到过类似的电话，都是骗子，于是她回复：“年底冲业绩啊，我给你们转接到警察局？”

“不是不是，您别误会。”

听筒那头传来敲打键盘的声音，那人连忙问：“您能联系阎齐先生吗？”

这天恰好是全年最冷的一天，风扑面而来，天空呈深紫色，浅灰色的云停在高楼间，十分阴沉。

祝初一挂断电话的动作突然顿住了，手心有一瞬间的麻。

最终，她还是眨了眨眼，轻声说：“不认识。”

挂了电话，她没有再停留。车汇入了机场高速，减速带贴上车胎，她渐渐地静下心来。

第二天中午，祝初一的公司来了一行人，统一穿着黑西装，不知道的还以为是保险推销员走错了楼层。

祝初一听到办公室的哄闹声，随即出去看，助理像见到了救星似的，说：“祝总，找您的。”

“找我的？”

其中一个黑西装男人弯下腰，恭敬地说：“祝小姐，这里有一件拍品需要您签收。”

拍品？祝初一看过去，见其中一个人的手和一个银色的小箱子铐在一起。

西装上有名牌，是著名的拍卖公司的名字。

这场景，倒是跟电视里演的一模一样。

“你们跟我来会议室吧。”祝初一让大家继续办公，请助理把公司的律师找来，她一个人拿不准流程。

会议室里，祝初一很谨慎，她看了一眼为首那人的名牌，说：“李先生，这年头的骗局这么多，我想先问清楚，是谁请你们过来的？”

男人把预先准备好的文件夹递上，小心翼翼地说：“祝小姐大可放心，我们主动上门，还来了您的地盘，肯定不会是骗子，对不对？这是阎总亲自拍下的，他特别交代过，如果您不要，就当着您的面扔进离您最近的垃圾桶。”

低调却嚣张，确实像是他会说的话。

祝初一耳边嗡嗡响，她努力将注意力放于眼下。

看到签名处确实有阎齐的名字和印章，祝初一起了疑，问：“据我所知，他并不在国内，你们是怎么和他联系的？”

男人垂下眼眸，吐字清晰：“阎总参加的是海外的在线竞拍。”

此时，律师推门进来了，朝祝初一颔首。

祝初一想到昨天那个莫名其妙的电话，脑子里乱糟糟的，她吐出一口气，看着那个银色的小箱子，问：“拍品是什么？”

男人与身边的同事交换了眼神，解开手铐，把钥匙递给祝初一，如同献上一个珍贵的答案般。

祝初一咬着唇，心跳开始加速，手心也冒了汗，她说：“娆娆，麻烦你帮我看一下，我有些不舒服。”

司娆算是祝初一的朋友，见她神情不对，便替她打开了锁扣。

会议室里十分肃静，“嗒”的一声，开锁声好似脑海里最细的那根神经的断裂声。

祝初一喝了口茶，低头看过去。

——素黑的箱体内安安稳稳地放着一个小玩意儿，镶嵌在凹槽处。

她伸出手指触了触，是丝绒材质的。似乎是因为久不见阳光，摸上去冰凉如沉入南极的心。

她看一眼就知道这是什么——戒指盒。

明明是很简单的东西，只是与他有关，就有了温度和沉重感。

前些日子，司娆正好关注过拍卖消息，今天见到这排场，她隐隐猜到了什么，提醒祝初一回神：“祝总。”

祝初一的心紧紧地蜷缩着，仿佛在进行一场仪式，一行人在等她进入殿堂。

戒指上镶嵌的是非常纯粹的钻石，哪怕身处昏暗的角落，仍然闪着不可一世的光，像一汪粼粼的澄澈湖泊，照清了她眼里的震撼。

连她这个外行都能隐约猜到，论纯净度和大小，这枚戒指称得上价值连城。

司娆也愕然了，抢在拍卖人员前告诉祝初一："我看过这颗钻石的介绍，据说很难得，11.57克拉，可遇不可求。"

价值上亿的东西拿在手里，竟然是这种感觉。祝初一想了想，并没有拒收，她在律师的陪同下办妥了手续，之后才问："他在哪里？"

男人双手在身前交握，说："我们只是接到上级命令，把东西送来给您，其他的信息并不清楚。拍品送到了，我们的任务也就完成了。"

看来是问不出有效信息了，和以往的许多年一样。

祝初一下午还有会，便请助理把他们送走了。

男人这才松了口气。到楼下后，他立刻拨通了电话，说："林先生，事情办妥了。"

这晚，祝初一无心加班，她把戒指盒扔到副驾驶座上，踩下跑车的油门，一溜烟开了出去。她连闯了三个红灯，胸口越发堵得慌。

又是一年圣诞节，双子塔上投放着崭新的广告。

她的车上放着一只小兔子，这是一个很不起眼的摆件，却陪了她许多年。

物比人长情。

小时候，她总以为十年很长，一定能忘记许多事，哪怕做不到无动于衷，也能笑着说：当初爱上你，是我瞎了眼。可后来，"一定"两个字被岁月诚实地划掉。

人生哪有这么多重逢？因缘分聚在一起的，最终会随着缘分散尽而分离。

她常梦到阎齐，或者说，他们在一起的那些日子总是一遍一遍地回到她的梦里。

最近一次梦到他是昨晚。

四周静悄悄的，他们坐在一处台阶上接吻，十指紧扣着。之后，她靠在他的肩上絮絮叨叨地说话。她摩挲着他的衣领，好像他们从来没分开过。

她还梦见妈妈了，妈妈很欣慰地看着他们。

画面一转，她跟着阎齐坐上了火车，路途颠簸，她却甘愿漫无目的地和他走下去。

她点开车载电台，陈奕迅的声音温暖又落寞："你还嫌不够，我把这陈年风褛，送赠你解咒。"

十年不过眨眼间。

今年，川城仍然没有下雪。

祝初一找珠宝行估了价，那戒指果然很值钱。

考虑了三天，之后祝初一联系了续也，让他找人把烫手的戒指卖了出去。这是她此生最“一掷千金”的时刻。

爱是奢侈的事，他的礼物也成了负担，何况，她已经结婚了。

卖戒指得来的钱，祝初一全捐给了鹫清镇——那片孕育了他的土地。

就当是告别。

外向型人格的人活泼阳光，很擅长处理复杂的人际关系，总能找到化解矛盾的方式，从不让矛盾过夜，他们总能恰如其分地表达自己，能与人沟通得很好。

她曾经很羡慕别人那样能说会道，开心便大笑，悲伤就大喊，好像撒个娇就能得到所有。

但她偏偏不是那类人。她不爱刨根问底，所有事都憋在心里，属于“我都可以”的内向型人格。她害怕被拒绝，所以主动选择不要。

原来，时隔多年再想起他，她还是会心酸。

于她来说，阎齐像是小时候她想要又买不起的巧克力，万千怯懦的念头如种子般在心里发芽，久而久之便成了心结。

祝初一当然知道车里的那只小兔子是谁送的，除了他，再没有人那样记挂过她，但他不愿露面，她只好继续装不知道。

她想起两个月前的某天，她加班到凌晨时，微信里跳出了一条消息。

沉寂十年的人突然“诈尸”了。

她立刻打了电话过去，如预料之中般无人接听。

她也不知道自己抱着怎样的心态，竟然一直没有删除阎齐的联系方式。早年间，她删删减减许久，发过一句“新年快乐。你好吗”，可那边没回复。

她以为他早就不用这个账号了，便渐渐地将这个账号当作了自己的树洞。

有吐槽的——

Y：“又加班到好晚。顾 ×× 以为自己是谁？空降兵也敢耀武扬威。业务能力不行，甩锅倒是第一名。贱死了。”

有难得撒娇的——

Y："好累啊。听做清洁的吴姐说，隔壁公司的程序员今早脑出血，在送往医院的途中就过世了。我什么时候才能当富婆啊？"

有秀恩爱的——

Y："你送我的那双鞋，我结婚时穿了。谢谢啊。只是不太合脚，磨了一脚的泡。"

祝初一从不是情感外露的人，她习惯了自己消解情绪。这些琐碎的小事，不想跟丈夫和朋友说的话，她都说给了他听。

原来这么多年，他都看得到。

她一时间有点儿生气，有点儿恨，又无能为力。

有些感情，不是放下了就能不在乎。如果心能被完全治愈，那自己的这场婚姻又算怎么回事？

她将那几个字看了又看，似乎要透过屏幕看穿那一头的人。

YAN："十年。好久不见。"

祝初一仍记得分开那晚他说的话："如果哪天，我回来找你，你再给我个机会，考虑嫁给我。"

她余生清醒自律，回想起来，曾终结了她所有理智的人，除阎齐外，世无其二。

幸福如此难得，它是对勇敢者的奖励，而你如此轻易地将我推开。

我看到了戒指，开始肯定自己曾经所有相信的事情。

谢谢你，真的爱过我。

林至舫买了一束狗尾巴草，正往山上走。

他记得，阎齐不喜欢花。

阎齐的墓碑下是空的，叶落没有归根，这下面的不过是衣冠冢。两个月前，阎齐的私人飞机在苍茫的大海上失事，他的尸体没能打捞上来。海洋面积约占地球表面积的百分之七十一，无数洋流暗涌，经验再丰富的救捞队也没办法。他死在回国找祝初一的期待里，像沙漠旅人渴死在甘泉涌现前。

临行前，阎齐对他说："怎么回事？我竟然有点儿紧张。她结婚这么多年了，我连个伴都没有。"

他是不是忘了这一切后果都是他自己作的？

林至舫当时跟他开玩笑："您确定她还记得您？"

阎齐心情很好，也没和他计较，说："十年是有点儿久。说真的，我有点儿怕，要是她不原谅我的话，怎么办？"

林至舫坐在墓碑边，打开了两瓶白酒。

"阎哥，跟了您那么多年，谢谢您的照顾。"

"我很后悔。那晚，您拉着我喝酒。您说，爱情存不得半点儿侥幸。要是十年前我没拦着您，是不是一切就都不一样了？"

其实阎齐是有办法留下的，但当时，林至舫劝了他一句："不如先避风头，只要人在，以后不怕找不到生路。"

阎齐当时喝醉了，人有点儿颓，说："算了，人家也许不想跟着我。"

林至舫没再多想。那时要处理的事多，忙完已经是出发那天了。

后来，祝初一结婚，阎齐醉到失态，偏偏那时，他没办法回去，只含糊地说："我赌输了。"

林至舫从没见阎齐那么失意过，他说："我该为她高兴的。我给不了的，有人给她了。"

林至舫见过阎齐在冬天剥糖炒栗子，让自己给祝初一送过去；祝初一不上班时，阎齐也会把文件资料都带回家里处理。

那年离开前，林至舫帮阎齐寄过一个快递，是阎齐在德国买的古董，手绘的鎏金骨瓷兔。阎齐怕祝初一不肯收，让他用劣质的纸盒寄过去，寄件人写林至舫。阎齐说，她不喜欢他送的礼物。

不过是一只破兔子，何必小题大做？

所有人都不知道，当年，林至舫暗中帮阎齐筹备过求婚事宜，他联系了巴黎最贵的婚纱高定店。可惜，他的梦只做到一半。

阎齐在南边的那套房装好后一直没住过，是准备用来结婚的。之前，林至舫去阎齐家整理遗物，在储藏室发现了一堆烟花，他擅自做主拿出去放了。

过了太久，有的烟花已经受潮了，只有两支还完好，仿佛留存着强大的执念，如约在夜空里炸开来。

那两支烟花腾空，碰巧是"初"字和心形的圈。

在这密谋已久的浪漫场景里，他是唯一的来宾。

那枚戒指一直被阎齐放在南边那套房的床头柜里，林至舫怕祝初一不肯收，只好找朋友帮忙演了这出戏。他想了很多办法，只有这样，她最无法拒绝。她是这戒指的主人，应该知道阎齐对她的好。

林至舫站在街头，只见人山人海。

人间是片海，拨来浪花，唤走潮汐，人就消失在这片海里。

番外四

像一座岛

后来，祝初一那么喜欢露营，完全是受了阎齐的影响。

那是他们认识的第一年秋天。

明瑾华开车送祝初一去川西了解风土人情，作为上次“背叛”祝初一，为她安排相亲的赔礼。

自大学毕业旅行后，她们再没有一起出去玩过。这次两人一路走走停停，用了两天时间，才终于到达目的地。

车子在路边停下，明瑾华买来一包牦牛肉干，辣得眼泪直流，不停地吐着舌头，问：“你跟秦阿姨没有联系了啊？有亲人就有依靠，作为朋友，我不希望你过得太孤独。”

祝初一也咬了片牛肉干，面无表情地咀嚼着，刚好收到了阎齐的微信消息。

YAN：“我明早回来，把你的位置发我。”

祝初一把自己的定位发了过去，又收到了阎齐发来的一处露营基地的照片。他说过要带她去露营，但他归期不定，她以为他只是随口一提。

她靠在座椅上，看高山草甸上飘走的云，像遇水即化的棉花糖，她轻轻地说：“我跟她，生活中，没有必要产生交集吧。”

在想要撇开关系时，她最爱这样说，而不是用“我们”。

见祝初一一副不想深谈的样子，明瑾华知道她心里的寒冰未融，只说：“行，这儿的风景挺好的，下来，我给你拍几张照片。”

随意拍了几张照片后，祝初一选了两张发到朋友圈，想了想，最终没有屏蔽阎齐。

他有时会在评论区写上一语双关的话，偶尔也会点个赞，但大多数时候，他都不会点赞或评论，好像她只是一片云，过眼即告别。

第二天凌晨，石碾村开始下暴雨，像天降洪水一样。

那时，人们还在睡梦中，对自然灾害一无所知。

早上，两人一开电视便看到新闻说山体塌方了。

明瑾华在床上刷小视频，喊着：“一座山垮了下来，房屋和车都没了！初一，好可怕啊！”

祝初一心里也没底，好在事发地离他们还有好几个县。她安慰明瑾华道：“没事的，咱们就待在酒店，等雨停了再回去。”

阎齐刚到机场，听到广播里播报着的实时新闻。

他给祝初一打了电话，没打通。

昨天，他和她说保持联系，他会去找她，顺路带她玩。他本来想休息一天，明早再动身的，看来是不行了。

他想到了她朋友圈发的位置，问驾驶座上的林至舫："从川城开到石碾村要多久？"

"我看看啊，哟，七个多小时呢。"

阎齐摩挲着手机壳，忽然说："把车停在路边，我给你放假。"

林至舫明白过来了，问："哥，你不会要去吧？我送你？"

阎齐很果断地下了车，甩上车门，敲着林至舫那侧的玻璃窗，说："这车才刚买，就得多跑跑路，不然手感不好。"

林至舫隐隐有了猜测，只说："那你注意安全啊，我订机票去了。"

"你去哪儿？"

"哪里的航班有票就去哪儿。"

阎齐身边的人都这样，自由散漫，张弛有度，今朝有酒今朝醉。

他给林至舫发了一个红包，说："你注意安全，就在酒店度假好了。"

明瑾华刚给老公打电话哭诉完，随即对祝初一说："苏苏让我们别乱走。"人家明明姓"宿"，她非得起个肉麻的昵称。

祝初一叫阎齐都是直来直去，从来不委婉，想让她撒娇是不可能的。

祝初一不知会被困多久，趁还有电，她给手机充满了电，问："要下楼吃东西吗？"

明瑾华摇摇头，说："我中午吃得太辣了，肚子疼。"

"那我给你带上来，就带这家的招牌菜好不好？清汤的，不辣。"

明瑾华点点头，补充道："我还想喝酸奶，帮我带一瓶。"

祝初一应了声"好"，然后便关了门下楼去了。

快晚上八点了，天色已黑，民宿前有一条溪流，高山有风，空坝里很冷。

这里几乎没有车来往，偶尔有几个当地人路过。

祝初一把饭给明瑾华送了上去，出于未雨绸缪的心态，她又下楼去囤吃的。她买了一箱矿泉水、一箱方便面和几包饼干，想着要不要再买点儿火腿肠和薯片，结账时却突然被人堵住了路。

那人很高，背对光源站着，故意往她身边靠。他大约是来得匆忙，风尘仆仆的。

祝初一以为那人是个陌生人，本能地后退了几步，手里的东西稀里哗啦地掉了一地。她皱起眉，弯下腰捡东西。

那人等了一阵儿，没等到她抬头，没好气地说："哎，你也太不让人省心了。你不是跟朋友来的吗，怎么就你一个人在这儿买东西？"

听见阎齐的声音，祝初一眨了眨眼睛，眼泪忽然就流了下来。

很奇怪，她也不知道是为什么。

好在民宿里还有房间，阎齐凑合着住下了。

由于很久没住过没有暖气的地方，半夜，阎齐的风湿复发了，他疼得满头是汗，随即给祝初一打电话。他人虽然虚弱了，但气势不改："你过来，疼死我了！"

祝初一没叫醒明瑾华，悄悄地溜出去找他。

高原上夜里冷，她缩在棉服里，只露出一双眼，轻轻地敲门。

门打开时，阎齐的嘴唇发白。

"阎总，你又怎么了？"

其实她想说，你又在整什么幺蛾子？但她看到阎齐开完门疼得缩在床上，就有点儿慌了，她问："你哪儿疼啊？"

阎齐没说话，把祝初一抱在怀里，脸颊贴着她的耳垂，呼吸在她的身后渐渐平静。

他们有段时间没见了，此刻抱在一起睡着了。

隔天早上，阎齐来了精神，自行兑换了七夕节的礼物。

"你昨晚见到我哭什么？"

祝初一抓着他的背，小声地辩驳："我没有。"

"那现在呢？又哭了。"

"……"

"有没有想我？"

祝初一的脸如天边的晚霞般红，泫然欲泣，憋着一股劲不想输给他，说："想了。毕竟，免费的厨师不好找。"

她说的是真心话，阎齐会做饭，省了一笔点外卖的钱。

阎齐闷声笑了，吻着她的嘴角，说："这是我老婆的待遇，你感受一下。"

祝初一躺在枕头上叹气："哦，我不配。"

话里有话，两人都在心里直呼：高手。

阎齐拿了衣服起来，问："等会儿是什么安排？"

"我的朋友还在呢。"

祝初一有些尴尬，现在不是把阎齐介绍给朋友的好时机，太仓促了。

阎齐抿了抿唇，把毛巾扔到她的脸上，说："你这是准备把我藏起来？这种便宜就你能占。说吧，把我变为你的独家男宠这事，你计划多久了？"

祝初一想说我没有。但好歹阎齐是为她来的，她吞下了伤人的话，说："你先休息吧，我去看看我朋友。"

阎齐盯着她的背影，从下床到出门，她完全没有留恋。他就这样被丢下，突然觉得自己有些可悲。

阎齐不知道祝初一跟明瑾华说了什么，她没走，明瑾华却跟着她的老公回去了。

等道路通了过后，阎齐找了条安全的路带她去露营。

祝初一不敢轻易冒险，不放心地查看了天气预报，发现往后几天没雨，但她还是担忧，奈何说服不了阎齐返回。

她跑去便利店，按阎齐一贯的喜好买了很多吃的。出来时，路边传来巨大的声响，"咚"的一声，大地霎时间歪斜。她提着塑料袋，随着沸腾的人群看去。二十米外，山崖上滚落下几块巨石，崖下的车辆无一幸免，警报声此起彼伏地响起。又塌方了。有了这一出，祝初一提议原路返回。

阎齐没听她的，往前面开去。

"生死有命，万一原路也塌方呢？"

祝初一拗不过他，只好说："阎总辛苦了。"

阎齐咬走她手里的话梅，不满地使唤她："那个奶糖，我也要吃。"

"好吃狗。"祝初一小声地吐槽。

"你知道昨天我绕了多远的路吗？"

"嗯？"祝初一给他剥着糖纸，被糯米粘了手，此刻正拿着纸擦，有点儿没心没肺地说，"那你还来？"

车子颠簸了一阵儿，附近不再有高山，视野变得开阔，从车里望出去便是天际线。黄昏还没结束，路边遍布红色小花。

两个人沐浴在落日余晖中，挡风玻璃上闪烁着光晕，亮晶晶的。

祝初一把糖塞进他的嘴里，拿起相机贴着车窗拍照。

“因为担心你。”阎齐看着她的后脑勺，像是给自己的冲动找到了答案。

“荒野露餐”是个房车俱乐部。

祝初一从没露过营，装备都是阎齐临时弄来的。她只在搭帐篷时搭了把手，然后阎齐便嫌弃地拍开她，说：“过去，一看就是门外汉。”

搭完帐篷，阎齐把煤气打开，锅里的油热了后，他煎了培根和无花果。

他们像荒山居民，和云雾一起过日子。

祝初一洗了一盘小番茄，躺在帐篷里，说：“小时候，老师让我们唱歌，《一闪一闪亮晶晶》，挺难为人的，城市里的孩子哪里见过星空？那时我唱不出来，音乐老师也没帮我，只扭过头去，让我一个人难堪。”

阎齐往另一个锅里倒了点儿矿泉水，拿筷子搅拌着水饺，随口点评：“那你的童年多可怜啊。”

祝初一想了想，说：“没有，那时候我有妈妈。”

阎齐愣了一下，低声说：“谁还能是从墙壁缝里掏出来的？”

“嗯？你说什么？”

“没什么。”

阎齐从背包里掏出几袋黑巧克力，扔到祝初一身边，说：“先吃点儿。”这是他路过便利店时随手买的，因为某人赶稿时会习惯性地吃两块。

“你怎么什么都有？”祝初一拆开包装，问道。

阎齐淡淡地瞥她一眼，说：“喂猪啊，我领了指标的。”

也许是夜晚太安静，祝初一问了个酝酿了很久的问题：“阎齐，你的父母呢？”

阎齐望了一眼天，说：“之前那么端着，都是装的吧？连婆家都打听上了，你挺着急啊。”

祝初一沉默了几秒，又问：“你经常露营？”

房车俱乐部的老板遣人送来了装备，更过分的是，老板问祝初一要不要牵两头羊来给她拍照，祝初一受宠若惊，人家才说是开玩笑的。

阎齐“嘿”了一声，说：“我是野人吗？经常睡外头？”

“你家里有好几顶帐篷，真像流浪汉。”

“流浪汉没这么高端的配置。”

“你跟这里的老板很熟？”

“嗯，有一年在四姑娘山认识的——起来吃饭，吃完你洗碗。”

晚上，两人躺在森林里聊天，帐篷里还有阎齐煮的咖啡，十分浪漫。

祝初一有点儿兴奋，脑子十分活跃。

“阎齐。”

阎齐的胸口起伏得厉害，应了一声：“嗯。”

“你的朋友多吗？”

“我的朋友？你基本见过了。”

“骗人。”

“我骗过你？”

祝初一只能想起一个人，说：“不会吧？我以为你的手机通讯录里都塞不下呢。”

阎齐趴在她的耳边笑，说：“祝初一，如果你是想问我还有没有女性朋友，可以直接点儿。”

“鬼才想知道。”

“你就是啊，胆小鬼。”

他们好像在玩真心话的游戏，此时轮到阎齐问了：“你呢？”

树林被风吹拂着，沙沙作响。

祝初一说：“我有两个朋友。”

阎齐露出一脸无语的表情，道：“这都要比？”

祝初一笑着踢他，踢着踢着，她的脚就被他夹住了。他皱着眉说：“睡过来一点儿，手脚都冷成什么样子了。”

“我不冷，是它们自己凉。”

祝初一看着帐篷顶，不说话了。

阎齐戳着她的眉心，说：“诗人尼采说过，有时迟钝即为美德。美德要是能换银子，你比我有钱。”

祝初一知道他在拐着弯骂自己傻，反击道：“你跟美德沾边吗？”

这天聊不下去了。

阎齐低头吻她，一下一下地啄着，让人心猿意马。

祝初一始终觉得，阎齐仿佛是那夜的星空，绚烂得不真实，让人觉得无法得到。

岁末，在阎齐莫名地消失了一段时间后，祝初一见到了他和他的朋友。

祝初一深知自己没权利过问，却还是在电话里担心地问："你这几天去哪儿了？"

阎齐静了片刻，只说："有事。"

祝初一不再问，只应了声"哦"。

"你晚上能不能陪我吃个饭？"阎齐的声音像是从旷野传来，有汹涌的风吹动着杂草。

祝初一正在临仙门附近的小巷书店找一本诗集，随口说："好啊，你把地址发给我。"

阎齐没挂电话，他怕她不答应，有些执拗地说："我来接你。"

"樊笼返"是隗声开的。

阎齐给祝初一介绍："隗声。以后想找免费的厨子做饭的话，可以找他。"

祝初一不爱麻烦人，只点头打招呼："你好。"

"樊笼返"被川城的自媒体封了神，很难预约，一周只接待十五桌客人。

祝初一进到院里，好像走进了陶渊明的诗，惊叹于主人的艺术匠心，头却无意碰到了房檐上垂挂着的火腿。

"对不起。"祝初一立刻避让开。

隗声扶稳了那条火腿，笑着给祝初一介绍："这是自己做的，外头都买不到。等会儿切给你们尝尝。"

祝初一去云南时吃过一次火腿，味道很好，她笑着说："好，麻烦了。"

阎齐站在祝初一的跟前，阻断了她的视线，他把外套脱下来，放到祝初一的手里，说："拿着。"

"哦。"

他这是要亲自下厨？

阎齐挽起袖子，径直去了厨房。

隗声嗓音好听，有唱戏曲的潜质，他说："阎哥很会做饭的。"

祝初一随他走到院落的一隅，说："嗯，我知道。"

“这你都知道？那看来你不是外人。”隗声给祝初一倒了杯大麦茶，望了一眼厨房，小声地问，“阎哥这两天是不是心情不好？”

祝初一愣住，隗声是怎么知道的？

厨房的灶台正对院子，阎齐看了他们一眼，祝初一坐在灯下，正素面朝天地跟隗声聊天。

今日“樊笼返”不营业，隗声只接待他们二人，他告密般地向祝初一说起：“我哥今年三十五岁了，不对，满三十六岁了，四舍五入，也快四十了。以前没见过他带女朋友来，我都怀疑过他的性取向，怕自己被他看上了。”

“……”

祝初一垂眸笑起来，她自然听得出隗声在帮阎齐说话。

隗声悄悄地告诉祝初一：“阎哥的妈妈是老师。”

祝初一诧异地道：“真的？”

“阎哥没跟我聊过他家里的事，‘樊笼返’开业需要他的身份证复印件，我才知道他的老家是那么偏远的地方。”

祝初一一直以为阎齐是个富二代，她问：“那他的家人呢？”

隗声沉默了片刻，流露出感同身受的痛，说：“没了。一场大火，都烧没了。他是家里的独苗，父母都走了。阎哥每年春节都会回去看一看。”

祝初一好像知道他之前为什么失踪了。

她心口一紧。

隗声给祝初一倒了杯橘子米露，自家酿的，口感温醇。他说：“嫂子，我希望你俩好好的。我一看就觉得你们特别配，很有夫妻相，性格也适合，真的。”

祝初一觉得有些内疚——她没带礼物，还有，她误会了阎齐。

“谢谢你告诉我这些，小声。”

隗声脖子往后缩，见鬼似的说：“嫂子，求你了，你叫我的全名吧，我哥要是听见这叫法，得砍死我。”

“……”

阎齐做饭很快，做的是简单的川菜，全是他的拿手菜。一共四个人吃饭，他做了六道菜。

隗声的女朋友涂兮宁也来了，有点儿团圆家宴的意思。

吃着吃着，隗声把琵琶搬了出来，突然说：“好久没弹了，别忙着喝酒，我要献唱一曲！”

阎齐不给面子，说：“你是献丑吧。”

隗声当没听见，说来就来。

高瘦的男孩有很难得的古典气质。祝初一拿出手机，准备录个视频。

阎齐直接收走了手机，说：“不准录他。”

隗声唱的是昆曲《蝴蝶梦》：“我会常记先生好，我会常想南山幽……”

阎齐靠在祝初一的肩上，开始想象，如果当年他做厨子，会有怎样的未来。

也许，他会在清晨的菜市场碰到祝初一，觉得这姑娘长得不错，要了她的微信号，慢慢地追她，他们会有良好的开始。

他会每天第一个问候她，每天最后说一句晚安。

他的厨艺不错，可能会开一家小饭馆，骗她帮自己做事，职位仅限老板娘。

按她的个性，他应该还会在山里开一间客栈，不以营利为目的，不赚钱就不赚钱，只接待朋友，不接待旅游团。

她一定会嫁给她，生不生孩子都无所谓，两个人也能过。

他们会住在山里，偶尔去森林里露营，拿望远镜看星星。再过几年，他们老了，就养一只狗。

梦太美了。

隗声唱完，涂兮宁给男友鼓掌。

阎齐掐着祝初一的腰说：“看看人家，我做菜还得不到你的一句表扬，是吗？”

祝初一连连求饶：“厉害，厉害，阎总最厉害。”

涂兮宁眼尖，会来事儿，她说：“我帮你们呀，让嫂子送你礼物，怎么样？”

小姑娘正在读研，学的是艺术专业，她刚从贵州回来，爱给朋友画画。

阎齐说：“嗯？怎么说？”

涂兮宁说：“玩一个游戏。嫂子说出阎哥的一个特质，比如眼睛，然后根据眼睛的形状或颜色联想一个事物，描述这个事物在你心里的样子。”

阎齐搂着祝初一挑眉，说：“有点儿意思。”

祝初一觉得尴尬，但又不好说“不”。

涂兮宁把包打开，取出画笔。小姑娘毛躁，隗声在一旁帮她把书包收拾好。

涂兮宁很宝贝一本书，说：“哎，小心，这是我好不容易才抢到的亲签书。”

祝初一瞥了一眼，那本书是《因为一个人的漂泊》。

涂兮宁撑起画板，让祝初一坐在画板前描述阎齐。

一个人的样貌并不难记，但描述是一件太细的事情，只有将细节深深记在心底，才能准确地讲出来。他的下颌靠腮边的位置有一块浅浅的胎记，几乎看不到，可能连阎齐自己都不知道。

“像一座岛。”

祝初一这样形容：“漂浮在海洋上的岛。岛上没有山川，种满了栗子树，踩上落叶，会发出像薯片碎掉的声音。”

涂兮宁用抽象的画法画了轮廓，再上色，又问了祝初一几个细节，半个小时就画完了。

“嫂子，你叫什么名字呀？”

祝初一说了名字，涂兮宁愣住了：“你的名字跟这本书的译者的名字一样！”

祝初一眨眨眼。

“天哪，我见到活的偶像了！”涂兮宁一下子反应过来，掏出书说，“我要一本特签书。”

祝初一有点儿不好意思，说：“我的字丑。”

阎齐搂住祝初一，靠在她的肩膀上笑。

祝初一脸红了，捧着他的脸问：“你笑什么？”

阎齐挣脱她的手掌，将头埋到她的脖颈处，故意用短发扎她，说：“开心。”

散席后，是祝初一开的车。

她好久没摸车了，还好，此时正逢过年，车和行人都寥寥无几。

“隗声这个小饭馆赚钱吗？客流量那么少。”

“具体的运营是他在管，我不过问。这小饭馆的营业时间不定，随他的心情，据说今年他还准备关半年，打算出去玩儿，指不定哪天才回来。他的主意多着呢，不过，年底的分红够我付一套房的首付。”

祝初一打趣道：“阎总的房产真多，你记得自己有多少房子吗？你都不知道该住哪儿了吧？”

阎齐瞥她一眼，“嗯”了一声，说：“那套房子买在了南边，刚买的，还没装修好，等装修好了带你去。”

“又是大豪宅？”

“不是。”

阎齐喝得有点儿多，他看了她清秀的侧脸几秒，握住她的后脑勺，轻轻地吻她。

祝初一心里一惊。她太清楚这人的德行，只好踩了刹车，把车停在路口。

车子打着双闪，像是邀请与赴约的信号。阎齐扳过她的下颌，又吻了上去。

祝初一犹豫了一下，将手搭在他的肩上，张嘴咬他。

暖气围绕在周围，她觉得自己也有些醉了，迷离中睁开眼，她的睫毛扫过他的鼻尖。

教她酗酒的人从不教她怎么解酒。

两个人吻在一起，灵魂仿佛都在发烫。

后来，阎齐坐在副驾驶座上睡着了。

祝初一随心所欲地开着车，绕过了半城山水，隧道、桥梁、繁华的广场、普通的居民区、小学旁的浓荫道、闪着灯的礼堂，最后，她把车开到了公司附近。

阎齐在这里等过她下班。

这里有一块空地，偶尔会有人来卖咖啡、卖花，也会有乐队的即兴表演。

寒风吹啊吹，今晚室外温度极低，四周黑黢黢的，这里根本没人来。

祝初一没把车开走，因为阎齐醒了。

暖气缓缓地拂过，音响里淌出了一首歌，女声轻细，十分温柔，适合读诗。

祝初一摸着阎齐后颈的文身，仿佛触到了云端。

歌词缱绻，沉重又遗憾，她听得入迷。

当时明明留心记下了歌词，再找却找不到了。

歌里这样唱：

城市长出落魄的雾，

连根拔起万家灯火的酷，

难猜你藏好的迷，难做你归途。

岁月等在来路，从在乎到荒芜。

多动听，我落在你墓碑最后那句，衣冠归土，
那几年的我和你落幕，
但怎么情歌都不再入骨。